KB202296

조선후기 통신사 필담창화집 번역총서 10

# 槎客通筒集

사객통통집

조선후기 통신사 필담창화집 번역총서 10

# 槎客通筒集

사객통통집

고운기 역주

보고사

이 역서는 2008년도 정부재원(교육과학기술부 학술연구조성사업비)으로 한국연구재단의 지원을 받아 연구되었음(KRF-2008-322-A00073)

이 번역총서는 2012년도 연세대학교 정책연구비(2012-1-0332) 지원을 받아 편집되었음.

# 차례

조선후기 통신사 필담창화집 번역총서를 간행하면서 / 365

# 일러두기

1. 통신사 필담창화집 번역총서는 제1차 사행(1607)부터 제12차 사행(1811)까지, 시대순으로 편집하였다.

2. 각권은 번역문, 원문, 영인자료의 순서로 편집하였다.

3. 300페이지 내외의 분량을 한 권으로 편집하였으며, 분량이 적은 필담창화집은 두 권을 합해서 편집하고, 방대한 분량의 필담창화집은 권을 나누어 편집하였다.

4. 번역문에서 일본 인명과 지명은 한국 한자음 그대로 표기하고, 처음 나오는 부분의 각주에 일본어 발음을 표기하였다. 그러나 번역자의 견해에 따라 본문에서 일본어 발음대로 표기를 한 경우도 있다.

5. 번역문에서 책명은 『 』, 작품명은 「 」으로 표기하였다.

6. 원문은 표점 입력하였는데, 번역자의 의견에 따라 표기하는 것을 원칙으로 하였지만, 가능하면 한국고전번역원에서 정한 지침을 권장하였다. 이 경우에는 인명, 지명, 국명 같은 고유명사에 밑줄을 그어 독자들이 읽기 쉽게 하였다.

7. 각권은 1차 번역자의 이름으로 출판되었는데, 최종연구성과물에 책임연구원과 공동연구원의 이름이 반드시 들어가야 한다는 한국연구재단의 원칙에 따라 최종 교열책임자의 이름으로 출판되는 책도 있다.

8. 제1차 통신사부터 제12차 통신사에 이르기까지 필담 창화의 특성이 달라지므로, 각 시기 필담 창화의 특성을 밝힌 논문을 대표적인 필담창화집 뒤에 편집하였다.

사객통통집

槎客通筒集

# 『사객통통집(槎客通筒集)』과 그 의의

## 1

조선통신사의 문학적 업적에 관해 우리 사행원만이 아닌 '저쪽' 관반(館伴)의 기록을 함께 읽을 때 보다 풍부한 논의가 가능한 것은 주지의 사실이다. 이를 통해 통신사행 전반의 본질에 대한 중요한 시사점까지 얻어낼 수 있다.

신유한은 그런 경우를 잘 나타내 주는 경우이다. 신유한이 일본에 대해 느낀 것은 저들의 열악한 인문 환경이었다. 그러나 본주(本州)에 이르러 상당한 경제적 부를 쌓아가고 있음을 알게 되었다. 나아가 눈부시게 성장하는 일본 문화를 직접 목도함으로써 점차 경계와 경외의 심정을 담은 시각으로 변하였다. 아름다운 경치에 매료되면서, 규율과 청결함에는 놀랐다. 오늘날 우리가 일본인의 속성을 말할 때와 크게 다르지 않다.

그러나 18세기 초에 이르러 조일관계(朝日關係)가 안정을 보이고, 비록 조선에서는 소중화(小中華) 의식이 고착되어 가는 시점이나, 통신사 일행은 순수한 관찰자의 시점을 획득하는 데 성공하였다. 일찍이 1915년 조선연구회에서 신유한의 『해유록』이 화역대조본(和譯對照本)으로 번각 출판될 때, 청류(青柳:아오야나기)는 그 서문에 "그 필력이 웅수하여 오만불손한 필치로 통렬하게 뼈를 도려내는 감이 없지 않으니 본서는 실로 향보(享保) 시대(1716~1734)의 상하 일반의 풍속습관을 대담 노골적으로 발표한 것으로, 어떤 의미에서는 당시의 조선 사람이 얼마나 일본인을 경시하고 이를 만속시(蠻俗視)했는가를 알 수 있는 동시에, 또 한편에서는 조선 사람이 얼마나 과대망상이었던가를 찰지(察知)할 수 있다."고까지 썼다.

이렇듯 우여곡절을 겪으면서도 18세기에 이르자 통신사행의 규범이 제법 꼴을 갖추어나가고 있었다. 특히 유관(儒官)과의 필담 창화가 정례화 된다든지, 범위가 일반 문사에까지 확대된 것은, 겹쳐지는 통신사행의 결과로 일본의 손님 접대 방법에까지 변화를 일으킨 것으로 볼 수 있다. 초기에는 주로 승려 출신의 한문 소통 가능자가 관반으로 나섰었다.

## 2

여기에 번역 소개하는 『사객통통집(槎客通筒集)』은 1711년 사행에서 관반으로 참여한 일본의 승려 조연 별종(祖緣別宗)이 통신사 일행과 나눈 창화시를 수록한 책이다. 조충 조회(祖冲祖會)가 편찬하였다.

별종은 호를 이신(頤神)이라 하는데, 선대는 강주인(江州人)이고 성은 원(源:겐), 씨는 좌좌목(佐佐木:사사키)이다. 금택(金澤:가나자와)에서 태어나, 영중 현(英中賢) 선사에게서 법을 받고, 전 주상국(住相國) 각운

길(覺雲吉) 선사에게 법을 이었다. 일찍이 경덕(景德) 진여(眞如) 주상국을 거쳐, 또 사자(賜紫)하여 남선(南禪)으로 옮기고, 수행 당시에는 경도(京都:교토)의 만년산 아래 자조선원(慈照禪院)에 있었다. 선원에는 보타암(寶陀巖)이라는 전각이 있다. 특별히 관명을 받들어 섭주(攝州:셋슈)와 난파(難波:나니와) 진에서 조선의 사신을 송영하였다.

이상의 소개는『사객통통집(槎客通筒集)』에 나온다. 그런데 별종은 이정암(以酊庵)에 소속한 승려였다. 이정암은 대마도(對馬島:쓰시마)에 있던 선종 사찰이었는데, 강호(江戶:에도) 막부는 오산(五山)의 학승을 교체하여 파견하고, 조선과의 왕복서간이나 사신의 접대를 맡게 하였다. 매우 중요한 임무였다. 신유한도 이 같은 사실을『해유록』에 남기고 있다. "부(府)의 남쪽으로 5리쯤에 이정암이 있으니, 이것은 옛날에 중 현소(玄蘇)가 거처하던 곳이다."라는 대목이다. 현소는 풍신수길(豊臣秀吉:도요토미 히데요시)과 덕천가강(德川家康:도쿠가와 이에야쓰)의 시대에 걸쳐 활약한 승려인데, 1580년에 도주(島主)의 초청으로 쓰시마로 건너가 이정암을 개창하였다. 이때부터 조선과의 외교업무를 담당하는 곳이었다. 임진왜란을 끝내려고 하는 풍신수길의 화의(和議) 교섭도 현소가 맡았었다.

18세기 들어 조선통신사와 필담을 나누는 계층은 급격히 일본의 유학자(儒學者)로 바뀐다. 대부분 번(藩)에 소속한 문사들이었고, 그렇지 않더라도 신분은 유학자였다. 중앙에는 성당(聖堂)이라는 조선의 성균관 같은 곳이 설치되고, 각 번에는 시강(侍講)이라는 명칭의 문필 담당의 유학자가 배치되는 등, 조선의 문사들을 접대할 인력이 충분히 길러졌다. 이들이 승려를 대신하여 전면에 등장하는 것이 18세기의 상황이었다. 1711년의 창화집을 대표한 거질의『계림창화집(鷄林唱和集)』
과『칠가창화집(七家唱和集)』에 든 인물은 거의 유학자이다.

그러나 이런 와중에도 별종 같은 승려는 전통적인 의미의 관반의
역할을 하고 있다. 다만 승려의 입장에서 나눌 수 있는 필담의 소재는
제한되었다. 통신사행이 이어지는 동안 금기시한 것 가운데 하나가
불교 논의였다. 심지어 유학자 우삼방주(雨森芳洲:아메노모리 호슈)는
"한인이 우리나라 학자를 대할 때 한갓 시부(詩賦)로만 할 뿐이다."라
고 아쉬워하였다. 성리학을 벗어나면 논의조차 꺼렸다는 것이다. 그
러므로 불교에 대해서는 말할 것도 없었다. 경도에서 한 승려가 불법
에 관해 저술한 책을 보이고 의견을 물으러 왔다. 그러자 관반인 송포
하소(松浦霞沼:마쓰우라 기리누마)가 제지하면서 시문창화만 하도록 권유
하였다. 숭유억불의 정책을 견지하는 조선에서 온 문사가 모욕을 줄
것이라고 충고하였던 것이다.


3

저간의 사정을 반영하듯『사객통통집(槎客通筒集)』은 시문의 창수로
일관하고 있다. 내용 또한 인사와 전별(餞別)을 빼고 나면 자연 경관에
대한 묘사가 그 중심이다. 특히 부사산(富士山:후지산)에 대한 묘사가
주류를 이룬다.

경관을 묘사하는 시에 주력한 모습은 다음과 같은 일화로도 확인된다.
동곽(東郭)은 이현(李礥)으로, 안릉태수(安陵太守)를 지낸 다음 제술

관(製述官)으로 온 인물이다. 그가 마지막에 팔경시(八景詩)에 대해 언급한 대목이 있으나, "벌써 보내드린 화폭에 베꼈는데, 소동이 물을 엎질러 자획(字畵)이 젖는 바람에 분명치 않아 보기 어려우므로, 다른 종이를 구하여 써 드리겠습니다. 죄가 많습니다. 두 시고(詩稿)의 서문은 초하여 드리니 받아주시기 바랍니다."는 언급만 있을 뿐 실제 시는 실리지 않았다. 그래서 매우 미안해하는 사과가 인상적이다. 이 시는 『일광산팔경시집(日光山八景詩集)』에 실려 오늘날까지 전하고 있다. 정사 조태억(趙泰億)의 문집 『겸재집(謙齋集)』에는 그가 쓴 시가 실려 있을 정도이다.

그러나 수행 내내 고락을 함께하며 그들 사이에 인간적인 정이 쌓이지 않을 리 없다. 부록으로 붙은 약간의 필담에는 마지막 헤어지는 장면을 다음과 같이 묘사한다.

동곽이 스님의 손을 잡고 차마 헤어져 가지 못하는데, 손으로 귀에 대고 말을 하나 통하지 않는 형세였다. 주변 사람이 가기를 여러 차례 권하니 어쩔 수 없이 헤어졌다. 이에 노를 돌려 세차게 울부짖으니, 스님 또한 울며 얼굴을 가렸다.

다소 과장된 표현일지는 몰라도, 서로 울며 헤어지는 광경이 전혀 사실과 동떨어져 보이지는 않는다. 이런 그들의 시문 창수를 담은 『사객통통집(槎客通筒集)』의 특징을 정리해 보면 다음과 같다.

첫째, 제술관만이 아니라 삼사(三使)도 매우 적극적으로 창수에 참여하고 있다. 과할 정도로 시문을 요구하여, 삼사가 업무를 보기 어려울 정도가 되자 만들어진 직책이 제술관이었다. 그래서 삼사는 대충 인사만 나누고, 창수의 일은 제술관에게 넘기는 경우가 많다. 그러나 이 사행에서 정사 조태억, 부사 임수간(任守幹), 종사관 이방언(李邦彦)은 제술관 못지않은 시를 써주었다. 임수간은 그의 문집『돈와유고(遯窩遺稿)』에 일부 시를 수록하여 놓을 정도이다.

둘째, 과도한 용사(用事)를 피하며, 자신의 감정을 솔직히 드러내는 가운데, 표현이 매우 정제된 시를 보여주고 있다. 이것은 별종의 시가 먼저 그런 점을 보여주었고, 나아가 사행원과 별종 사이에 인간적인 관계가 잘 형성되었기에 가능한 일이 아닌가 한다. 문학적인 표현의 측면에서도 연구의 가치가 있어 보인다.

물론 이 책에는 별종의 시가 가장 많고, 이에 창수한 시 또한 제술관 동곽의 시가 많다. 그러나 편편이 인간적인 우의를 나누는 예의가 보이고, 자연 경관을 세밀히 묘사하는 정성이 담겨 있다. 이 점 유의하여 읽고 연구할 필요가 있다고 본다.

# 사객통통집 서(槎客通筒集敍)

　승평(昇平)과 지치(至治)를 징험하는 것은 시인이 지은 시부(詩賦)와 거리의 가요에 있지, 별자리며 기린 봉황의 출현, 가화(嘉禾)나 서맥(瑞麥) 같은 데에 있지 않다. 대개 말이라는 것은 뜻의 화표(華標)이며 정이 겉으로 드러난 것이다. 끊임없이 흥을 돋우고, 탄식하며 읊고, 쌀쌀한 데서 출발하여 굳세게 울리니, 저 끊임없고 탄식하는 것은 뜻이요, 쌀쌀하고 굳센 것은 소리이다. 뜻에서 움직여 오로지 움직이는 까닭에 소리가 되고, 오로지 소리가 되는 까닭에 시가 되며, 시는 정의 흐름에서 나오지, 사람이 만들어서 말미암지 않으므로, 어찌 징험할 수 없겠는가.

　정덕(正德) 개원(改元)[1]에 조선의 통신사가 와서, 관명으로 만년(萬年) 별종(別宗) 선사가 접반(接伴)이 되니 예로부터 있던 일이다. 세슈(攝州)와 낭화(浪華)(浪速)에서 맞아 도부(東武)에 갔다가, 사신의 일을 마치고 낭화(浪華)로 모셔왔으며, 돌아와 창화시와 필담 여러 조를 묶어 사객통통집(槎客通筒集)이라 이름하였다. 선사와 조선의 여러 군자의 말을 모

---

1 정덕(正德) 개원(改元) : 1711년 신묘년. 정덕은 도쿠가와 이에노부(德川家宣)의 연호.

앉으나, 선사와 조선 여러 군자의 사사로운 일이 아니었다. 말은 두 나라의 성충(誠衷)에서 나와, 화려한 무늬의 옷감으로 싸고, 시와 부를 지었으니, 대작이건 짧은 시이건 그 말이 하나같지 않았다. 정치를 기린 것이 있고, 덕을 찬미한 것이 있고, 영화로움을 나타낸 것이 있고, 수고로움을 위로한 것이 있고, 경치를 그린 것이 있고, 즐거움을 엮은 것이 있어서, 무릇 모아놓은 것이 모두 진실 되고 실질적이며 공적으로 불러 솔직히 화답하였으니, 아첨에 빠지지 않았으며 사랑과 미움에 편벽되지 않아, 실로 승평과 지치를 징험할 만하다 하겠다.

대개 관반(館伴)의 근엄함과 응접의 수고로움 속에서, 시를 주고 받고 수창(酬唱)을 이었으며, 역로(驛路)의 늦은 밤에 뜬 별과 산과 강의 아침 안개를 풍아(風雅)로 읊었으니, 한낱 조선의 사신이 준 시에 그냥 지나치지 않고, 답하지 않음이 없었다. 선사가 준 시에 더러 화답시가 없으나, 진실로 문자의 선(禪)이요, 어찌 선이 이미 숙련되었다 하지 않으랴.

책으로 묶어 전하는 것은 무슨 까닭인가. 뒷날 조선의 사신을 접반하는 모범을 보인 것이다. 이것으로 왕접(往牒)하는 일을 고증하고, 오늘날의 규칙을 그림으로 나타내고, 중용의 도리를 나누어 바로 하고, 전례를 두루 통하게 한다면, 앞의 경우보다 능가하여 사래(嗣來)의 법을 전하는 데 족할 것이기에, 수창(酬唱)의 귀천을 다투어 베끼고, 서울과 시골을 두루 하여 전하지 않을 수 없다.

나는 진실로 문장을 못하나 아는 이로서 비록 와서 청하지 않아도 한 구절 글귀로 면찬(勉贊)함이 마땅하거늘, 하물며 청함이 있음에랴. 가름하여 머리에 싣는다.

낙하후학(洛下後學) 북돈가창(北邨可昌) 삼가 서함.

# 사객통통집 성씨(槎客通筒集姓氏)

조태억(趙泰億) : 자 대년(大年), 호 평천(平泉), 또 겸재(謙齋)라 호(號)하고, 조선국 양주인이며, 을묘년 생이다. 통정대부 이조참의 지제교(通政大夫吏曹參議知製教)로, 이번에 통신정사(通信正使)가 되어 왔다.

임수간(任守幹) : 자 용예(用譽), 호 정암(靖菴), 또 서평(書坪)이라 호하고, 조선국 서하인이며, 을사생이다. 통훈대부 행홍문관전한 지제교 겸 경연시강 춘추관편수(通訓大夫行弘文館典翰知製教兼經筵侍講春秋館編修)로, 이번에 통신부사(通信副使)가 되어 왔다.

이방언(李邦彦) : 자 미백(美伯), 호 남강(南岡), 조선국 완산인이며, 을묘생이다. 통훈대부 행홍문관교리 지제교 겸 경연시독 춘추관기주(通訓大夫行弘文館校理知製教兼經筵侍讀春秋館記注)로, 이번에 통신종사(通信從事)가 되어 왔다.

이현(李礥) : 자 중숙(重叔), 호 동곽(東郭), 갑오년에 났다. 을묘년에 진사, 계유년에 문과장원, 정축년에 중시급제하였다. 전임(前任)은 안릉태수(安陵太守)이고, 이번에 제술관(製述官)이 되어 왔다.

홍순연(洪舜衍) : 자 명구(命九), 호 경호(鏡湖), 정사년에 사마시, 을유년에 문과 급제하였다. 현재 태상판관(太常判官)으로 이번에 정사서기

(正使書記)가 되어 왔다.

엄한중(嚴漢重) : 자 자석(子晳), 호 용호(龍湖), 진사 급제하고, 비서성 박사(秘書省博士)·고창군 태수(高敞郡太守)를 두루 역임하고, 이번에 부사서기(副使書記)로 왔다.

남성중(南聖重) : 자 중용(仲容), 호 범수(泛叟), 부사과(副司果)가 되었고, 호곡(壺谷) 남용익(南龍翼)의 셋째 아들이다. 이번에 종사서기(從事書記)가 되어 왔다.

조연(祖緣) : 자 별종(別宗), 호 이신(頤神), 선대는 강주인(江州人)이고 성은 원(源), 씨는 좌좌목(佐佐木)²이다. 무술년에 하주(賀州)³의 금택(金澤)에서 태어나, 중흥(中興) 광운(光雲) 영중(英中) 현(賢) 선사에게서 법을 받고, 전 주상국(住相國) 각운(覺雲) 길(吉) 선사에게 법을 이었다. 일찍이 경덕(景德) 진여(眞如) 주상국을 거쳐, 또 사자(賜紫)하여 남선(南禪)으로 옮기고, 지금 경도(京都)의 만년산 아래 자조선원(慈照禪院)에 있다. 선원에는 보타암(寶陀嚴)이라는 전각이 있다. 특별히 관명을 받들어 섭주(攝州)와 낭화(浪華) 진에서 조선의 사신을 송영하였다.

---

2 좌좌목(佐佐木) : 사사키.
3 하주(賀州) : 가슈. 이하국(伊賀國)의 이칭(異称).

# 사객통통집(槎客通筒集) 권일(卷一)

## 자조소종(慈照小從) 조충(祖沖) 조회(祖會) 편

어제 빛나는 모습을 기쁘게 맞이하고 지극히 유쾌하여 무람한
시 2편을 지어 정사 조 공 각하에게 드리니, 웃으며 받아주십시오

昨日, 幸仰光儀, 極增愉快, 因賦蕪詩二篇, 奉呈正使趙公閣下, 伏乞莞政.

별종(別宗)

| 이웃나라 좋게 지낸 지 몇 백 년인지 모르나 | 隣好不知幾百霜 |
|---|---|
| 몸소 멀리 전한 소식 일본 땅에 이르렀네 | 親傳遠信到扶桑 |
| 오천 리 밖 붕새 나는 하늘 넓디넓고 | 五千里外鵬天闊 |
| 수십일 일정에 역로(驛路)는 기네 | 數十日程驛路長 |
| 윗나라 뭇 영걸들 용모도 헌걸찬데 | 上國群英容貌偉 |
| 북쪽 서울 세 호걸은 이름에도 향이 나네 | 北京三傑姓名香 |
| 이곳에 아무런 풍경이 없다 말하지 마세요 | 莫言此地無風景 |
| 곳곳에 어여쁜 친구들 시 가득한 배를 두드립니다 | 處處令君皷繡腸 |

| 상서로운 구름 가득히 푸른 하늘에 비추는데 | 靄雲靉靅映蒼穹 |
|---|---|
| 문득 바라보니 사신의 별이 동쪽을 향하네 | 忽見使星方向東 |
| 맑은 세상에 지금 파도는 온화하고 | 淸世秖今波浪穩 |
| 일본과 조선에 한번 인자한 바람 부는구나 | 蜻州鰈域一仁風 |

## 삼가 별종(別宗) 대사가 보여주신 시를 따라, 우러러 도안(道案)을 더럽힌다
### 謹次別宗大師辱示之韻

평천(平泉)

| 나그네 길에 가을을 만나 귀밑머리 서리 내리고 | 客裏逢秋鬢欲霜 |
| 국화 핀 울타리와 소나무 오솔길 읊던 시상(柴桑)[4]을 기억하네 | |
| | 菊籬松逕憶柴桑 |
| 올 때는 바다에 뜬 배에 바람 파도 거세더니 | 來時海舶風濤壯 |
| 가는 날은 에도까지 길이 멀구나 | 去日江關道路長 |
| 집집마다 누대(樓臺)는 살아 있는 그림처럼 열렸고 | 萬戶樓臺開活畵 |
| 온 숲의 귤나무는 맑은 향기를 보내네 | 千林橙橘送淸香 |
| 붓을 적셔 고승의 말씀에 억지로 화답하니 | 濡毫强和高僧語 |
| 나그네 길 시정(詩情)에 마음이 흔들리네 | 旅恨詩情攪寸腸 |

| 부상의 큰 나무는 푸른 하늘에 솟구치고 | 扶桑大樹拂晴穹 |
| 나그네 길 다 하니 해 뜨는 동쪽이라 | 客路行窮宮日出東 |
| 부사산 실컷 보았노라 들었으니 | 聞說富山饒勝賞 |
| 즐겨 스님을 따라 가을바람을 좇아가네 | 好隨飛錫趁秋風 |

---

4 시상(柴桑) : 산(山) 이름. 중국 강서성(江西省)구강현(九江縣) 서남쪽에 있는데, 진(晉)나라 도잠(陶僭)이 일찍이 그 산에서 살았음.

## 서툰 시 두 편을 부사 임 공 각하에게 드리며 영정(郢政)을 바람
### 野詩二篇 奉呈副使任公閣下 伏乞郢政

별종

| | |
|---|---|
| 좋은 이웃 천년에 차가워진 적 없고 | 善隣千載不寒盟 |
| 사신의 깃발 씩씩하게 큰 바다를 건넜네 | 旌節悠揚渡大瀛 |
| 부산의 맑은 바람 큰 배를 치달리게 했고 | 釜浦淸風馳舸艦 |
| 일본에서 첫날은 동정(銅鉦)을 걸었네 | 扶桑初日掛銅鉦 |
| 동방은 마치 유리계(琉璃界) 같으니 | 東方恰是琉璃界 |
| 북쪽은 마땅히 금수성(錦繡城)이라 할만하네 | 北域應思錦繡城 |
| 예를 차릴 때에 어찌 역관의 혀를 번거롭게 하랴 | 禮際何須煩譯舌 |
| 붓으로 서로 통하며 두 나라의 정을 나누네 | 毛君通解兩邦情 |

| | |
|---|---|
| 오랫동안 낭화(浪華)⁵의 해변에서 사신을 기다려 | 久待星槎浪速邊 |
| 사신의 옷은 지는 가을 하늘 아래 해처럼 빛나네 | 綉衣耀日暮秋天 |
| 동쪽으로 만 리 길 절경이 많으니 | 東行萬里多奇勝 |
| 먼저 천심(千尋)⁶의 부사산(富士山)⁷을 가리키네 | 先指千尋富士巓 |

---

5 낭화(浪華) : 나니와. 대판(大阪)의 옛 이름. 표기는 여러 가지이나 번역에서는 '浪華'
로 통일하였음.
6 천심(千尋) : 8천 척. 대단히 높거나 대단히 깊음을 이름.
7 부사산(富士山) : 후지산.

## 별종 노사 도안에 받들어 화답함
### 奉酬別宗老師道案

정암(靖菴)

| | |
|---|---|
| 사신의 일을 받들어 찾아 와 두 나라를 굳게 맺고 | 奉使來尋兩國盟 |
| 배를 저어 큰 바다 두루 돌았네 | 星槎迢遞歷寰瀛 |
| 함께 저 바닷가에 모여 스님을 따르니 | 同臻彼岸隨飛錫 |
| 며칠 절에서 자며 새벽 징소리 들었네 | 屢宿空門聽曉鉦 |
| 가을바람 불어 낙엽에 놀라니 | 正是秋風驚落木 |
| 행렬이 외로운 성에 머무는 것을 감당할 수 있을까 | 可堪行李滯孤城 |
| 낯선 나라에 머물며 높은 스님을 뵈오니 | 殊方依止參高釋 |
| 사한(詞翰)은 때로 나그네의 심정을 말할 수 있네 | 詞翰時能道客情 |

창려(昌黎)의 시에, "스님은 새벽 징을 치네(僧盂敲曉鉦)"라 하였는데,
네 번째 이른 것이다.

| | |
|---|---|
| 부사산은 멀리 바다 동쪽 가에 있는데 | 富山遙在海東邊 |
| 구름 안개가 하늘을 막았다 들었네 | 聞說雲霞鎖洞天 |
| 이제 가서 신선을 만날 수 있을까 | 此去神仙如可遇 |
| 시험 삼아 생황을 불어보며 높은 산을 희롱하네 | 試呼笙鶴戲高巓 |

아래 두 수는 종사관 이 공 각하에게 드리는 것이니, 질정을 바람

下曲二首 奉呈從事李公閣下　伏乞叱正

별종

| | |
|---|---|
| 멀리 깊은 바다 건너 만 리의 거리 | 遠渡重溟萬里程 |
| 물가의 왜가리 갈매기가 풍정(風情)을 달래네 | 鷺洲鷗渚慰風情 |
| 비단 배가 벌써 바다 서쪽의 나라를 지났으니 | 繡帆旣歷海西國 |
| 옥절(玉節)은 에도의 성에서 나와 맞네 | 玉節遙來江上城 |
| 웅변은 도도하게 맑은 물과 같고 | 雄辯滔滔如水灑 |
| 대명(大名)[8]의 두려움은 천둥 번개 같네 | 大名虩虩似雷鳴 |
| 염예퇴(灩澦堆)와 구당협(瞿塘峽)[9]의 위험도 사양하지 않으리니 | |
| | 不辭灩澦瞿塘險 |
| 일편단심으로 해바라기처럼 기우네 | 一片舟心葵藿傾 |

| | |
|---|---|
| 세 사신의 배가 푸른 파도를 무릅쓰니 | 三使方舟駕碧波 |
| 한가로이 한 목소리의 노래를 듣네 | 閑聽款乃一聲歌 |
| 장주(長洲)[10]의 여러 섬을 거쳐 팔천(八千) 리 길 | 長洲別島八千路 |
| 정히 비단 주머니에는 아름다운 글귀 많음을 알겠네 | 定識錦囊佳句多 |

---

8 대명(大名) : 에도시대에는 만 석(石) 이상을 영유한 막부 직속의 무사를 가리킴. 다이묘.
9 염예퇴(灩澦堆)와 구당협(瞿塘峽) : 염예퇴는 양자강(揚子江) 구당협의 입구에 우뚝 서있는 큰 암석을 말하고, 구당협은 양자강 상류에 있는 험준한 협곡(峽谷)을 말한 것으로 이곳은 배가 잘 다닐 수 없는 험난한 곳으로 유명함.
10 장주(長洲) : 죠슈.

## 삼가 별종 대상의 시를 따라 도안에 바침
### 謹步別宗大師惠韻 奉呈道案

남강(南岡)

| | |
|---|---|
| 몇 군덴 배를 대느라 길손의 일정은 늦어지고 | 幾處帆檣滯客程 |
| 흰 구름 하늘 끝 홀로 정에 사무치네 | 白雲天末獨傷情 |
| 가을빛 누그러진 부상(扶桑)의 나라 | 秋光正老扶桑國 |
| 아득한 길 다한 곳이 대판(大板)<sup>11</sup> 성 | 溟路初窮大板城 |
| 만 리 길 고향의 편지 가지고 오는 기러기 적고 | 萬里鄉書來雁少 |
| 창가의 나그네 꿈 벌레소리 끊어지네 | 一窓羈夢斷蛩鳴 |
| 다행히 시승(詩僧)을 만나 반갑게 맞이하니 | 幸逢韻釋回青眄 |
| 흥금을 터놓지 않고서도 뜻은 이미 기울었네 | 不待論襟意已傾 |

| | |
|---|---|
| 빛나는 배는 가벼운 파도를 헤치며 오니 | 彩舟容與泛輕波 |
| 소고(簫鼓)에 맞추어 흐르며 노 젓는 노래가 섞이네 | 簫鼓中流雜櫂歌 |
| 성곽과 백성을 보니 도회에 모여 | 城郭人民大都會 |
| 이 사이에 번화함을 바로 알겠네 | 繁華最覺此間多 |

## 누추한 시 한 편을 학사 이 군 사안에 드리며 바로잡아주기를 바람
### 鄙律一章 呈學士李君詞案倂正

별종

멀리서 우리 왕이 자리에 오른 것을 축하하러 오니 遙賀我王紹襲來

---

11 대판(大板) : 오사카.

배를 맞아 소매를 나란히 하며 구름 끝으로 나오네 接艫連軸出雲隈

의관을 잘 갖춘 수많은 인걸 衣冠濟濟千人傑

금옥 소리 쟁쟁하게 팔두(八斗)의 재주꾼[12] 金玉鏘鏘八斗才

문장이 빛나는 무지개를 뱉어내 두 나라에서 빛나니 文吐彩虹輝兩國

빚은 연꽃 모양 촛대에서 나뉘어 삼태성[13]을 비추네 光分蓮炬映三台

강남의 9월은 주림(珠林)의 속인데 江南九月珠林裡

붓 끝에 꽃이 태어나 봄빛이 돌아오네 筆下花生春色回


## 삼가 별종 대사가 주신 시를 따라
敬次別宗大師辱賜韻

동곽(東郭)

바다의 신이 부축하여 사절로 와 海若扶將使節來

맑은 가을 셋슈 나루터에 돛을 내렸네 清秋落帆攝津隈

사륜(絲綸)[14]은 멀리 교린(交隣)의 의를 펼치고 絲綸遠布交隣義

막부는 처음부터 탈영(脫穎)[15]의 재주가 아니었네 幕府初非脫穎才

원교(圓嶠)[16]의 상서로운 빛이 햇무리를 타고 圓嶠瑞光騰日轂

---

12 팔두(八斗)의 재주꾼 : 시문에 가장 탁월하고 민첩한 천하무쌍의 재주.

13 삼태성 : 정승을 상징하는 별.

14 사륜(絲綸) : 조칙(詔勅)의 아칭.

15 탈영 : 재능(才能)을 자천(自薦)하는 것. 전국(戰國) 시대에 조(趙) 나라 평원군(平原君)이 장차 초(楚) 나라에 가서 종약(從約)을 체결하려는데, 모수(毛遂)는 말하기를, "비유하자면 송곳이 주머니 속에 들어 있으나 자루를 벗고 나오면 그 끝이 당장 보이는 것과 같다." 하였음.

신선 동네의 **빼어난** 빛은 천태성을 솟구치네      仙都秀色聳天台

사문(沙門)의 시는 금옥보다 빛나고      沙門麗藻輝金玉

뛰어난 경치는 은하수가 돌을 안고 도네      絶勝銀河抱石回


## 다시 앞의 시를 따라 정사 대인이 내리신 뛰어난 화답시에 감사 하며 바침

**再次前韻奉謝正使大人賜高和**

별종

늦가을 밤은 찬데 달빛은 서리에 비추고      秋老夜寒月照霜

서녘바람 소슬 불어 마른 뽕나무가 흔들리네      西風蕭颯動枯桑

느꺼이 관명(官命)을 맡아 천균(千鈞)[17]의 무게인데      謾擔官命千鈞重

부끄럽게 문장의 재주는 실올 자라는 만큼[18] 안되네      愧沒文才一線長

다행히 비녀 꽂고 덕스러운 모습을 우러르니      幸是盍簪瞻德貌

돌아갈 때는 소매 가득 남은 향기를 띠겠네      歸來滿袖帶餘香

손님들과 어울려 문득 양춘곡을 들으니      客中忽聽陽春曲

알아듣는 슬픈 사람은 백결(百結)의 마음이네      解得愁人百結腸


뜻과 기운 헌걸차게 높은 하늘을 덮었는데      軒昂志氣薄高穹

---

16 원교(圓嶠) : 전설 속의 선산(仙山), 즉 발해에 있다는 삼신산(三神山)을 가리킴.

17 천균(千鈞) : 1균은 30근.

18 실올 자라는 것만큼 : 동짓날에는 해가 길어져서 자수(刺繡)하는 여인이 일선(一線)을
더할 수 있다고 함. 두보(杜甫)의 동지시(冬至詩)에 "愁日愁隨一線長……"라는 시구가
있음.

사신들은 유유히 해 뜨는 동쪽을 향하네 　　　文旆悠悠向日東

여정에 가을빛 차가움을 싫어 않으니 　　　不厭旅程秋色冷

낭화(浪華) 나루터에서 광풍(光風)에 인사드리네 　浪華津上挹光風


## 이신당(頤神堂) 노사 도안에 감사하며 바침[19]
### 奉謝頤神堂老師道案

평천(平泉)

갈대의 수국(水國)에 기러기는 서리에 놀라고 　蒹葭水國雁驚霜

하늘에서 소슬히 바람 불어 일찍 뽕잎을 떨어뜨리네 蕭瑟天風早隕桑

사절이 머문 낯선 나라에 가을이 다 가니 　逗節殊方秋欲盡

등불을 낀 외로운 여관에서 밤은 어찌나 긴 지 　伴燈孤館夜何長

몸은 노스님에게 의탁하여 묵은 인연을 깨끗하게 하니

　　　　　　　　　　　　　　身依老宿塵緣淨

자리에 선화(仙花)가 떨어져 보게(寶偈)의 향이 나네 座墜仙花寶偈香

우체통도 없는데 자주 살펴보고 　　　不有郵筒頻見寄

나그네 길에 어찌 슬픈 마음을 따뜻하게 하리 　客中那得緩愁腸


높디높은 선루(禪樓)는 푸른 하늘에 가깝고 　迢遞禪樓近碧穹

달은 밝은데 바다 동쪽에서 근심스런 생각만 쌓이네 月明愁思海天東

스님을 따라 봉래산 길을 향하는 듯하고 　從師擬向蓬山路

학의 등에 부는 바람으로 신선의 옷이 날리네 　霞佩翾翔鶴背風

---

19 이 시는 『겸재집(謙齋集)』 권지칠(卷之七)에도 실려 있음.

## 다시 앞의 시를 이어 부사 대인이 내려주신 화답시에 감사하며 바침

再賡前韻奉謝副使大人賜高和

별종

| 물가의 갈매기 왜가리는 굳센 친구가 된 듯 | 汀鷺沙鷗似有盟 |
| 아침이며 저녁으로 함께 하여 봉래산 영주로 들어가네 | |
| | 晨昏相伴入蓬瀛 |
| 멀리 돌려 읊으니 금운(金韻)을 흔들고 | 回頭吟就振金韻 |
| 손 내키는 대로 두드리니 석정(石鉦)과 같네 | 信手叩來如石鉦 |
| 보랏빛 기운 홀연히 뜬 관문 밖의 봉우리 | 紫氣忽浮關外嶺 |
| 붉은 안개 비껴 들이는 햇빛 비추는 성 | 紅霞斜引日邊城 |
| 한밤중 달빛 아래 남쪽으로 기러기 지나고 | 三更月下南過雁 |
| 아마도 울음소리에 여정(旅情)을 돋우리 | 只怕聲聲動旅情 |

## 바다 구름 가, 갈대 같은 내가 옥 같은 그대에게 의지하니

蒹葭倚玉海雲邊

| 돌아보며 다시 기뻐할 두 하늘이 생겼네 | 眷顧更欣有二天 |
| 네 벽에서 나는 벌레소리 가을밤은 길고 | 四壁蟲吟秋夜永 |
| 꿈속에 돌아가 보는 삼각산의 가장 높은 봉우리 | 夢歸三角最高巓 |

# 삼가 별종 대사 도안에 수창함
## 敬酬別宗大師道案

정암(靖菴)

상인(上人)께서 부상의 땅에서 시맹(詩盟)을 주관하니

上人桑域主詩盟

멀리 큰 바다 건너오는 사신의 배를 맞네

遠迓星槎涉海瀛

산 앞에서 높이 나는 학은 뛰어난 스님을 따르고

高鶴山前隨卓錫

독룡(毒龍)은 파도 속에서 북과 징을 피하네

毒龍波底避敲鉦

서쪽에서 바다 건너 와 외로운 노를 멈추고

西來積水停孤棹

동쪽으로 긴 여정 끝에 에도 성을 만나리

東望長程接武城

행차는 끝없이 뛰어난 나라에 막히고

行李無端淹絶國

등불 피운 절은 정겹기만 하구나

一燈禪榻若爲情


옛 절의 누대는 지는 해 곁에 있고

古寺樓臺落日邊

아름다운 이는 창망히 구름 낀 푸른 하늘을 보네

佳人悵望碧雲天

스님을 따라 자비로운 세계로 가고 싶은데

從師欲訪流慈界

상근(箱根)20 고개는 취령(鷲嶺)21과는 어떤가

箱嶺何如鷲嶺巓

---

20 상근(箱根) : 하코네.
21 취령(鷲嶺) : 인도(印度) 중산(中山)의 이름. 석가가 《화엄경(華嚴經)》을 설법한 산.

## 다시 앞의 시를 이어 종사관 대인이 주신 화답시에 받듦
再賡前韻奉酬從事大人賜高和

별종

| | |
|---|---|
| 푸른 바다 다하고 흰 구름 같은 일정 | 滄溟望盡白雲程 |
| 회수의 강기슭과 오나라 물가[22]는 길손의 정을 불러일으키네 | |
| | 淮岸吳汀惹客情 |
| 백성들은 국빈을 보러 거리에 가득하고 | 民觀國賓盈巷陌 |
| 관리는 사신을 맞느라 성문을 여네 | 官迎星使啓關城 |
| 아름다운 의표로 스스로 제 나라와 헤어져 | 丰標自與吾邦別 |
| 성가는 일찍이 다른 나라에서 떨쳤네 | 聲價早於異域鳴 |
| 마당가에 몰려와 탈 없음을 축하드리는데 | 庭際趨來賀無恙 |
| 산하가 요동쳐 집이 기울려 하네 | 山河搖動屋將傾 |
| 전날 지진이 있어 시구 가운데 그렇게 말했다. | |

| | |
|---|---|
| 이속(吏屬)이며 백성 온 나라가 무척 분주한데 | 吏民擧國正奔波 |
| 나란히 태평가 한 곡조를 부르네 | 齊唱太平一曲歌 |
| 에도에서 험한 다리를 겪었다 싫어하지 말라 | 莫厭江東經嶮棧 |
| 팔교(八橋)[23]와 삼보(三保)[24]는 실컷 구경하였네 | 八橋三保賞遊多 |

팔교삼보(팔橋三保)는 이 나라의 아름다운 경치이다.

---

22 회수의 강기슭과 오나라 물가 : 중국으로의 뱃길이 주로 중국 남부로 이어져 있으므로, 뱃길을 말하는 관습적인 표현.
23 팔교(八橋) : 야쓰하시. 경도에 있는 명승지.
24 삼보(三保) : 미오. 준하(駿河:쓰루가)에 있는 명승지.

## 거듭 고운(高韻)을 따라 삼가 별종 대사 도안께 드림
### 疊次高韻謹呈別宗大師道案

남강(南岡)

상근(箱根) 마루와 비파호(琵琶湖)는 어느 정도인지 셈해지나

箱嶺琵湖算去程

길손이 머문 곳의 고독은 슬픈 마음에 휩싸이네 　 客床孤燭惱愁情

높은 다락에 이 밤은 신극을 더하는데 　 危樓此夜瞻辰極

사신의 깃발은 언제 에도 성에 들어가나 　 征旆何時入武城

아름다운 경치 가는 곳마다 뛰어나 하나하나 보며 　 佳景漸看隨地勝

도인(道人)은 도리어 다시 시로 읊어내네 　 道人還復以詩鳴

지금 같은 기쁨을 공문의 계(契)로 부탁하니 　 如今喜托空門契

담주(談塵)[25] 휘두르며 오자 좌중이 머리 숙이네 　 談塵揮來一座傾


사신이 탄 배 만 리에 높은 파도를 헤치고 　 星槎萬里涉層波

한밤 중 돌아갈 마음 호기로운 노래를 부르네 　 中夜歸心發浩歌

내일 다시 스님을 따라 가리니 　 明日更隨飛錫去

봉래산 어느 곳에 구름이 많은지 　 蓬山何處靄雲多

---

25 담주(談塵) : 고라니의 꼬리는 먼지가 잘 떨린다 하여, 이 고라니의 꼬리털로 만든 먼지 떨이는 청담(淸談)을 하던 사람이 많이 가졌으며, 후에는 불도(佛徒)들도 많이 가지고 다녔음.

## 다시 앞의 시를 이어 이 학사 사안에게 감사하며
### 再賡前韻 謝李學士詞案

별종

| | |
|---|---|
| 푸른 발을 친 흰 배가 바다 위로 떠오니 | 白舫靑簾海上來 |
| 가을바람에 옛 성의 모퉁이에 닻줄을 매네 | 秋風繫纜古城隈 |
| 장정 만 리에 임금의 명령을 전하러 | 長征萬里傳君命 |
| 일시에 전대(專對)하고 재주 있는 선비를 골랐네 | 專對一時擇士才 |
| 큰 기운에 준걸 찬 호인들이 태화(泰華)를 넘어서고 | 氣宇俊豪凌泰華 |
| 붓끝은 웅건하여 형태(衡台)[26]를 흔드네 | 筆鋒雄健振衡台 |
| 성대한 잔치 자리에 술 석 잔 사양 마시오 | 莫辭盛宴三盃酒 |
| 슬픈 마음 위로 하러 하루에 아홉 번 | 爲慰愁腸日九回 |

## 삼가 별종 대사가 보이신 시를 따라
### 敬呈別宗大師辱視韻

동곽

| | |
|---|---|
| 보배로운 우통(郵筒)이 가고 또 오니 | 珍重郵筒去又來 |
| 노스님은 성 안에 나는 에도 한 귀퉁이에 있네 | 老師城裡我江隈 |
| 하늘은 대륙에 닿아 먼 길을 슬퍼하니 | 天連大陸愁長路 |
| 주머니에는 새 시가 없어 짧은 재주 부끄럽네 | 囊乏新詩媿短才 |
| 배 위의 가을날은 금방 해가 지니 | 槎上秋光驚晼晚 |
| 나그네 길에 여름 가고 회태(恢台)[27]를 보았네 | 客中炎序閱恢台 |

---

26 형대(衡台) : 규형(圭衡)과 태좌(台座). 곧 문형(文衡)과 정승.

꿈속에서도 혼은 또한 임금 그리는 뜻을 풀었으니　夢魂亦解思君意
매번 궁궐로 들어가 머리 조아려 절하네　　　　　每入丹墀拜稽回.

초사(楚辭)에, "회태의 초여름을 거두었다"고 함.

## 급히 절구 한 수를 지어 세 분 사신 대인이 내려주신 화답시에 감사하며
走賦一絕謹謝三使大人重賜高和

별종

옥 같은 시를 보답으로 받고 기쁨 더욱 깊어지는데　瓊瑤得報喜尤深
감히 백아(伯牙)의 한 곡조 거문고 연주를 듣네　　堪聽伯牙一曲琴
어찌 고향 소식 드문 것을 안타까워하랴　　　　　何恨故鄕消息少
높은 산에서 흐르는 물은 이것이 바로 지음(知音)이네

高山流水是知音

## 이신당(頤神堂)이 보여주신 시를 따라
奉次頤神堂辱示之韻

평천(平泉)

에도 성의 늦은 가을에 길손의 시름은 깊어가는데　江城秋晚客愁深

---

27 회태(恢台) : 만물을 크게 길러 주는 첫 여름을 말한 것임.

만 리 길 행장이란 다만 거문고 하나        萬里行裝只一琴

빛나는 시를 잡고 달밤을 연주하고 싶으나     欲把瑤徽彈夜月

노래 가운데 돌아갈 생각에 남음(南音)[28]을 울리네 曲中歸思動南音.


## 이신당 도안에 창수함
### 奉酬頤神堂道案

정암(靖菴)

여관은 소슬하고 옛 절은 그윽한데       旅榻蕭然古寺深

큰 생각으로 요금(瑤琴)을 베끼는 일 멈추려 하네   休將大思寫瑤琴

귓속의 먼지 뿌리마저 깨끗하게 한다면     耳中若使塵根淨

번뇌는 어디로부터 와서 두 가지 소리[29]를 일으키겠나

煩惱何從起二音


## 이신당이 보내주신 시에 화답함
### 奉和頤神堂惠寄韻

남강(南岡)

이신당에게 의지한 여관에 등불 밝힌 밤은 깊고   支頤旅榻一燈深

---

28 남음(南音) : 《여씨춘추(呂氏春秋)》 음초(音初)에, "우(禹) 임금이 남토(南土)를 순행
하는데 도산씨(塗山氏)의 딸이 그 누이를 시켜 두 임금을 도산의 남쪽에서 기다리게 하
고, 자기는 노래를 지어 불렀는데, 그 노래에, '사람을 기다린다.[候人兮猗]' 하였는데,
실로 남음의 시작이다." 하였고, 주에, "남음은 남방 국풍(國風)의 소리다." 하였음.

29 두 가지 소리 : 『시경』 「소아」 소명(小明)에, '여서이음(餘舒二音)'이라는 말이 보임.

홀로 향수에 젖어 거문고에 의탁하네 　　　　獨把鄕愁托素琴

스님의 진중한 뜻을 많이도 받았으니 　　　　多荷上人珍重意

자주 아름다운 시를 쓰느라 벌레소리 늦게까지 들었네

　　　　　　　　　　　　　　　　數投佳什當蛩音


## 이 학사에게 답함 인(引)과 함께
### 寄李學士 幷引

별종

　산승(山僧)이 이 학사와 공관(公館)에 함께 있었으나, 다만 우편으로만 통하고 서로 만나보지 못했다. 지극히 안타까운 마음을 이기지 못하니, 진실로 지척이 천리라 한 바이다. 이 때문에 율시 한 수를 지어 뒷날 단원(團圓)을 기약하며, 홍(洪)·엄(嚴)·남(南) 세 분에게도 편지를 보내 아울러 귀한 화답시를 바라노라.


나루 위 사신의 여관에서 함께 지내나 　　　　同居津上館

옆집인데도 아직 만나보지 못하였네 　　　　接屋未相看

지척이 천리라 하니 　　　　咫尺如千里

뜰의 층계가 큰 산처럼 막혀있네 　　　　庭階隔萬巒

시를 지어 뜻을 통하니 　　　　有詩通意思

말없이 마음속을 그리네 　　　　無語寫心肝

다만 시 짓는 모임이라는 말을 듣고 　　　　只聽風騷會

붓을 휘둘러 하루에 물결을 일으키네 　　　　揮毫日起瀾

## 삼가 별종 대사가 보여주신 시를 따라
敬次別宗大師辱眎韻

동곽(東郭)

| | |
|---|---|
| 찾아오니 자주 이르는 것을 놀라 | 辱訊驚頻至 |
| 맑은 시를 다시 보게 됨을 기뻐하네 | 淸詩喜再看 |
| 새벽종은 오랜 절에 울리고 | 曉鐘鳴古寺 |
| 가을 달은 우뚝 솟은 봉우리에 걸렸네 | 秋月掛重巒 |
| 성대한 예의가 잘못 소매를 잡고 | 盛禮違攀袂 |
| 깊은 정은 가슴에 새기고 싶구나 | 深情欲鏤肝 |
| 가면 마땅히 채익(彩鷁)을 띄우고 | 行當浮彩鷁 |
| 호수 위에서 맑은 물결과 노닐리라 | 湖上弄晴瀾 |

## 삼가 별종 대사의 도석(道席)을 받들어 적음
謹次錄奉別宗大師道席

경호(鏡湖)

| | |
|---|---|
| 우아한 옷깃은 자리를 좇아 보이고 | 雅襟從座見 |
| 아름다운 구절은 사람의 곁에서 보이네 | 佳句傍人看 |
| 재주가 민첩하여 비단을 삼킨듯하고 | 才敏如吞錦 |
| 드높은 의표는 솟아난 봉우리 같네 | 標高似聳巒 |
| 은혜로운 시가 눈에 들어 놀라며 | 惠詩驚入眼 |
| 도타운 정의에 땀 흘리게 하네 | 厚誼欲輸肝 |
| 내일 아침 출발하여 배에 탄 다음 | 明發乘舟後 |
| 함께 정포(淀浦)[30]의 물결을 휘날리겠네 | 同揚淀浦瀾 |

## 삼가 별종 대사 법안(法案)께 적어 바침
### 謹次錄奉別宗大師法案

용호(龍湖)

| 헛되이 두터운 은혜로 시를 받았으나 | 虛辱詩賤惠 |
|---|---|
| 도범(道範)을 보이시는 것은 인연이 없네 | 無緣道範看 |

자비(慈悲)로 배 타고 와 해안에 머무시니　　　慈航留海岸

법좌는 솟은 구름을 막았네　　　法座隔雲巒

두루 구경하여 마음의 눈을 넓히고　　　壯矚恢心眼

훌륭한 시에 마음을 다듬네　　　高詞琢肺肝

미미한 재주로 화답시를 쓰지 못해 부끄러우니　　　微才愧拚和

누가 다시 문장의 파도를 뜰까　　　誰復挹文瀾


## 삼가 별종 장로 도안(道案)을 받들어
### 謹次奉別宗長老道案

범수(泛叟)

한 점 마니주[31]의 빛깔　　　一點尼珠彩

처음으로 앉은 자리에서 보네　　　初於座上看

지팡이는 날려 일찍이 지나온 길　　　錫飛曾過路

암자는 생각건대 옛 거처 높은 곳　　　菴憶舊棲巒

---

30 정포(淀浦) : 요도우라. 대판에서 배를 갈아타고 하천을 따라 경도에 이르는 뱃길의 포구.

31 마니주 : 인간의 불성(佛性)을 상징. 아무런 색이 없으면서, 모든 색이 그 속에 비치어 나타난다고 한다.

| | |
|---|---|
| 기쁘게 구슬 같은 글자를 얻어 | 喜得瓊琚字 |
| 비단 같은 뱃속을 알겠구나 | 知從錦繡肝 |
| 자비로운 잔은 빌릴 수 있을 것 같으니 | 慈杯如可借 |
| 누가 성난 물결을 건너기 두려워하리 | 誰怕涉驚瀾 |

## 다시 앞의 운을 이어 제술관 이 군에게 사례함
**再次前韻謝製述官李君**

별종

| | |
|---|---|
| 한림의 풍월주 | 翰林風月主 |
| 누가 등한(等閑)하게 본다 하리 | 誰作等閑看 |
| 배는 머물러 한밤에 비 오고 | 舟泊三更雨 |
| 구름은 이어 만 겹의 봉우리이네 | 雲連萬疊巒 |
| 시를 지어 길손의 생각을 잊고 | 賦詩忘客思 |
| 부절을 잡고 충성스러운 마음을 드러내네 | 持節露忠肝 |
| 붓의 힘은 누가 대적할 수 없고 | 筆力無人敵 |
| 바로 이미 엎어진 물결을 되돌렸네[32] | 直回既倒瀾. |

9월 26일 밤, 비를 무릅쓰고 배를 놓아 포구를 떠나므로 제3구가 이에 이르렀다.

---

32 이미 …… 되돌렸네 : 한유(韓愈)의 〈진학해(進學解)〉에, "온갖 냇물을 막아서 동으로 흐르게 하고, 이미 엎어진 데서 거센 물결을 돌이켰다.[障百川而東之 迴狂瀾於既倒]" 한 데서 온 말.

## 다시 앞의 운을 이어 경호(鏡湖) 기실(記室)에게 창수함
**再次前韻酬鏡湖記室**

별종

| 바다 나라의 가을빛이 좋으니 | 海國秋光好 |
| 눈동자 돌려 자세히 보시라 | 轉眸子細看 |
| 사천왕사는 천년의 절이요 | 天王千載寺 |
| 무기 창고는 몇 층이나 드높은가 | 武庫幾層巒 |
| 마땅히 술과 시에 흥취를 돋우니 | 宜動酒詩興 |
| 바로 금옥 같은 마음이 열리네 | 正開金玉肝 |
| 사람을 알아주어 기쁘기 짝이 없고, | 識韓眞耐喜 |
| 문장의 기세는 미칠 듯이 솟구치네 | 文勢湧狂瀾 |

사천왕사는 낭화(浪華) 성 남쪽에 있고, 성덕태자가 개창한 곳이다. 무기 창고는 이 성의 서북쪽에 있는데, 신공황후(神功皇后)가 그 마루에 병기를 숨겨두었다 해서 생긴 이름이다.

## 다시 앞의 운을 이어 용호(龍湖) 기실(記室)에게 사례함
**再步前韻謝龍湖記室**

별종

| 가을이 다 가는 날 | 三秋將盡日 |
| 낙엽이 섬돌 곁으로 보이네 | 落葉砌邊看 |
| 넓디넓은 한강수 | 滇湎漢江水 |

| | |
|---|---|
| 높이 솟은 감악산[33]의 봉우리 | 欽嵜紺岳巒 |
| 큰새가 날아 사절을 따르는데 | 鶍飛隨使節 |
| 기러기 울어 사람의 간을 부수네 | 雁叫碎人肝 |
| 만경창파에 용호(龍湖)는 넓으니 | 萬頃龍湖闊 |
| 수사(洙泗)[34]의 물결을 일으킬 만하구나 | 可興洙泗瀾 |


## 다시 범수(泛叟) 기실(記室)에 답함
再次答泛叟記室

별종

| | |
|---|---|
| 탄식하는 다른 나라의 길손이여 | 歎息殊方客 |
| 효도하는 정이 글귀 속에 보이네 | 孝情句裡看 |
| 선고(先考)의 자취를 찾아보고자 하여 | 欲尋先考跡 |
| 홀로 옛날 노닐던 봉우리에 오르네 | 獨上昔遊巒 |
| 의표와 격조는 높아 속된 기운을 넘어서고 | 標格高超俗 |
| 시와 글은 맑아 마음을 씻어내네 | 詩詞淨洗肝 |
| 옥강(玉江)[35]에서 나란히 노를 젓고 | 玉江齊發棹 |
| 문익(文鶍)은 맑은 물결에 비추네 | 文鶍映清瀾 |

---

33 감악산 : 파주 지나 장단에 걸친 산.
34 수사(洙泗) : 노나라 곡부(曲阜)에 있는 수수(洙水)와 사수(泗水)를 아울러 일컫는 말.
　공자가 이 지역에서 강학 활동을 하였으므로 유교 학문을 뜻하는 말이 되었음.
35 옥강(玉江) : 다마에.

옥강은 전천(澱川)[36]의 옛 이름이다.


## 다시 별종 대사가 보여주신 시에 따라 두 수
再次別宗大師辱眎韻二首

동곽

| | |
|---|---|
| 여관에서 한갓 서로 바라기만 하고 | 旅館徒相望 |
| 큰 모습 아직 뵙지 못했네 | 龐眉尙未看 |
| 조계(曹溪)는 하늘 밖의 길이요 | 曹溪天外路 |
| 기수(祇樹)는 꿈속에 우뚝 솟았네 | 祇樹夢中巒 |
| 성대한 예우로 사신의 행차를 맞고 | 盛禮迎龍節 |
| 맑은 시로 마음속을 뽑아냈네 | 淸詩擢繡肝 |
| 뿌리 깊은 먼지는 벌써 맑아졌으려니 | 根塵應已淨 |
| 고요한 수면에 물결 일지 않네 | 止水不生瀾 |

| | |
|---|---|
| 바닷길 처음으로 다한 곳 | 海路行初盡 |
| 신선의 구역은 이미 실컷 보았네 | 仙區已飽看 |
| 무지개다리는 대륙으로 이어지고 | 虹橋連大陸 |
| 소라 같은 산은 산줄기에서 솟아있네 | 螺黛聳攢巒 |
| 허탄한 이야기는 오골(鰲骨)[37]을 전하고 | 誕說傳鰲骨 |

---

36 전천(澱川) : 요도가와. 정천(淀川)과 같음. 이 강은 비파호(琵琶湖)에서 흘러내리는 유일한 강임.
37 오골(鰲骨) : 동해 바다 가운데 자라[鰲]가 삼신산(三神山)을 머리에 이고 있다 하는

신묘한 방책은 마간(馬肝)[38]을 숨겼네 　　　　神方秘馬肝

스님이 뛰어난 글귀 지으시니 　　　　　　沙門有秀句

붓 끝에서 높은 물결이 솟구치네 　　　　　筆下湧層瀾.


## 다시 앞의 시에 겹쳐서 대사 도안 아래 적어 드림
### 再疊前韻錄呈大師道案下

용호

스스로 의탁한 불가의 계 　　　　　　　　自托空門契

신선의 의표를 눈을 씻으며 보네 　　　　　仙標拭目看

진리를 타고 만겁을 넘고 　　　　　　　　眞乘超萬劫

나는 지팡이로 천개의 봉우리를 넘네 　　　飛錫超千巒

좌벽(座闢)하여 연꽃은 다리에서 나고 　　　座闢蓮生足

시가 이루어지니 비단이 몸속에서 만들어지네 　詩成錦作肝

글의 원천은 법해(法海)에 이어지고 　　　　詞源連法海

붓 끝에 높은 물결이 엎어지네 　　　　　　筆下倒層瀾

---

데, 여기서는 그 자라가 죽어 흰 뼈가 되도록 오랜 기간을 말함.

38 마간(馬肝) : 한 경제(漢景帝) 때 경학자(經學者)인 원고(轅固)가 일찍이 임금 앞에서
황생(黃生)과 쟁론(爭論)을 벌일 적에 황생이 탕무(湯武)는 천명(天命)을 받은 것이 아니
라 임금을 죽인 것이라고 말하자, 원고는 걸주(桀紂)가 황란(荒亂)함으로 인해 천하 인심
이 탕무에게 돌아감으로써 탕무가 부득이 천하를 차지한 것이라고 반박하였는데, 이때
임금이 그들의 말을 듣고 이르기를 "말의 간을 먹지 않아도 고기 맛을 모르는 사람이
되지 않는다 하니, 그것은 바로 학자들이 탕무의 수명(受命)에 대해서 말하지 않아도
어리석음이 되지 않음을 이른 말이다."고 한 데서 온 말인데, 말의 간은 독이 있어 사람이
먹으면 죽는다고 하는바, 탕무가 임금을 죽였다고 하는 것은 곧 경의(經義)에 위배되므
로, 이를 말의 간을 먹는 데에 비유한 것임. 《漢書 卷88 轅固傳》

별종 장로가 나의 옛 생각을 듣고, 다시 앞의 시를 이어 특별히
보여주며 뜻을 위로하니, 그 정이 어찌 우연이랴. 이에 감히
졸렬함을 잊고 거듭 화답하여, 나는 감사하는 마음을 펴며 바로
잡아 주시길 바랐다

別宗長老聞余感舊, 再步前韻, 特示慰意, 其情豈偶然哉. 茲敢忘拙疊
和, 庸伸謝忱, 兼乞斤正

범수

| | |
|---|---|
| 큰 스님이 멀리서 온 길손을 맞으니 | 高禪迎遠客 |
| 다른 나라에서 기쁘게 서로 마주 보는구나 | 異域喜相看 |
| 함께 히라가타 포구를 건너 | 共泛平方浦 |
| 같이 아타고 산을 보네 | 同瞻愛宕巒 |
| 맑은 시를 손에 넣어 놀라고 | 淸詩驚入手 |
| 두터운 호의에 마음을 건네는구나 | 厚意感輪肝 |
| 천리 길 말을 나란히 하여 이른 곳 | 千里聯驂處 |
| 마니(摩尼)는 흐린 물결에 비추네 | 摩尼照濁瀾. |

| | |
|---|---|
| 돌아가신 아버지가 사신으로 이른 땅 | 先君持節地 |
| 아들이 또 와서 보네 | 小子又來看 |
| 이미 푸른 바다 길을 건넜고 | 旣涉滄溟路 |
| 이제 부사산을 찾네 | 將尋富士巒 |
| 남긴 시가 자주 눈에 들어오니 | 遺篇頻入眼 |
| 흔적을 어루만지며 홀로 두근거리네 | 撫跡獨摧肝 |
| 길손의 눈물에 찬비가 겹쳐져 | 客淚共寒雨 |
| 긴 호수에 물결을 더하네 | 長湖添作瀾. |

## 또 화답으로 동곽 사백과 홍(洪)·엄(嚴)·남(南) 세 분 기실(記室)에게

又疊和以酧東郭詞伯及洪·嚴·南三記室

별종

| | |
|---|---|
| 아름다운 작품이 금방 상자에 가득하고 | 佳作忽盈篋 |
| 편마다 보기에 싫증나지 않네 | 篇篇不厭看 |
| 흉금은 눈과 달 속에 감추고 | 胸襟藏雪月 |
| 의기(意氣)는 산과 바위를 울리네 | 意氣振巖巒 |
| 그대를 부러워하여 인각(麟角)을 뽑았으나 | 羨子抽麟角 |
| 우스워라 나는 쥐의 간을 품었구나 | 笑吾抱鼢肝 |
| 선의 강물은 한가하여 차가운데 | 禪河閑冷冷 |
| 어느 곳에서 정(情)의 물결을 일으키리 | 何處起情瀾 |

| | |
|---|---|
| 이백은 사람 가운데 봉황 | 李白人中鳳 |
| 글재주를 실컷 보아 기쁘네 | 文才喜飽看 |
| 읊으면 한 말 술에 해당하고 | 吟斟一斗酒 |
| 앉아서는 천 길 봉우리를 대하네 | 坐對千尋巒 |
| 말이 병들어 길을 가기 어려운데 | 馬瘦難成步 |
| 원숭이 울음 간을 찢으려 하는구나 | 猿啼欲裂肝 |
| 더디 날이 새기로 안개 낀 듯하니 | 遲明如得霧 |
| 큰 방죽에 물결이 넘칠 수 있네 | 大堰可凌瀾 |

다시 화답하여 금곡(金谷) 여관 중에서 주었다. 이 날은 물이 막아 이곳에서 묵었으므로, 시 가운데 한 말이다.

## 거듭 화답하여 범수 사백이 옛날을 생각하는 정을 위로함
### 疊和以慰泛叟詞伯感舊之情

별종

| | |
|---|---|
| 어찌 말이 다른 것을 안타까워하랴 | 何恨語言異 |
| 새로운 시를 날마다 보네 | 新詩日日看 |
| 정을 나누기는 바다와 같이 깊고 | 交情深若海 |
| 헌걸찬 모습은 봉우리처럼 솟아있네 | 偉貌屹如巒 |
| 옛일을 생각하니 자주 눈물을 뿌리고 | 懷舊頻揮淚 |
| 정성을 다해 능히 가슴에 새기네 | 輸誠耐刻肝 |
| 붓끝은 고무되어 있고 | 筆端成鼓舞 |
| 거꾸로 쏟으니 압록강 물결이 이네 | 倒瀉鴨江瀾 |
| | |
| 하늘은 맑아 풍경이 좋으니 | 天晴風景好 |
| 바로 그림으로 그려서 보여야 하네 | 正作畫圖看 |
| 배는 푸른 바다를 지나고 | 舟楫經滄海 |
| 사신의 깃발은 푸른 봉우리를 두르네 | 旌旗繞碧巒 |
| 구름 깊어 길손의 꿈을 헤매게 하나 | 雲深迷客夢 |
| 물이 맑아 내 가슴을 씻네 | 水淨洗吾肝 |
| 길 위의 소나무 천여 그루 | 路上松千樹 |
| 소리 소리 북이 울리는 듯하네 | 聲聲似鼓瀾. |

### 네 번 거듭 앞의 시를 따라 별종 장로 도안께 드림
四疊前韻奉別宗長老道案

범수

| | |
|---|---|
| 바다로 뭍으로 다할 때가 없는데 | 海陸無時盡 |
| 풍경을 보기에 싫지 않구나 | 風煙不厭看 |
| 이쁜 꽃이 겨울에도 나무에 피었고 | 妖花冬著樹 |
| 언 눈이 여름인데 봉우리를 이루네 | 凍雪夏凝巒 |
| 구경하느라 자라 등을 타고 끝까지 가고 | 壯矚窮鰲背 |
| 센 머리카락에 마간석(馬肝石)[39]을 닦네 | 衰毛拭馬肝石 |
| 사신의 배는 일찍 돌아가길 기약하나 | 星槎期早返 |
| 귀로에 다시 물결이 일겠네 | 歸路更揚瀾. |

### 전천(澱川)의 배 안에서 우연히 두 수를 지어 이 학사와 홍·엄·남 세 분 박찬(博粲)에게 적어 드림
澱川舟中偶作二首錄呈李學士及洪·嚴·南三君博粲

별종

| | |
|---|---|
| 동아줄이 배를 끌어 푸른 물결 거슬러 오르며 | 百丈率舟遡碧流 |
| 산 빛과 물빛에 읊는 이들 가득하네 | 山光水色滿吟眸 |
| 나그네 길 다시 기쁘기는 고향이 가까워오는 것 | 客行更喜家園近 |
| 내일이면 마땅히 제주(帝州)로 들어간다네 | 明日應須入帝州 |

---

39 마간석(馬肝石) : 옛날 질지국(邦至國)에서 이 돌을 바쳤는데, 머리를 문지르자 흰 털이 모두 검어졌다고 함.

그 하나.


강물 위에 반야의 배를 함께 타고       河上共乘般若舟

문득 화택(火宅)을 벗어나 하늘의 놀이를 즐기네     頓離火宅作天遊

바로 보니 덜커덩 소리 수차(水車)가 돌고      正觀轆轆水車轉

문밖에서 어찌 바랄까, 양과 사슴과 소      門外何須羊鹿牛

그 둘. 수차를 보고 느낌이 있어



## 공경히 별종 대사가 보여주신 시에 이어
### 敬次別宗大師辱眎韻

동곽

수행하는 여가에 시 솜씨를 뽐내시니      禪流餘事擅詩流

비단 같은 새로운 시가 길손의 눈동자를 씻네    錦繡新篇洗客眸

가는 동안 시 읊을 마음 다한 것이 부끄럽고    自媿行程吟興盡

풍경만 헛되이 지고 몇 고을이나 지났나     風光虛負幾名州


그대는 선문(禪門)의 제일이요       君是禪門第一流

함께 오나 아직 반가운 눈동자를 대하지 못하였네   同來猶未對靑眸

장부의 간담은 얼마나 막혀 있나      丈夫肝膽何曾隔

지척 사이에 계림이 쓰시마와 접했네     咫尺鷄林接馬州


작은 물통이 돌아가니 새는 배와 같고     小桶累累似漏舟

기이한 모습이 이 번 여행 가운데 최고이네    奇觀最覺冠玆遊

틀이 소리 내 돌며 맑은 물이 쏟아지고　　　　機牙戛轉淸流瀉

성 안의 집마다 소처럼 마시네　　　　　　　　城裡家家飮若牛

수차(水車) 운(韻)을 따라


수차 하나의 쓰임이 배 천 척보다 낫고　　　　一車功用勝千舟

질긴 끈을 잡으니 다만 멀리 노는 데만 맞는 것이 아니네

　　　　　　　　　　　　　　　　　　　　　執靭非徒合遠遊

저절로 물결을 뒤집어 소리내며 돌아가고　　自有飜波能轉戛

가마타고 가는 길 두 바퀴가 어찌 소를 기다리랴　駕行雙轂豈須牛


## 정포(淀浦) 수차의 시를 따라 삼가 별종 장로 선안께 드림
### 追次淀浦水車韻謹呈別宗長老禪案

경호

수차 아래에 가는 배를 묶고　　　　　　　　水車之下繫征舟

한수(漢水) 위에서 마치 자공의 노님과 같네　漢上還如子貢遊

어찌하여 높은 바퀴는 급히 돌리는가　　　　底事高輪旋幹急

여울물 힘찬 곳에서는 누런 소가 굴리네　　　爲因灘勢轉黃牛


강안은 좁고 긴 강물이 천천히 흐르는데　　　岸夾長河滾滾流

풍광은 가는 곳마다 한가로운 눈길을 돌리게 하네　風光隨處屬閑眸

황혼에 높은 성 아래 노를 멈추고　　　　　　黃昏停棹層城下

길은 곧 경서(京西)의 제일가는 곳이구나　　道是京西第一州

## 삼가 별종 대사가 붙여준 시를 따라
### 謹次別宗大師寄惠韻

용호

정종(正宗)은 자비로운 바다로 원류를 거슬러 가고　正宗慈海溯源流

금비(金篦)⁴⁰를 빌려 내 눈을 씻고자 하네　　　　欲借金篦括我眸

듣건대 신선의 마을은 상재(桑梓) 가까이 있다는데　聞說仙鄕桑梓近

낙양성이 예로부터 이 곳 왕주(王州)로구나　　　　洛城從古是王州

이 작품을 화답하여 놓은 지 벌써 오래되었으나, 갈 길이 날을 다투니 마친내 적어드리지 못했다. 이제 비로소 써서 올리니, 뒷날의 흠이 될 뿐임을 안타까워한다.

마름 물가에 목란주를 댈만하니　　　　　　　　蘋洲容與木蘭舟

우람하고 기이한 풍경은 장쾌한 놀이를 말해주는구나

　　　　　　　　　　　　　　　　　　　　　詭覿奇觀辨壯遊

호수 위의 수차는 물대기에 쓰여　　　　　　　　湖上水車資灌漑

농사짓는 집에서는 절대 수레 끄는 소보다 낫구나　田家絶勝服箱牛

경도(京都)에 있을 때 지었으므로 제1절에 이를 언급했다.

---

40 금비(金篦) : "눈먼 사람이 눈을 고치려면, 좋은 의원이 금비(金篦)로 눈의 막[膜]을 긁어냄과 같으니라."는 말이 불경(佛經)에 있음.

## 삼가 별종 장로가 노중에 보여주신 시에 따라
### 謹次別宗長老路中惠示韻

범수

| | |
|---|---|
| 휘황한 배가 줄을 지어 옥류(玉流)를 거스르니 | 彩鷁聯翩溯玉流 |
| 바람과 안개 거둬들여 두 눈으로 들어오네 | 風煙收取入雙眸 |
| 만약 대판가 번화함을 논한다면 | 若論大坂繁華勝 |
| 마땅히 동남 60주의 으뜸일세 | 應冠東南六十州 |


격수차(擊水車) 곁에 길손의 배를 매니 　擊水車傍繫客舟

저들의 특이한 제도를 보니 또한 기이한 놀이이네　看他異制亦奇遊

처음에는 지축(地軸)이 강과 바다를 뒤집어 놓는 것 같더니

初疑地軸翻江海

도리어 천추(天樞)가 두우성(斗牛星)을 돌리는 듯하네

還似天樞轉斗牛.


## 거듭 이(李)·홍(洪)·엄(嚴)·남(南) 네 선생에게
### 疊韻酹李·洪·嚴·南四先生

별종

물빛이 반짝이며 비추니 옥 같은 강물이 흐르고　水光激灩玉江流

구름이 다한 가을 하늘 두 눈을 통하네　雲盡秋天豁兩眸

문익(文鷁)[41]이 해변에 이르니 산 빛이 아름다워　文鷁到邊山色美

---

41 문익(文鷁) : 익(鷁)은 물새 이름인데, 그 형상을 뱃머리에다 각하므로 즉 배를 이른

조선 사람 마땅히 이곳이 황주(皇州)임을 알겠네  韓人當識是皇州.


요도가와(澱河)

학문의 바다는 깊이 궁구하여 공자의 유파이고  學海深窮洙泗流
남은 물결이 스며들어 불가의 수행자를 씻네  餘波浸潤洗禪眸
호기로운 재주는 어찌 최(崔)와 김(金)에게 양보하랴 豪才何讓崔金輩
화려한 문장이 일본 땅을 비추네  爛爛文章照日州


일찍이 김부식(金富軾) 최치원(崔致遠)이 그대 나라의 큰 문장가라고 들었다. 그리하여 시구 가운데 언급한 것이다.


백리를 함께 떠 온 관도(官渡)[42]의 배  百里同浮官渡舟
바퀴를 절묘하게 깎아 기이한 유람이 장쾌하네  輪扁妙斲壯奇遊
성안 가득 상여(相如)가 병든 것[43]을 걱정 않고  滿城不患相如病
도리어 기산(祈山)에서 목우(木牛)[44]를 달리는 것보다 낫네

却勝祈山馳木牛

---

것임. 《한서(漢書)》 사마상여전(司馬相如傳)에, "문익(文鷁)이 떴다."하였음.
42 관도(官渡) : 관청에서 설치한 나루를 말함.
43 상여(相如)가 병든 것 : 사마상여는 소갈병을 앓았다고 함.
44 목우(木牛) : 제갈량이 위(魏)와 싸울 때 험준한 산길에 군량을 운반하기 위하여 썼다는 나무 소.

수차(水車)

| | |
|---|---|
| 속은 비어 떨어지는 폭포는 길손의 배에 쏟아지고 | 空裡飛泉瀉客舟 |
| 옥 같은 냇물의 위에서 우아한 놀이를 할 수 있네 | 玉川川上耐優遊 |
| 둥그런 기이한 모양은 겨루기 어려우니 | 團圓奇樣難倫比 |
| 영원히 윤회를 지어 맷돌 끄는 한 마리 소이네 | 永作輪廻一磨牛 |

## 거듭 차운하여 별종 대사에게 바치며 가르침을 구함
## 疊次錄呈別宗大師求敎

범수

| | |
|---|---|
| 유교와 불교가 같지 않다고 말하지 말라 | 休言儒釋不同流 |
| 이국땅에서 만나 반가운 눈빛을 보내네 | 異地相逢靑兩眸 |
| 내게 아름다운 시로 보답하여 상자에 가득하니 | 報我瓊琚盈一篋 |
| 어느 때 돌아가 우리 마을에 자랑할까 | 何時歸去詫吾州 |

| | |
|---|---|
| 강 머리에서 만나 빛나는 배를 나란히 하니 | 河口逢迎竝彩舟 |
| 뭍길 천 리에 다시 함께 노니네 | 陸行千里更同遊 |
| 본디 두 나라는 청접(蜻鰈)[45]으로 이어지니 | 元來兩域連蜻鰈 |
| 사람이 풍마우(風馬牛)[46]와 같다 하지 말라 | 莫道人如風馬牛 |

---

45 청접(蜻鰈) : 청(蜻)은 일본, 접(鰈)은 한국을 뜻함.
46 풍마우(風馬牛) : 풍(風)은 도망간다는 뜻으로 말이나 소가 암수가 서로 꼬여서 도망해
달아난 것을 말한 것임. 《좌전(左傳)》에 , "풍마우(風馬牛)가 서로 미치지 못한다."는
말이 있고 그 주석에 "피차와 거리가 멀어서 내왕이 없으므로 말과 소의 암수가 서로
꼬여 달아날 염려가 없다." 하였음. 서로 내왕이 없는데 쓰는 말임.

# 새로운 운을 써서 삼가 별종 대사 여탑(旅榻)에 드림
用新韻謹呈別宗大師旅榻

동곽

| | |
|---|---|
| 관하(關河)의 시월에 재갈을 나란히 하여 돌아오니 | 關河十月竝鑣還 |
| 청아한 의표는 더위잡을 수 없어 슬프네 | 怊悵淸儀尙未攀 |
| 물가 역에 때때로 빛나는 배를 나란히 하고 | 水驛有時聯彩舫 |
| 가마를 타고 가니 청산 아닌 곳이 없었네 | 荀輿無處不靑山 |
| 뜻이 미쁘니 말은 수창(酬唱)하는 밖이요 | 義孚言語交酬外 |
| 예의가 있으니 시편은 주고받는 사이로다 | 禮在詩篇迭和間 |
| 공관은 쓸쓸하여 외로운 밤 | 公館蕭條孤燭夜 |
| 오래도록 스님의 높으심을 추억할 것이네 | 也應長憶上方閑 |

| | |
|---|---|
| 유교와 불교가 같은 도리가 아니나 | 儒釋非同道 |
| 한가로움과 바쁨이 서로 문이 다르구나 | 閑忙各異門 |
| 다만 중요한 나랏일로 인연을 맺어 | 只緣王事重 |
| 도리어 법사의 존엄함에 굴복하네 | 還屈法師尊 |
| 새벽달은 중관(重關)의 길에 떴고 | 曉月重關路 |
| 저녁별은 오래된 역 마을에 반짝이네 | 昏星古驛村 |
| 어느 때 멋진 모임을 만들어 | 何時拚勝集 |
| 한번 웃으며 맑은 술에 취할까 | 一笑醉淸樽 |

## 마음대로 동곽 선생이 보여준 시를 따라
漫次東郭先生辱眎韻

별종

| | |
|---|---|
| 동쪽에서 놀던 날 언제인데 서쪽으로 돌아가나 | 東遊何日向西還 |
| 구절양장 험한 길 몇 번이나 올랐던가 | 九折羊腸幾度攀 |
| 중을 불러 청견사(淸見寺)에 들어가 | 呼杖當登淸見寺 |
| 난간에 기대 부사산을 바라보네 | 恁欄堪望富慈山 |
| 반년 동안 일을 맡아 공무를 보는 가운데 | 半年祗役公程裡 |
| 만 리 길 고향으로 돌아가 꿈속에 취하네 | 萬里歸鄕醉夢間 |
| 시인은 게으른 중을 가엽게 여겨 | 賴有騷人憐懶衲 |
| 어찌 물가의 흰 갈매기 한가함을 생각할까 | 豈思野水白鷗閑 |

부사(富士)는 부자(富慈)라고도 쓴다.

| | |
|---|---|
| 하늘처럼 가슴은 광활하여 | 天然胸宇濶 |
| 유교네 불교네 문을 나누지 않네 | 儒釋未分門 |
| 늘 정주학(程朱學)을 좋아하고 | 恆好程朱學 |
| 깊이 공맹(孔孟)의 높음을 안다네 | 深知孔孟尊 |
| 기자의 나라는 진실로 성인의 땅이요 | 箕邦眞聖域 |
| 봉도는 신선의 나라라 | 蓬嶋是仙村 |
| 방외에 다행히 나를 받아들이니 | 方外幸容我 |
| 굳은 동지가 되어 술 한 잔 기울이네 | 社盟傾一樽 |

관명으로 본국관에서 잔치를 베풀어 세 분 사신 대인을 위로하
고, 이에 서률 시 한 편을 지어 여러 공 각하에게 드림
官命設筵於本國館慰勞三使大人, 因賦野律一篇, 奉呈僉公閣下

별종

| | |
|---|---|
| 곳곳에 잔치 자리 베풀어 멋들어진 놀이를 즐기니 | 處處設筵作勝遊 |
| 마땅히 취하여 길손의 근심을 풀어야 하리 | 應須取醉解覇愁 |
| 숲 사이에 단풍 물들어 빗긴 해에 비추고 | 林間楓染映斜日 |
| 울타리 아래 늦핀 국화가 가을 느낌을 띠고 있네 | 籬下菊殘餘素秋 |
| 중이 자는 마루 앞에 천 길 탑이 섰고 | 雲宿堂前千尺塔 |
| 길로 통하는 문 밖에 한 줄기 냇물 | 路通門外一條流 |
| 이미 발해(渤海)를 넘어 큰 파도 험준했거니 | 已凌渤海鯨波嶮 |
| 이제부터 역정(驛程)에 무주(武州)까지 닿겠네 | 從次驛程接武州. |

삼가 별종 대사 사안(詞案)에 드림
謹謝別宗大師詞案

평천

| | |
|---|---|
| 그대를 따라 이른 곳에서 즐거운 유람을 누리니 | 隨君著處辨奇遊 |
| 선관(仙館)에서 술병을 따 나그네 근심을 위로하네 | 仙館開樽慰客愁 |
| 봉기(蓬﨑)[47]의 안개 구름 본디 뛰어난 경치이고 | 蓬﨑烟霞元勝境 |

---

47 봉기(蓬﨑) : 요모기자키. 우창(牛窓:우시마도)항의 서쪽에 있고, 강산(岡山:오카야
마) 성 아래 경고(京橋:교바시) 하안(河岸)으로부터 욱천(旭川:아사히가와)를 내려와,
견도(犬島:이누시마)를 보면서 동쪽 해상으로 항해하면 처음으로 보이는 곳임.

| 국화와 비바람 늦가을이네 | 菊花風雨又殘秋 |
| 반년 사신 길에 끝까지 이르러 | 半年行役窮源去 |
| 천 리 길 돌아갈 마음 물을 따라 흐르네 | 千里歸心逐水流 |
| 부사산에서 하늘을 보고 상근(箱根) 호수는 넓은데 | 富岳參天箱澤濶 |
| 어느 날 에도에 이를 지 알지 못하네 | 不知何日到江州 |

## 삼가 별종 대사 도안(道案)에 드림[48]
敬贈別宗大師道案

정암(靖菴)

| 바다 밖 사신의 배를 타고 느꺼이 노니느니 | 海外仙槎汗漫遊 |
| 또 공이 베푼 잔치에 따라와 고향 생각을 잊네 | 且從公讌散鄉愁 |
| 하늘 끝 가는 길은 천 리 남짓 | 天涯去路餘千里 |
| 나그네 마음 속 깊은 잔 가을로 가득 | 客裡審杯餞九秋 |
| 애오라지 시를 지으며 다른 풍속을 통하니 | 聊把詞章通異俗 |
| 스님의 길이 본디 다르다 말하지 마오 | 休言緇素本殊流 |
| 이제 와서 이 나라 풍속 살피기를 저버리지 않으니 | 今來不負觀風志 |
| 문교(文敎)가 바야흐로 육십 주에서 일어나네, | 文敎方興六十州. |

---

48 이 시는 임수간 (任守幹), 『돈와유고(遯窩遺稿)』, 권지이(卷之二)에도 실려 있음.

## 별종 장로 도안에게 사례하며 수창함
誂謝別宗長老道案

남강(南岡)

오로지 마주하여 만 리의 유람을 즐기니　專對翻成萬里遊

타향에서 어찌 고향 그리는 근심에 붙잡히랴　異鄉何限望雲愁

바다의 경치는 삼도(三嶋)에 다하고　海中形勝窮三嶋

나그네 길 세월은 가을을 지났네　客裡光陰度一秋

태수의 화려한 잔치 술과 음식이 따르고　太守華筵仍酒食

스님의 아름다운 시는 풍류에서 우러나네　山人綺語自風流

추생(鄒生)[49]이 우의(寓意)한 이야기는 일찍이 허탄하지 않았으니

鄒生寓說曾非誕

이곳에 이르러 바야흐로 다시 구주(九州)를 알겠네　到此方知更九州

## 강주(江州)로 가는 역로(驛路)에서 다시 앞의 운을 써서 평천(平泉) 조(趙) 공 사안에게 사례함
江州驛路再次前韻謝平泉趙公詞案

별종

배 타고 다 간 곳에서 다시 동쪽으로 길을 떠나니　行舟盡處更東遊

경치를 구경하고 기이한 일을 찾아 길손의 근심을 날려버리네

探勝尋奇遣旅愁

호수는 모두 하늘과 땅을 품었는데　湖水總涵天與地

---

49 추생(鄒生) : 전국 시대 제(齊) 나라의 추연(鄒衍)을 이름.

나그네 길은 벌써 여름과 가을을 지났네          客裡已過夏兼秋

만 겹 여러 산봉우리는 울창한 나무로 어둡고      萬重群岳暗蒼樹

천 길 긴 다리는 푸른 강을 가로지르네          千丈長橋橫碧流

아름다운 이들 주옥같은 시를 주시니 크게 감사하고

                                        多謝佳人珠玉贈

기쁘게 빛나는 글을 보며 상주(桑州)를 비추네     喜看文彩照桑州


## 다시 앞의 운을 써서 삼가 정암 임 공 사안에게 수창함
再次前韻敬酬靖菴任公詞案

별종

옛날 서복(徐福)이 먼 유람을 할 때           徐福昔時作遠遊

일찍이 일본 땅에 와서 끝내 근심 없었네        曾來蓬嶋竟無愁

후손이 대를 이어 몇 세대나 지났나           仍孫紹續幾多世

유적은 분방한데 천만 년이네              遺跡芬芳千萬秋

예부터 홍로(鴻臚)는 낯선 길손을 맞았는데      自古鴻臚迎異客

이제 계귀(雞貴)는 같은 부류이네            于今雞貴似同流

이번 행차에 시의 생각은 어느 곳에 있는가      此行詩思在何處

넓디넓은 비파호(琵琶湖)가 온 땅을 두루네      滉瀁琶湖繞一州

# 다시 차운하여 삼가 남강 이 공 사안에게 사례함
## 再次謹謝南岡李公詞案

별종

| | |
|---|---|
| 멀리 사신의 배를 띄워 바다 밖으로 유람하니 | 遠泛仙槎海外遊 |
| 여정 만 리에 나그네 근심 쌓이네 | 旅程萬里積覊愁 |
| 기자(箕子)의 팔조(八條) 법으로 바탕을 열고 | 開基箕子八條訓 |
| 단군의 천년 세월을 축수하였네 | 祝壽檀君千載秋 |
| 몇 차례 공의 잔치자리에서 모시고 맑은 달을 바라보니 | |
| | 屢侍公筵瞻霽月 |
| 여관에 함께 거하며 평범한 내가 부끄럽네 | 同居賓館愧凡流 |
| 호수와 산이 마주 하여 느낌이 간절하나 | 湖山相對感情切 |
| 우리 조상이 남긴 자취 다음 주(州)에 있다네 | 我祖遺蹤在次州 |

산승(山僧)은 좌좌목(佐佐木) 씨 집안에서 태어났다. 좌좌목은 우다(宇多) 천황의 후예인데, 담해주(淡海州)[50]에 있고 관음성(觀音城)을 도읍 삼았으나 지금은 없어졌다. 이 때문에 느낌이 있어 시구 가운데 언급하였다.

---

50 담해주(淡海州) : 일본어 발음으로는 아와우미. 이것이 변하여 오우미(近江)가 됨. 담수호(淡水湖)인 비파호(琵琶湖)(琵琶湖)가 있어서 옛날 나라 이름의 하나. 현재의 사가현(滋賀縣)에 있음. 고슈(江州).

## 별종 장로가 거듭 보여준 시에 감사하며
### 奉謝別宗長老疊示之韻

평천

| | |
|---|---|
| 지난 밤 함께 촛불을 잡고 놀았더니 | 前夜同成秉燭遊 |
| 한 잔 술에 다행히 고행 그리는 마음 누그러졌네 | 一樽聊復緩鄕愁 |
| 멀리 바람결에 퉁소 소리 섞여 성근 비 내리는데 | 風篁遠雜蕭疎雨 |
| 귤 향기 머금고 깊어가는 가을이네 | 香橘猶含爛漫秋 |
| 나랏일 반년에 바닷길을 다했고 | 王事半年窮海路 |
| 길손은 내일 천류하(天流河)를 거슬러 가네 | 客行明日溯天流 |
| 낯선 나라 다행히 불문(佛門)의 모임에 의탁하니 | 殊方幸托空門契 |
| 혜안(慧眼)은 이제 조주(趙州)[51]를 얻은 듯하네 | 慧眼如今得趙州 |

천류하가 앞에 있다고 들어 6구에서 언급하였다.


## 다시 별종이 보여준 시에 따라 화답하며
### 復和別宗辱示之韻

정암

| | |
|---|---|
| 사신의 수레는 멀리 바다 동쪽으로 건너와 노니니 | 星軺遠涉海東遊 |
| 세모에 어찌 나그네의 근심을 이기겠나 | 歲暮那堪久客愁 |

---

51 조주(趙州) : 조주(趙州)의 관음원(觀音院)에 주석하면서 조주 고불(趙州古佛)의 명호
   를 얻은 당(唐) 나라의 선승(禪僧) 종심(從諗)을 가리킨다. 승려 하나가 조주에게 "달마
   가 서쪽에서 온 뜻[祖師西來意]이 무엇이냐."고 묻자, "뜰 앞에 있는 잣나무[庭前栢樹
   子]"라고 대답한 유명한 일화가 있음.

| | |
|---|---|
| 맑은 술을 따라 부질없이 달을 바라보노라니 | 縱有淸樽空對月 |
| 문득 놀라 노인은 가을을 막지 못하네 | 頓驚華髮不禁秋 |
| 역정(驛程)에 안개 낀 나무 찬비에 헤매니 | 驛程烟樹迷寒雨 |
| 관도(官渡)의 나룻배는 푸른 강을 끊네 | 官渡舟梁截碧流 |
| 하늘은 이어지는 산에 닿아 푸르름이 짙어지고 | 天際連山靑欲晦 |
| 통역하는 이가 이곳이 미장주(尾張州)[52]라 전하네 | 譯人傳是尾張州 |

## 별종 장로가 거듭 보여준 시에 화답하여
### 奉和別宗長老疊示之韻

남강

| | |
|---|---|
| 좋은 벗 선옹(禪翁)은 장쾌한 유람을 마련하고 | 好伴禪翁辨壯遊 |
| 매양 좋은 경치를 만나 문득 근심을 풀어주네 | 每逢佳境輒寬愁 |
| 구름은 가득 끼어 산에 비 많이 내리고 | 雲嵐漠漠山多雨 |
| 농가에는 풍년 들어 때는 가을이구나 | 禾稼穰穰歲有秋 |
| 한 길로 평야를 내달아 먼데 | 一路直穿平野遠 |
| 삼천(三川)[53]은 비스듬히 큰 마을을 끼고 흐르네 | 三川斜抱大村流 |
| 동관(東關)은 여기서 아직도 천 리 | 東關此去猶千里 |
| 형승(形勝)은 앞길에 다시 몇 주(州)에나 있을까 | 形勝前途復幾州 |

---

52 미장주(尾張州) : 오와리주. 지금의 명고옥(名古屋:나고야).

53 삼천(三川) : 산센. 명고옥의 농미평야(濃尾平野)를 흐르는 목증삼천(木曾三川:기소 산센) 곧 목증천(木曾川:기소가와), 장량천(長良川:나가라가와), 읍민천(揖斐川:이비가 와)를 말함.

## 제술관 이 군의 시에 드림 병인(幷引)
### 呈製述官李君詩 幷引

별종

임술년[54] 가을, 내가 성 취허(成翠虛)와 이 붕명(李鵬溟)·홍 창랑(洪滄浪) 세 분의 큰 서생과 낙하(洛下)의 본국관(本國館)에서 만났는데, 한번 헤어진 다음 안부를 묻지 못하고, 여러 공이 잘 지내는지 살펴보지 못하였는데, 한번 그대를 만나 이를 묻고 싶으나 하지 못하였다. 이에 이르러 절구 한 수를 지어 그 마음을 드러낸다.

| | |
|---|---|
| 사림의 세 분 서생(書生)을 만났더니 | 邂逅詞林三學生 |
| 편편이 구슬 같은 이(李)와 홍(洪)과 성(成) | 篇篇聯璧李洪成 |
| 먼 하늘에 기러기 다하여 소식이 끊어지고 | 遙天鴻盡音書絶 |
| 돌아가는 날 나를 위해 이 정을 부치네 | 歸日爲吾寄此情 |

## 삼가 별종 대사가 보여준 시를 따라
### 敬次別宗大師辱眎韻

동곽(東郭)

| | |
|---|---|
| 세 사람 모두 일찍이 서생이었더니 | 三人共是曾諸生 |
| 둘은 신선으로 올라가 도(道)를 이미 이루었네 | 二子登仙道已成 |
| 다만 홍세태만이 아직 세상에 있어 | 只有洪厓猶在世 |
| 해 뜨는 동쪽의 스님을 매양 그리워했네 | 日東雲物每關情 |

---

54 임술년 : 1682년의 사행을 말함. 이때(1711)로부터 30여 년 전의 일이 됨.

붕명(鵬溟)과 취허(翠虛)는 이미 고인이 되었고, 홍 창랑(洪滄浪)만 홀로 세상에 남았다. 매양 나를 만날 때마다 문득 일본의 좋았던 일을 말하며, 권태로움을 모를 만큼 열심이었으니 여기에 언급한다.

| | |
|---|---|
| 다만 시를 읊어 파리해진 서생 | 只爲吟詩太瘦生 |
| 먼 길에 차운하여 몇 편이나 지었나 | 長途取次幾篇成 |
| 보배로운 차와 진기한 과자 모두 신선의 맛이니 | 寶茶珍菓供仙味 |
| 풍성한 접대 누가 시 쓰는 승려의 정과 같을까 | 盛饋誰如韻釋情 |

## 다시 동곽 선생에 차운하여 수창함
### 再次酧東郭先生

별종

| | |
|---|---|
| 지난 날 낙하(낙하)에서 세 분 서생을 만났더니 | 往年洛下遇三生 |
| 예악과 문장이 모두 노성(老成)해 있었네 | 禮樂文章共老成 |
| 한 사람은 아직 살았으나 나머지는 세상을 뜨고 | 一子猶存餘子化 |
| 반 근심 반 기쁨 사람의 정이네 | 半憂半喜若爲情 |

이에 취허와 붕명은 벌써 돌아가고 창랑만 세상에 남아, 열심히 우리나라에서의 일을 말한다는 소식을 듣고, 희비(悲喜)가 번갈아 더하여 다시 앞의 운을 쓴다.

비가 여관의 창문을 치니 차가운 기운이 솟고　　　雨打旅窓寒氣生
외로운 등불 빛 아련히 꿈조차 꾸기 어렵네　　　孤燈影淡夢難成
옥주(玉廚)에 어찌 자미(滋味)를 더하랴　　　玉廚豈敢添滋味
한 가지 들 미나리에 박한 정이 부끄러워라　　　一種野芹愧薄情


신묘년 10월 10일, 대정천(大井川)[55]의 물이 불어 사신이 금곡역
(金谷驛)[56]에서 머무니, 절구 한 수를 지어 세 분 사신께 드림
辛卯初冬十日, 大井川水漲, 駐龍節于金谷驛, 因賦一絶, 奉呈三使大人旅榻
별종

큰 강물이 넘쳐 파도 넘실대니　　　洪河水漲浪峥嶸
뗏목도 다리도 없이 길손의 갈 길을 막네　　　無筏無橋滯客行
다행히 풍이(馮夷)[57]가 사람의 뜻을 알아　　　幸有馮夷識人意
잠시 사신을 붙잡아 여정의 외로운 마음을 위로하네　暫留玉節慰覊情


이신(頤神) 장로 도안에게 받들어 사례함
奉謝頤神長老道案
평천

아침에 험준한 길 넘어 고개마루 건너오니　　　朝來嶺坂度峥嶸

---

55 대정천(大井川) : 오이가와. 정강(靜岡:시즈오카)현을 흐르는 하천.
56 금곡역(金谷驛) : 카나야역.
57 풍이(馮夷) : 하백(河伯)으로 수신(水神)의 이름인데 빙이(氷夷)·풍수(馮修)라고도 함.

추위는 어떠한지 또 길을 막네 　寒漲如何又阻行
해는 저무는데 돌아갈 기약 점치기 어렵고 　歲晏歸期難可卜
등불 켠 밤 먼 고향의 생각뿐이네 　一燈遙夜故園情

가을 지나며 병든 몸 강파르게 말라 　經秋病骨瘦崢嶸
천리 길 동관(東關)은 며칠이나 걸릴까 　千里東關幾日行
스님께 크게 짐 지며 삼가 물어보나 　多荷上人勤問訊
진중한 시 한 편 깊은 정을 드러내네 　一詩珍重見深情.

## 삼가 이신 장로가 보여준 시를 따라
謹訓頤神長老見惠之韻

남강

가마가 금곡(金谷)에서 가파른 산을 넘고 　肩輿金谷歷崢嶸
강물에 배 없어 또 갈 길이 막히네 　河水無梁又滯行
오랜 역의 차가운 밤 근심으로 잠 못 들고 　古驛寒宵愁不寐
스님의 시구는 못내 다정도 하여라 　上人詩句最多情

## 삼가 별종 대사가 보내준 시에 따라
敬次別宗大師辱贈韻

동곽

구름 잡은 부사산 우뚝히 솟았는데 　撑雲富岳秀崢嶸

신선 경치 누리나 마음은 바삐 해를 가리키며 가네 仙賞心催指日行
큰 물결 건너고자 하나 배를 얻지 못하고　　　欲渡洪流嗟未得
파도의 신은 무슨 일로 이다지 무정하신가　　　波神何事太無情


## 별종 장로가 보여준 시를 따라
### 奉次別宗長老辱示韻

경호

군자를 아끼는 마음으로 지은 시는 높고도 높아 愛君詞賦老崢嶸
때로 아름다운 시를 부쳐줘 길손의 가는 길 위로하네

時寄佳篇慰客行

금곡에서 하룻밤 함께 비에 막히니　　　　金谷一宵同滯雨
여창(旅窓)을 외로이 뒤로 지고 새로운 정을 말하네 旅窓孤負話新情


## 삼가 별종 대사가 보내주신 시를 따라
### 敬次別宗大師惠寄韻

용호(龍湖)

하늘 끝 세월은 벌써 많이 쌓였고　　　　天涯歲月已崢嶸
돌아가지 못한 사신의 배는 가는 길 만 리　未返星槎萬里行
강에는 매가 없어 건너기 어려운데　　　河水無梁難可越
하룻밤 외로운 여관에서 정을 나누네　　一宵孤館若爲情

## 급히 붓을 들어 별종 장로가 보여주신 시에 재미삼아 부침
### 走筆戲次別宗長老惠示韻

범수

| | |
|---|---|
| 부사산을 돌아보니 눈은 높이 쌓이고 | 傾[58]瞻富岳雪崢嶸 |
| 들을 지나니 배가 없어 더 갈 수 없네 | 野渡無船不可行 |
| 도사(道士)는 잔을 가지고 다시 들기 어려운데 | 道士有杯難更試 |
| 시를 지어 누굿이 나그네의 정을 달래네 | 吟詩謾慰旅人情 |


## 또 절구 한 수로 차와 떡을 준 데 감사함
### 又以一絕謝茶餅之惠

경호

| | |
|---|---|
| 단 떡과 가루 칡이 서로 잘 어울리니 | 糖餻紛葛兩相宜 |
| 한번 마른 목을 적셔 시장기를 면하게 하네 | 一沃乾喉且療飢 |
| 마음에서 내어주어 정과 맛이 두터우니 | 覙出中心情味厚 |
| 못난 시로 진중하게 위 스님에게 사례하네 | 拙詩珍重謝吾師 |


## 경호(鏡湖) 사백의 시에 감사하며
### 次謝鏡湖詞伯惠韻

별종

| | |
|---|---|
| 계림의 풍토가 적당하다 들었더니 | 聞說雞林風土宜 |

---

58 원문에 '傾當作顧'라는 난외필기가 있음. 이에 따라 번역함.

하늘 끝에서 배고픔을 달래기가 비슷했음을 기억하네

天涯相憶似調飢

오늘처럼 다행히 정생(鄭生)[59]이 있어서 　　　　如今幸有鄭生在

시법(詩法)에 일자사(一字師)가 되어주길 바라네 　詩法欲求一字師


## 부사산 세 수를 읊고 세 분 사신에게 바쳐 가르침을 구함
咏富士山三首錄呈三使大人吟桉下求教

별종

바다 나라의 산의 왕이 이 부사봉이니 　　　　海國山王是士峰

하늘이 열려 옥부용 한 송이이네 　　　　　　天開一朶玉芙蓉

사시사철 눈이 쌓여 흐드러진 은빛이요 　　　　四時積雪爛銀色

마치 대산(岱山) 형산(衡山)처럼 마땅히 높이를 양보할까

假若岱衡應讓崇


동으로 유람하다 부사산 근처를 지나니 　　　　東遊歷過富山陲

아침 안개 저녁 이내 경치가 기이하네 　　　　朝靄夕暉景狀奇

정히 신령이 많이 기뻐하는 빛임을 알겠으니 　定識神靈多喜色

삼한의 귀한 손님 다투어 시를 짓네 　　　　　三韓嘉客競題詩

---

59 정생(鄭生) : 일자사(一字師)라고도 함. 시문(詩文) 가운데 한두 글자 정도를 고쳐 주
는 사람이라는 말이나, "前村深雪裏 昨夜數枝開"라는 조매(早梅) 시 가운데 '數'를 '一'
로 고쳐 정곡(鄭谷)이 일자사의 칭호를 얻은 고사가 있음. 정곡은 만당(晚唐) 때 시인.

| 우리나라는 신선의 집이라 | 我國神仙宅 |
| 이름난 봉우리 곳곳에 널려있네 | 名巒處處饒 |
| 부사산을 제일이라 칭하니 | 富士稱第一 |
| 산은 솟아 효령(孝靈)[60]의 때라 | 山湧孝靈朝 |
| 뿌리는 삼주(三州)의 속에 서리고 | 根蟠三州裡 |
| 머리는 솟아 높은 구름을 꽂았네 | 頂聳挿層霄 |
| 형태는 연잎 여덟과 같고 | 形全蓮八葉 |
| 굴은 차가운 바람을 일으키네 | 嵌竇起寒飆 |
| 보배로운 빛이 늘 나타나 | 寶光常發現 |
| 때로 신선의 퉁소 부는 소리를 듣네 | 時聞奏仙簫 |
| 뜨거운 여름에도 흰 눈이 날리고 | 炎天飄白雪, |
| 네 계절이 옥구슬을 쌓네 | 四序積瓊瑤 |
| 옛날 진 나라 서복(徐福)이 | 曩昔秦徐福 |
| 바다 건너 이 골짜기에 와서 | 逾海來玆嶠 |
| 여기를 봉래도(蓬萊嶋)라 했고 | 謂是蓬萊嶋 |
| 돌아가기를 잊고 즐거운 뜻이 넘쳤네 | 忘歸樂意超 |
| 초첩(楚帖)[61]은 신령스러운 경승을 기록하고 | 楚帖記靈勝 |
| 당나라 사람[62]은 뛰어난 의표를 알려주네 | 唐人識高標 |
| 범기(梵琦)[63] 또한 들어와 읊으니 | 梵琦亦入咏 |

---

60 효령(孝靈) : 일본의 7세(世) 천황. 이때에 진시황(秦始皇)이 서복(徐福)을 보내어 바다에 들어가서 선약(仙藥)을 구해 오게 하여 일본에 이름.
61 초첩(楚帖) : 미상.
62 당나라 사람 : 미상.
63 범기(梵琦) : 명나라의 고승. 상산(象山) 주씨(朱氏)의 아들. 자는 초석(楚石). 해염(海

| | |
|---|---|
| 전하여 읊으며 미교(彌喬)를 바라네 | 傳誦望彌喬 |
| 바다에 담기어 반쪽이 비추고 | 海蘸半邊影 |
| 안개는 가로 질러 한 줄기 비단이네 | 煙横一帶綃 |
| 솟구친 바위는 아침 해에 비추고 | 巉岩映晨旭 |
| 기이한 경치는 그려내기 쉽지 않네 | 奇景不易描 |
| 고금의 시인이 | 今古騷雅客 |
| 마루에 올라 노래 불렀네 | 登眺有歌謠 |
| 듣건대 조산 땅에도 | 聞說鷄貴域 |
| 금강산이 가장 빼어나다니 | 金剛最岑嶢 |
| 짝지을 수 있을지 모르나 | 不知能配否 |
| 만 리 멀리 떨어져 상상해 보네 | 想像萬里遙 |

## 이신 장로가 부사산을 바라보며 지은 시에 따라
### 奉次頤神長老望富士韻

남강(南岡)

| | |
|---|---|
| 바다 위에 우뚝 서려 제일 봉우리 | 海上雄蟠第一峰 |
| 정정한 맑은 물에 부용을 씻네 | 亭亭淸水擢芙蓉 |
| 만이천봉 금강산의 경치와 어떠한가 | 何如萬二金剛勝 |
| 개개 옥 같은 봉우리 땅에서 솟아 높네 | 箇箇瓊巒拔地崇 |

---

鹽)의 천녕사(天寧寺)에 주석하며 학행이 일세에 높았음.

반 년 출장길 동쪽으로 두루 도니　　　　半年遲矚遍東陲
가장 아끼는 명산이라 경치 더욱 기이하네　最愛名山景更奇
스님이 길손의 흥을 앎이 어찌 다행인지　何幸上人知客興
여관에서 몇 편의 시를 써서 부치네　　　旅窓題寄數篇詩


## 청견관(淸見關)[64]에서 부사산을 보며 세 사신에게 드림
### 淸見關望富士一絶呈三大人

별종

반나마 하늘에 솟구쳐 만 길의 봉우리　　　湧出半空萬仞巒
천추의 쌓인 눈 옥빛처럼 차네　　　　　　千秋積雪玉光寒
이제 이방의 손님과 함께 하기 언제 기약하리　何期今伴異邦客
기요미가세키 머리에서 가마를 멈추고 보네　淸見關頭停駕觀


## 이신 장로가 보여주신 시에 따라
### 奉次頤神長老惠示韻

남강

구름 끝 우뚝 서서 뾰족한 봉우리를 드러내니　雲端嵂屼露奇巒
만고에 길이 품은 눈 내린 밤의 차가움　　　萬古長含雪夜寒

---

64 청견관(淸見關) : 기요미가세키. 준하국(駿河國) 엄원군(庵原郡:이하라군) 지금의 정
　강현(靜岡縣) 정강시(靜岡市) 청수구(淸水區:시미즈구)에 있었던 관소(關所)의 명칭.

내일은 스님을 따라 가려 하니 　　　　　　明日欲隨飛錫去
함께 우뚝한 꼭대기에 올라 명관(冥觀)을 다하겠네 　共登危頂極冥觀


## 도중에 부사산을 보며 동곽 사백과 경호 · 용호 · 범수 세 형에게
途中望冨士作呈東郭詞伯及鏡湖 · 龍湖 · 泛叟三兄

별종

머나먼 일정에 하루 더불어 노니 　　　　　　迢遞修程日伴遊
오늘 아침 문득 유유한 흥을 깨닫네 　　　　　今朝偏覺興悠悠
손가락으로 일본의 가장 높은 봉우리를 가리키고 　指出搏桑第一岳
만 리 바다 위에서 일찍이 보았던가 　　　　　萬里海上曾望不
구불구불 꼭대기에 눈이 쌓여 광한[65]에 부딪치니

　　　　　　　　　　　　　　　　螺顁雪堆衝廣漢
멀리 푸른 잎을 보내노라, 삽오주(十五州)에 　　遠送翠翹十五州
높은 하늘 6월에 겨울처럼 얼어붙고 　　　　　高寒六月凝冬〈夜〉
눈길을 끌어 더위를 잊게 하네 　　　　　　　引睇消忘炎燠憂
송염(宋濂)[66]의 글을 얻어 멀리 승경(勝景)을 들으며 記得宋濂遙聞勝
일찍이 노래를 지어 이에 부쳤구나 　　　　　曾題歌曲此寄投
전하여 읊는 백한(白鷳)은 흰털 같은 구절인데 　傳誦白鷳素毳句
눈앞에 모두 드러나 예와 오늘이 짝하네 　　　目前全露古今侔
여러 손님이 다행히도 이웃 나라에서 오니 　　群賓幸來自隣域

---

65 광한(廣漢) : 광한(廣寒). 달 속의 궁전.
66 송염(宋濂) : 명나라 초기의 문인.

시 잘 짓는 재주꾼들과 창수할 만 하네 　　藻思麗才足唱酬

산신령도 모름지기 웃는 얼굴로 　　　　山靈也須開笑臉

옥이 울리고 쇳소리 나며 재도(載道)가 뛰어나구나 玉振金聲載道優

붓은 자주 계림의 비취빛에 적시고 　　　毛錐頻滴鷄林翠

또 연해(研海)를 기울이니 압록강의 물이네 　研海且傾鴨綠流

한가로이 그리니 모두 인색함이 없고 　　　等閑揮寫都無恡

다함없는 풍경에 그리기를 그치지 않네 　不盡景光寫不休

이제 무릉(武陵)으로 가서 사절이 머무는 날 此去武陵駐節日

나란히 벽옥루의 군왕에게 올라가겠네 　齊登君王碧玉樓

다락 위에서 또 시험 삼아 멀리 돌려 보면 樓頭試又回頭看

부사산은 의연히 가까이 떠있겠네 　　　富士依然眉睫浮

빼어난 기운 도처에 아껴서 볼만하고 　秀氣到處堪賞愛

다시 시를 읊으며 어울릴 수 있네 　　　再撚吟髭可夷猶

몇몇 시인은 자리를 같이 하고, 　　　　多少騷人陪几席

소리 나는 그림 속에 함께 눈을 뜨네 　有聲畫裡共開眸

한 봉우리가 나뉘어 만 봉우리로 나가니 一峰分化萬峰去

비단 주머니에 담아 넣어 돌아가는 배에 싣네 錦囊收拾載歸舟

한양의 궁궐에서 밝은 임금께 드려 　　漢城殿上呈明主

무궁한 시는 어찌 다시 셀 수 있으랴 　無窮風韻復焉廋


사객통통집(槎客通筒集) 권일(卷一) 끝

# 사객통통집(槎客通筒集) 권이(卷二)

별종(別宗) 장로의 부사산(冨士山) 시에
敬次別宗長老冨士山韻

동곽(東郭)

나는 일찍이 중국에 나가 노닐지 못했음을 안타까워했다. 학야(鶴
野)[67]는 하늘에 닿아 막히기도 하고 유장하기도 한데 말이다. 또, 한번
구주(九州) 밖으로 나갈 수 없었음을 안타까워했다. 거기 삼신산이 있
음을 알지 못했으니 말이다. 오악(五嶽)[68]을 만나기는 오늘날의 일이
아니요, 신선이 노닐어 하늘이 빌려준 것이다. 멀리 사절을 따라 일본
에 오니, 일본의 산들은 예로부터 기승을 뽐내는데, 한 구비 한 구비
눈으로 귀로 꾀하지 않을 수 없어, 내게 길손의 근심을 잃도록 했다.

그 가운데 부사산은 크고도 높이 솟아 울흥하기가 뭇 산의 조종이
되고, 밝고도 찬란히 빛나 황홀하기가 만 곡(斛)의 밝은 구슬이 휘감아

---

67 학야(鶴野) : 광녕(廣寧) 동쪽, 해주위(海州衛) 서쪽, 요동(遼東) 북쪽에 위치한 큰
   들판 이름.

68 오악(五嶽) : 동악 태산(泰山)·서악 화산(華山)·남악 형산(衡山)·북악 항산(恒山)·중악
   숭산(崇山)을 말함.

바다를 향하고, 우주 안에 하늘을 찌르고 구름을 자르는 엄청난 봉우리를 던진 듯하여, 교력가(巧歷家)[69]라도 다 셀 수 없었다. 뻗치는 기세는 더러 견줄 수 있겠으나, 둘러싼 영이함은 견줄 수 없겠다. 가마를 타고 3일 동안 산을 둘러가면서, 신선이 감상하는 초심으로 수창할 수 있다. 깊은 어둠의 험로를 걷고, 궁벽한 하늘과 땅을 지나, 이것이 하늘 밖의 기이한 경치임을 알았고, 얻은 바가 사마천과 비견할 만 했다. 내가 이 산을 사랑하는 까닭은 서린 뿌리가 크게 달려가는 웅장함 때문이 아니요, 무엇보다도 천지의 맑은 기운이 묶여져 흩어지지 않고 뭉쳐서 흐르지 않음을 사랑하였다.

나는 부상(扶桑)을 꺾어 뾰족한 붓을 만들고, 동해를 기울여 먹물을 만들어, 기이한 생각을 나르고 웅장한 문장을 빌려, 이 산의 천만 삼라의 경치를 묘사한 다음에 그만두리라. 또 진재(眞宰)[70]가 심은 바와 부온(富媼)[71]이 감춘 바 산중의 아름다운 옥을 캐서, 우뚝 솟은 공중루(空中樓)를 깎아 만들리라. 해와 달에게 자리에 나오라 하고, 하늘과 땅을 눌러 바다 가운데 뜨게 하며, 왼쪽에는 안기(安期)[72]를 데리고, 오

---

69 교력가(巧歷家) : 셈을 잘하는 사람. 관상가.

70 진재(眞宰) : 도교에서 말하는 읍주의 주재자. 조물주.

71 부온(富媼) : 토지(土地)의 신(神)을 가리킴.

72 안기(安期) : 유향(劉向)의 《열선전(列仙傳)》에 "안기 선생(安期先生)은 낭아(琅琊) 부향(阜鄕) 사람으로 동해가에서 약을 팔았는데, 당시 사람들은 천세옹(千歲翁)이라 하였다. 진시황(秦始皇)이 동쪽에서 노닐다가 그를 만나 사흘 밤낮 동안 이야기를 나누고 많은 금은보화를 주었으나, 모두 그대로 남겨 두고 편지 한 통과 붉은 옥으로 만든 신발[赤玉鳥] 한 쌍을 남겼는데, 그 편지에 '몇 해 뒤 봉래산에서 나를 찾으라.' 하였다. 이에 진시황이 서시(徐市) 등을 시켜 동남동녀(童男童女) 수백 명을 데리고 동해에 배를 띄워 봉래산을 찾아가게 하였다." 하였음.

른쪽에는 선문(羨門)[73]을 끼며, 함께 쉬고 머물며 별을 따 내 가슴에 붙이고, 항해(沆瀣)[74]를 가져다 내 눈을 씻으리라. 구륜(尻輪)을 몰고 풍마(風馬)를 타, 위로는 서른여섯 옥황에게 조문하리니, 은하수를 배 타고 건널 수 없다 말하지 말고, 무릎 꿇고 오래 살아 죽지 않는 신술(神術)을 받으리니, 옥급(玉笈) 진전(眞詮)을 차라리 내가 세리라.

### 이신(頤神) 장로의 부사산(富士山) 시를 따라
### 奉次頤神長老富士山韻

경호(鏡湖)

| | |
|---|---|
| 오래전부터 늘 품어온 장쾌한 여행 | 夙昔常懷汗漫遊 |
| 이제 내가 동쪽 바닷길로 떠서 유유히 나가네 | 今我東浮海路悠 |
| 예전에 듣던 부사산을 이제와 보니 | 昔聞富嶽今見之 |
| 이밖에 다시 삼신산이 없겠구나 | 此外復有三山不 |
| 빼어난 빛으로 우뚝 솟아 하늘을 닦고 | 秀色嵯峨摩九霄 |
| 두터운 뿌리로 가득 차 삼주(三州)[75]에 서리네 | 厚根磅礴蟠三州 |
| 진선(眞仙)은 정히 이 가운데를 향하여 지내고 | 眞仙定向此中居 |
| 가고자 하나 길이 없어 마음만 번거롭네 | 欲往無路心煩憂 |

---

[73] 선문자(羨門子) : 옛날 선인(仙人)인 선문자고(羨門子高)를 말하는데, 진 시황(秦始皇)이 일찍이 동해(東海)에 노닐면서 선인 선문의 무리를 찾았다 함.

[74] 항해(沆瀣) : 이슬 기운. 바다의 기운.

[75] 삼주(三州) : 이즈(伊豆)는 두주(豆州), 가히(甲斐)는 갑주(甲州), 사가미(相模)는 상주(相州)라 부른 데서 유래한 말. 모두 부사산 아래 지역임.

어찌 욕계(欲界)에서 장애를 벗어나　何當慾界脫夙障

만 길 봉우리 꼭대기에서 발을 한번 뻗으리오　萬丈峰頭足一投

봉우리에 쌓인 눈 사철 이어지고　峰頭積雪貫四時

맑은 기운 차가운 빛이 겨루기 어렵구나　瀬氣寒光難比佯

스님은 진면목을 노래로 잘도 불러　師能詠出眞面目

한 편을 내게 주며 수창을 바라네　一篇寄我要相酬

소호씨(小昊氏)의 옥녀봉(玉女峰)이며 촉나라의 백염산(白鹽山)

金天玉女蜀白塩

가마 타고 와 보아도 어느 산이 나은지 모르겠네　較來未知何山優

망망한 신령스러운 산에 육오(六鼇)가 죽어　茫茫靈嶠六鼇死

뼈에 서리 내리도록[76] 봉우리를 이니 산은 여기서 흐르네

霜骨堆巓山此流

우리 스님 아름다운 시에 다시 빼어나게 솟아오르니　吾師麗藻更秀出

천고의 시단에 혜휴(慧休)[77]가 있구나　千古詩壇有慧休

어떻게 스님을 따라 묘명(杳冥)에 들어　安得隨師入杳冥

함께 봉래산 몇 겹이나 다락에 오를까　共上蓬山幾重樓

그렇지 않으면 나는 스님의 손을 잡고 가　不然我將携師去

한 노에 서쪽으로 계림을 가리키며 떠가야지　一棹西指鷄林浮

---

**76** 육오(六鼇)가 … 내리도록 : 육오는 바다 속에서 삼신산(三神山)을 머리로 이고 있다는 여섯 마리의 자라. 용백(龍伯)의 나라에 거인이 있는데 한 번의 낚시로 이 자라 여섯 마리를 한꺼번에 낚았다 하였음. 《열자(列子) 탕문(湯問)》. 이백(李白)의 시 〈등고구이 망원해(登高邱而望遠海)〉에 "육오의 죽은 뼈엔 이미 서리가 내렸으니, 삼산은 흘러가서 어디에 있는고.(六鼇骨已霜 三山流安在]"라는 구절이 있음.

**77** 혜휴(慧休) : 당나라의 고승. 영주(瀛州) 악씨(樂氏)의 아들. 상주(相州)의 자윤사(慈潤寺)에 거하였으므로 거명한 듯.

| | |
|---|---|
| 길 다하여 금강산과 묘향산 | 踏盡金剛與妙香 |
| 선도(仙都)의 해와 달은 함께 넉넉하네 | 仙都日月同夷猶 |
| 이제 와서 함께 천 리 길 유람을 만들어 | 今來共作千里遊 |
| 양쪽의 정이 의연하니 반가운 눈빛으로 위로하네 | 兩情依然慰青眸 |
| 인생은 내가 좋은 대로 따라갈 수 있으나 | 人生且可從吾好 |
| 만사가 본디 학주(壑舟)[78]와 같네 | 萬事元來等壑舟 |
| 선심(禪心)의 혜안은 내가 복종하는 바 | 禪心慧眼我所服 |
| 스님은 믿건대 고인(高人)이니 어찌 헤아릴 수 있으리오 | 師信高人焉可廋 |

## 이신 대사의 부사산 시에 부쳐
### 奉次頤神大師富士山韻錄奉

용호(龍湖)

옛날 내가 부사산의 뛰어난 경치를 오래도록 들었는데, 한번 유람
하고자 생각했으나 매번 안타깝기는 깊은 바다가 가로 막고 길은 멀
어, 이제 내가 동쪽으로 와 비로소 진면목을 보았다. 바다 가운데 신
령스러운 거북이 지금도 머리에 이고 있는지 모르겠으나, 아니라면
빼어난 높은 봉우리의 억만 길과 서리서리 뿌리내린 십주(十州)가 있

---

78 학주(壑舟):《장자(莊子)》〈대종사(大宗師)〉에 "골짜기 속에 배를 숨겨 두고 산을 못
  속에 숨겨 두면 안전하다고 여긴다. 하지만 한밤중에 힘센 자가 등에 지고 달아나도 어리
  석은 사람은 알아채지를 못한다. [夫藏舟於壑 藏山於澤 謂之固矣 然而夜半 有力者 負
  之而走 昧者不知也]"라 한 데서 온 말.

겠는가. 처음에는 공공(共工)이 화가 나 부주봉(不周峰)을 건드렸다[79] 의심했으나, 위로 서북쪽이 함몰하여 와황(媧皇)의 근심을 준 것[80]인 듯하고, 또 과아(夸娥)가 장난으로 수미산(須彌山)을 갈랐나 의심했으나, 한 모서리는 멀리 하늘의 동쪽을 향하고, 던져서 절정이 길어져, 크고 오래 눈을 쌓아두어, 구름과 안개가 피어올라 아침 저녁으로 변하는 모습의 기상이 비기기 어려웠다.

나는 천하 오악(五嶽)의 여러 명산을 두루 보고 싶었으나, 구석진 나라에 묶여 아직 신선에게 진 빚을 갚지 못하고 있다. 천태(天台)의 신령스러움과, 안탕(鴈宕)의 화려함, 무당(武當)의 절묘함, 여악(廬岳)의 험준함이 이 산과 비겨서 누가 더 나을까. 일찍이 듣건대, 연력(延曆) 연간에 구름과 안개가 덮여 어두워진 열흘 사이, 연꽃 여덟 잎이 생겨 위로 굴에서 샘물이 흘러 내렸다고 한다. 또 듣기에, 알전(閼旃)의 해에 화산이 터져 어두운 사흘 사이, 나환(螺鬟)[81] 한 봉우리가 나와 길이 후손을 얻어 정휴(禎休)를 본받으니, 비로소 진선(眞仙)이 이 사이에 있어 해와 달이 옥 같은 다락에 비추는 것을 알았다.

우리 동방에도 금강산이라는 기이한 경치를 가진 산이 있어, 일만 이천의 백옥 같은 기이한 봉우리가 솟구쳐 하늘 가운데 떠있으니, 마

---

79 공공이 … 건드렸다 : 전욱(顓頊)과 제위(帝位)를 놓고 싸웠다는 공공(共工)은 뜻대로 안 되자 성을 내면서 부주산(不周山)에 몸을 부딪치니 하늘을 매단 끈이 끊어지고 땅을 받치는 기둥이 부러지면서 동남쪽으로 기울어졌다고 함.

80 와황(媧皇)의 근심을 준 것 : 와황은 여와씨(女媧氏). 그는 공공(共工)이 축융(祝融)과 싸우다가 부러뜨린 천주(天柱)를 오색 돌로 보수했다 함.

81 나환(螺鬟) : 부처의 머리카락이 소라처럼 되었으므로 불두(佛頭)를 나환이라 하고, 또 산 모양을 이르기도 함.

땅히 두 산이 바다를 사이에 두고 서로 바라보며 형제가 되어, 더불어 읍손(揖遜)함이 상유(相猶)하지 않음을 알겠다. 왕정(王程)이 유한하여 바랄 수는 있으나 친할 수는 없어, 머리 돌리며 빨리 달려 두 눈을 수고롭게 하니, 돌아올 때에 올라가 한번 장쾌히 본 다음 돌아가는 배를 탈 수 있으리라. 스님이 형용 묘사하여 나에게 한 편의 작품으로 보여준 데 힘입어 나는 언덕과 봉우리의 모양새를 아니, 한번 혜안을 거친 일에 어찌 헤아릴 수 있으랴.


## 별종 장로가 부사산을 바라보며 쓴 시에 따라
### 奉次別宗長老望富士山韻

범수(泛叟)

| | |
|---|---|
| 세상 밖 산이 있어 신선이 논다는데 | 世外有山仙人遊 |
| 푸른 바다 망망하고 길은 유장하네 | 碧海茫茫路悠悠 |
| 금오가 죽어 뼈에는 벌써 이슬이 내렸다 하고 | 聞道金鰲骨已霜 |
| 등 위에 봉래산을 지기는 지금 세상은 아니구나 | 背上蓬瀛今世不 |
| 드디어 천하의 사람들로 하여금 | 遂令天下火食人 |
| 다만 뜬 안개를 보며 구주(九州)를 점찍게 했네 | 但見浮烟點九州 |
| 연제(燕齊)는 괴이하여[82] 고요할 뿐 말이 없고 | 燕齊迂怪寂無語 |
| 뭇 신선은 상소하여 진재(眞宰)의 근심이네 | 群仙上訴眞宰憂 |

---

82 연제(燕齊)는 괴이하여 :《사기(史記)》봉선서(封禪書)에 "봉래(蓬萊)의 안기생(安期生)을 구하지 못한 상태에서, 해변 가 연 나라 제 나라의 괴탄한 방사들이[海上燕齊怪迂之方士] 몰려와 신선에 대한 일을 떠들기 시작하였다."고 한 데서 따옴.

|  |  |
|---|---|
| 제왕이 명하여 과아(夸娥)는 삼신산을 만들고 | 帝命夸娥做三山 |
| 방향을 동남으로 하여 바다 위에 던졌네 | 爲向東南海上投 |
| 부상의 나라에 한 봉우리 이것이 부사산이니 | 桑溟一峰是富士 |
| 한라산 풍악산과 이름이 나란하네 | 漢挐楓岳名相侔 |
| 우뚝한 솥 같은 산은 각각 웅자를 자랑하고 | 嵬然鼎崎各誇雄 |
| 바다를 사이에 두고 바라보며 서로 수작하는 듯하네 | 隔海相望如相酬 |
| 일본은 그 하나를 얻었고 한국은 둘을 얻으니 | 和得其一韓得二 |
| 두 나라 승경을 비교하여 누가 더 나은가 | 兩國較勝誰爲優 |
| 다만 괴이하기는 이 산이 처음 솟아날 때 | 但怪玆山初聳時 |
| 긴 호수가 문득 갈라져 비파호로 흘러갔다네 | 長湖忽坼琵琶流 |
| 또 듣기에 먼지가 백 리 하늘에 날려 | 又聞飛灰百里天 |
| 기이한 봉우리를 더하여 상서로움을 드러냈다네 | 添作奇峰呈祥休 |
| 머리 위에서는 사철에 눈이 녹지 않고 | 頭上不消四時雪 |
| 옥주(玉柱)는 받들듯이 천상의 다락이네 | 玉柱如捧天上樓 |
| 옛날 우리 아버지가 그림 한 장을 가져와 | 昔我先君畫一本 |
| 일찍이 나환에서 구름이 나오는 모습을 보여주셨는데 | 早見螺鬟出雲 |
| 그로부터 57년 여 | 邇來五十有七年 |
| 높은 산은 예와 오늘이 같음을 알지 못했네 | 不識屏顔今古猶 |
| 수레를 달려 에도로 향하니 | 自驅征車向江戶 |
| 몇 번이나 머리를 돌려 멀리 눈길로 맞았는가 | 幾多回首騁遠眸 |
| 먼 산봉우리 비로소 보는 먼 길의 마을 | 遙岑始瞻遠州路 |
| 한 면에 흔쾌히 보는 앞강의 배 | 一面快覩今河舟 |
| 검은 구름에 말을 붙여 다시 가리지 말라 하니 | 寄語陰雲莫更蔽 |
| 나는 산의 모습을 다 하는데 너 어찌 감추리 | 我識山容爾焉廋 |

지난번 별종 대사가 부사산 여러 편을 보여주셨는데, 펼쳐서 다시 읽으며 여행길에 괴로움과 어려움과 소란스러움을 잊게 하였지만, 겨를이 없어 화답시를 짓지 못하였다. 장구(長句) 한 수를 지어 성대한 뜻에 사례하며, 또 운학(雲鷟) 장로의 뇌소(雷炤)를 바람[83]

日者, 別宗大師辱惠冨士山諸篇, 披復吟繹, 頓令行旅忘苦顧, 道途擾攘, 未暇遂篇步和, 略搆長句一首以謝盛意, 且希雲鷟長老雷炤

평천(平泉)

| | |
|---|---|
| 그대는 보지 못하였는가 | 君不見 |
| 부사산은 얼마나 크고 높은지 | 富士之山何穹崇 |
| 구주(九州)의 밖 동해의 동쪽에 있네 | 乃在九州之外東海東 |
| 동해는 크고도 커 끝이 안 보이고 | 東海浩浩不見際 |
| 부상(扶桑)의 해와 달은 그 가운데서 생기네 | 扶桑日月生其中 |
| 이 땅에 나라를 세우기 몇 천 년 | 此地建國幾千年 |
| 그 처음에 아득히 멀리 천지를 열었네 | 厥初邈矣開鴻濛 |
| 추생(鄒生)의 설명[84]은 과연 허탄하지 않고 | 鄒生騁說果不虛 |
| 수해(豎亥)의 씩씩한 발걸음[85] 일찍이 다함이 없었네 | 豎亥健步曾無窮 |
| 나라에 이름난 산이 없고 다만 물만 출렁이더니 | 國無名山但積水 |
| 부온(富媼)이 상소하여 천공(天公)을 슬프게 했네 | 富媼上訴愁天公 |

---

83 이 시는 조태억,『겸재집(謙齋集)』권7, 동사록(東槎錄) 중(中)에도 실려 있음.

84 추생(鄒生)의 설명 : 추생은 전국 시대 제(齊) 나라 추연(鄒衍)을 이르는데, 유자가 말하는 중국은 천하의 80분의 1에 지나지 않는다고 말했음.

85 수해(豎亥)의 씩씩한 발걸음: 수해는 우(禹)의 신하로서 걸음을 잘 걷는 사람.《회남자(淮南子)》추영훈(墜形訓)에, "우가 수해를 시켜 북극(北極)에서 남극(南極)까지 재게 하였더니 2억 3만 3천 5백 리 75보(步)였다."고 한 데서 나옴.

하루아침에 땅이 갈라지고 파도가 쳐 신령스런 산이 솟구쳐

一朝地坼波翻神嶽湧

우뚝이 만 길이나 푸른 하늘을 받치네　　　　屹然萬丈撐蒼穹

이 일은 효령(孝靈)[86] 때에 있었다 하는데　　此事云在孝靈時

허탄한 말로 우매한 이를 속이려는 것 같지는 않네 非如誕說欺愚蒙

서린 뿌리가 휘돌아 대륙이 평평하고　　　　蟠根廻壓大陸平

멀리 뻗어 가로로 띠고 푸른 바다는 넓네　　遠勢橫帶滄波洪

한 송이 우뚝한 옥부용　　　　　　　　　一朶亭亭玉芙蓉

언제나 눈이 내리나 담뿍 피네　　　　　　常時雪霰長蒙籠

상쾌한 기운은 새벽에 뭉쳐 항해(沆瀣)의 정기요 爽氣晨凝沆瀣精

차가운 빛이 밤 내내 교룡궁(鮫龍宮)이네　　寒光夜徹鮫龍宮

매년 여름 매우 더울 때　　　　　　　　　每年朱夏苦熟時

붉은 구름이 빨갛게 하늘을 태우는데　　　　赤雲赫赫恆燒空

더위에 초목이 말라 비틀어져도　　　　　　炎方艸木焦欲盡

도리어 산머리에 눈은 녹지 않네　　　　　猶見山頭雪未融

위에는 깊은 연못이 있어 천지(天池)라 부르고 上有深淵號天池

곁으로 구멍이 뚫려 찬바람이 나네　　　　傍開竇穴生寒風

밀려든 파도에 범람하여 몇 줄기 흩어지고　　餘波汎濫散幾派

냇물은 구불구불 급히 쏟아져 내리네　　　川澤縈紆瀉奔㵱

오래 전에는 이상한 일이 있었는데　　　　復道年前有異事

산중에 열흘이나 천화(天火)[87]가 타올라　山中十日天火烘

---

86 효령(孝靈) : 일본의 제7대 천왕. B.C.290~251년에 재위했다 함.
87 천화(天火) : 저절로 나는 화재.

| | |
|---|---|
| 연기가 하늘을 덮고 낮에도 어두워 | 煙沙蔽天晝晦冥 |
| 문득 한 봉우리가 하늘을 날았다네 | 忽有一峰騰穹窿 |
| 신선이 사는 곳 너무 많고 괴이한 자취 | 仙區儘多靈怪迹 |
| 환상적인 이 일이 어찌 진재(眞宰)의 솜씨 아니랴 | 幻弄豈非眞宰工 |
| 내가 예로부터 듣고 한번 보고 싶었는데 | 我昔聞之願一見 |
| 오늘 사신 길에 비로소 통하네 | 今日星槎路始通 |
| 날이 맑게 개어 수레를 멈추고 산 빛을 보니 | 新晴駐車看山色 |
| 저녁 바람이 한번 쓸어 구름은 엷네 | 晩風一掃雲曈曨 |
| 황홀하게 유람하니 무리진 옥 같은 봉우리 | 怳然身遊群玉岑 |
| 구슬이 눈에 비추니 빛이 영롱하네 | 瓊瑤觸目光玲瓏 |
| 이신(頤神) 노스님 나와 함께 가며 | 頤神老師伴我行 |
| 이곳이 바로 영주 봉래산이라네 | 爲言此是眞瀛蓬 |
| 왕왕 한낮에 피리소리 들리고 | 往往白日聞笙簫 |
| 신선은 가벼이 기러기를 타고 훨훨 나네 | 仙侶翩翩駕輕鴻 |
| 구름 속에서 노닐지만 사람은 알지 못하고 | 遊戲雲中人不識 |
| 선골(仙骨)은 푸르러질 것이요 팔나 눈이 되네 | 骨青髓綠仍紺瞳 |
| 계수나무 깃발에 자짓빛 지붕을 닳고 내왕하리니 | 桂旗芝蓋倏來往 |
| 기수(琪樹)와 요초(瑤艸)는 어찌 그리 우거졌는가 | 琪樹瑤艸何蒨葱 |
| 아깝도다, 구석진 곳 중명(重溟)의 밖에 있어 | 惜乎僻在重溟外 |
| 예로부터 본 이는 오직 진(秦)나라 아이들 뿐 | 古來見者惟秦童 |
| 오랜 세월 시인은 제목한 시가 적고 | 千秋詞客少品題 |
| 시로 꾸미기는 홀로 금화옹(金華翁)이네 | 賁飾獨有金華翁 |

금화(金華)는 송렴(宋濂)의 호이다.

| 만약 중국 땅에 놓는다면 | 若令置之中國土 |
| 어찌 대산(岱山)과 높이를 다투지 못할까 | 何遽不若岱與嵩 |
| 내가 이 산을 말하자면 진정 뛰어나고 괴이하니 | 我道此山固瓌偉 |
| 우리나라에 또한 금강산의 웅자가 있네 | 吾邦亦有金剛雄 |
| 금강산 일만 이천 봉은 | 金剛一萬二千峰 |
| 하나하나 옥을 깎아 푸른 단풍도 많구나 | 箇箇削玉多靑楓 |
| 어찌 그대와 함께 비로봉 정상에 올라 | 安得與君一陟毗盧頂 |
| 두 산의 형승이 같고 다름을 하나하나 논할까 | 細論二山形勝同不同 |

금강산에는 일만이천봉이 있고, 또 단풍나무가 많아 풍악산이라고
도 이름한다. 비로봉은 최고봉의 이름이다.


## 부사산행(富士山行)[88]
富士山行

정암(靖菴)

| 태허의 움직임은 거리끼지 않고 | 太虛運無閡 |
| 맑은 기운이 바다 밖에 심어졌네 | 淑氣海外鍾 |
| 가득히 서려 땅의 뿌리요 | 磅礴蟠地根 |
| 우뚝 솟아 천봉(天峰)을 지탱하네 | 突兀拄天峰 |
| 하늘이 보내 일동(日東)을 누르고 | 天遣鎭日東 |

---

88 이 시는 임수간,『돈와유고(遯窩遺稿)』, 권지이(卷之二)에도 실려 있음.

| | |
|---|---|
| 옥 같은 부용을 솟아냈구나 | 挺出玉芙蓉 |
| 희디 흰 태초의 눈 | 皚然太始雪 |
| 만고의 세월 정상에 북돋았네 | 萬古頂上封 |
| 지척에서 양곡(暘谷)[89]에 엎드리고 | 咫尺俯暘谷 |
| 햇빛 휘황하여 금이라도 녹일 수 있네 | 陽暉金可鎔 |
| 멀리 그 절개를 굳게 하고 | 胡然固其節 |
| 얼어붙어 여름과 겨울이 없네 | 凝冱無夏冬 |
| 산 중턱에 신령스런 안개가 새나오고 | 半腹靈霧洩 |
| 띠를 둘러 흰 구름이 짙네 | 一帶白雲濃 |
| 중간에 물이 돌아 나와 연못이 되고 | 中間滙爲澤 |
| 묵묵히 교룡(蛟龍)을 감추었네 | 默然藏蛟龍 |
| 샘물은 물이 흘러나가는 처음이요 | 源泉勢濫觴 |
| 흐름이 나뉘어 노한 듯 쾅쾅거리네 | 分流怒撞舂 |
| 나는 사신의 배를 타고 와서 | 我來泛星槎 |
| 멀리 박망(博望)이 간 길을 밟았네 | 遠躡博望蹤 |
| 뭍길 바다길 오천 리에 | 海陸五千里 |
| 명산을 아직 만나지 못했네 | 名山曾未逢 |
| 어제는 금령(金嶺) 험한 길을 지나 | 昨度金嶺峻 |
| 비로소 부사산의 모습을 보았네 | 始瞻富岳容 |
| 정정함이 홀(笏)을 심은 듯하고 | 亭亭似植珪 |
| 빛나기가 옥홀을 겹친 듯하네 | 璨璨如疊琮 |
| 높은 의표가 멀리서 보아도 장하고 | 高標壯遐矚 |

---

89 양곡(暘谷) : 전설 속의 해 뜨는 곳을 가리키는데, 《서경(書經)》 요전(堯典)에 나옴.

| | |
|---|---|
| 상쾌한 기운이 가슴을 끓게 하네 | 爽氣盪塵胸 |
| 전해 듣건대 삼도(三島)가 가깝다 하고 | 傳聞三島近 |
| 학은 날아 높은 소나무에 앉네 | 鶴馭來喬松 |
| 맑은 옥은 달빛을 받으며 소리를 내고 | 琳琅月珮響 |
| 무성한 자짓빛 뚜껑은 짙네 | 葳蕤芝蓋穠 |
| 함지(咸池)에 나가 아침 머리를 감고 | 咸池濯朝髮 |
| 항해(沆瀣)는 아침 식사가 되네 | 沆瀣爲晨饔 |
| 대황 밖에서는 영괴한 일이나 | 荒外足靈怪 |
| 선적(仙籍)은 범상함이 없네 | 仙籍無凡庸 |
| 이 일은 끝내 황홀하여 | 此事終怳惚 |
| 기이한 술책은 성인이 닦은 바이네 | 異術聖所攻 |
| 아까워라, 이 산이 궁벽 져 | 惜哉玆山僻 |
| 멀리 용솟음치는 바다를 막네 | 遠隔層溟洶 |
| 명령처럼 오악(五嶽)에 참예하고 | 如令參五嶽 |
| 제사의 전례는 정한 법대로 해야 하리 | 祀典宜所宗 |
| 다행히 사신의 영광을 차지하여 | 幸叨使華榮 |
| 하늘은 좋은 구경하도록 해주네 | 天敎勝賞供 |
| 진정한 근원은 묘연하여 묻지 못하나 | 眞源杳莫問 |
| 날개 달린 신선은 너무 커 따르기 어렵네 | 羽客邈難從 |
| 신령스런 산의 아름다움을 다하고자 하나 | 欲窮靈嶽美 |
| 유약한 붓이 다 쓰기 어렵네 | 難旣柔翰鋒 |

다시 장구(長句) 한 편을 읊어 이신 장로가 보여주신 오언고시
(五言古詩)에 답하니, 한번 웃으시고 운학 장로에게 보임
更吟長句一篇, 奉酬頤神長老五言古詩之惠贈, 以博一粲, 兼賞雲壑長
老雷矚

남강(南岡)

| | |
|---|---|
| 부사산이 일본 땅을 누르니 | 富山鎭日域 |
| 기세는 얼마나 장하가 | 氣勢一何壯 |
| 가득차고도 높이 솟아 | 磅礴復嶋崒 |
| 그 모습이 엎어놓은 항아리 같네 | 其形似覆盎 |
| 아래로 서려 물이 고이고 위로는 하늘을 받들고 | 下蟠積水上于天 |
| 우뚝 서서 만고에 누가 대항하리 | 特立萬古誰敢抗 |
| 대저 동남으로 지축이 기울어 | 大抵東南地軸傾 |
| 상제는 이를 걱정해 의장(意匠)에 수고를 했네 | 上帝憂之勞意匠 |
| 이에 진재(眞宰)에게 명해 원기가 돌고 | 乃命眞宰運元氣 |
| 바다 위에 우뚝 솟아 높은 장벽을 차렸네 | 屹然海上峙高嶂 |
| 큰 자라가 목을 움츠리며 감히 이지 못하고 | 巨鼇縮頸不敢載 |
| 대붕은 날개가 걸리니 어찌 날 수 있으리 | 大鵬礙翮何能颺 |
| 바람이 구멍에서 생겨 나뭇잎을 흔들고 | 風生竅穴作調刁 |
| 물이 영지(靈池)에서 새나와 세차게 흘러가네 | 水洩靈池任奔放 |
| 엎드려 여러 산을 보니 모두 어린아이들이고 | 俯視群山盡兒孫 |
| 흔들리며 출몰하니 파도와 같네 | 逶迤出沒如波浪 |
| 매번 보니 구름과 안개는 반쯤 중턱에 걸려 있고 | 每見雲霞逗半壁 |
| 늘 진짜 모습을 드러내주지 않네 | 常時不許露眞狀 |
| 귀허(歸墟)[90]의 땅은 양곡에 가깝고 | 歸墟之地近暘谷 |

| 뜨거운 해가 공중을 태워 덴 자국이 많네 | 赫日燒空多炎瘴 |
| 봉우리 꼭대기에 홀로 태고의 눈을 남겨 | 峰頭獨留太古雪 |
| 밝게 빛나 빛깔이 일렁이네 | 璀璨瓊瑤色相盪 |
| 6월 불가마에도 사라지지 않고 | 六月烘窯亦不消 |
| 사철에 뾰족뾰족 찬 기운이 왕성하네 | 四時矗矗寒氣旺 |
| 천하의 산 가운데 오직 오악이 높으나 | 天下山唯五嶽尊 |
| 이 산의 신령스런 빼어남은 어디에 양보하랴 | 兹山神秀何遽讓 |
| 아까워라, 멀리 중국의 밖에 있어 | 惜哉遠在夏服外 |
| 사전(祀典)에 일찍이 시망(柴望)[91]을 받들지 못했네 | 祀典不曾擧柴望 |
| 나는 평생 명승을 보려는 뜻이 있어 | 我有平生濟勝具 |
| 진경을 찾아 스스로 금상(禽尙)[92]을 쫓기로 했네 | 尋眞自擬追禽尙 |
| 서쪽으로 묘향산에 놀아 나막신 갖추고 | 西遊香嶽理蠟屐 |
| 동쪽으로 금강산에 올라 옥 지팡이와 함께 하였다네 | 東陟金剛携玉杖 |
| 이 밖에 명산을 헤아릴 수 없으나 | 此外名山不可數 |
| 어두워 이른 곳 너무 질탕하였네 | 冥搜著處窮跌宕 |
| 사는 곳 외져 눈까지 좁아지는 것 싫어 | 地偏猶嫌眼孔小 |
| 바다 밖 신선 사는 곳 멀리 찾아가려 생각했네 | 海外仙區思遠訪 |

---

90 귀허(歸墟) : 발해의 동쪽에 있다고 하는 큰 골짜기의 이름으로 밑바닥이 없어 물이 빠져 나간다고 함.

91 시망(柴望) : 섶으로 불을 피워 산천에 제사 지냄.

92 금상(禽尙) : 금은 후한(後漢) 때의 은사(隱士)인 금경(禽慶)을 말하고, 상은 역시 후한 때의 은사인 상장(尙長)을 이름. 상장은 일찍이 《노자(老子)》·《주역(周易)》에 정통한 학자로서 일찍부터 은거하여 벼슬하지 않았고, 자녀(子女)들의 가취(嫁娶)를 다 마친 뒤에는 가사(家事)를 단절하고 친구인 북해(北海)의 금경과 함께 오악(五嶽) 등의 명산을 주유(周遊)하였는데, 끝내 그들이 죽은 것을 알 수 없다고 함.

| | |
|---|---|
| 장부로 사신 가는 일 또한 영광이라 하니 | 丈夫持節亦云榮 |
| 만 리 길 배 띄워 드넓은 바다 건넜네 | 萬里星槎泛混瀁 |
| 십주(十洲)에 삼도(三島)를 두루 거쳐가니 | 十洲三島歷遍多 |
| 이를 보고 더욱 깨달아 번잡한 마음을 털어버리네 | 見此倍覺煩襟暢 |
| 이내가 걷히며 산 속이 훤히 드러나니 | 氛翳捲盡山骨露 |
| 부용을 반나마 하늘 위로 다듬어 내네 | 削出芙蓉半天上 |
| 이야말로 작은 정성에 감통하여 | 也是微誠有感通 |
| 형악이 하늘을 여니 황송함을 어이 감당하리 | 衡岳開空事堪況 |
| 재빨리 서늘한 기운이 살과 뼈에 닥치니 | 儵然爽氣逼肌骨 |
| 호탕하고 기이한 유람은 실로 하늘이 주신 것이라네 | 浩蕩奇遊實天貺 |
| 듣건대 신선은 이 굴에 머물며 | 聞說仙人此窟宅 |
| 은대(銀臺)와 금궐(金闕)이 분분히 서로 마주한다네 | 銀臺金闕紛相向 |
| 빠른 수레와 가마로 오고가니 | 飈輪芝蓋倏去來 |
| 금빛을 얻음이 얼마쯤 긴가 | 種得金光幾許長 |
| 따라서 가고 싶으나 옆구리에 날개가 돋지 않고 | 欲往從之腋未羽 |
| 나에게는 하릴없이 슬픔만 일게 하네 | 使我徒然起惆悵 |
| 밝은 아침 해에 다시 내 머리카락을 헤아려 | 扶桑更擬晞我髮 |
| 내일 가는 수레에 길은 확 트였겠네 | 明日征車路脩曠 |

정사 대인이 부사산(富士山) 가편(佳篇)을 읊어 보여주므로, 시에
따라 사안(詞案)에 사례하며 바치니, 다행히 내치지 말아주시길
正使大人見惠咏富士山佳篇, 依韻奉謝詞案下, 幸勿叱擲
별종(別宗)

그대는 보지 못했는가, 부사산이 홀로 우뚝 솟은 모습
君不見富士歸嵬

진정 하늘과 높이를 견준다네 　　　　　正與天乎比崇

만고에 길이 누르며 　　　　　　　　萬古長鎭

야마토의 동쪽이네 　　　　　　　　野馬臺之東

상선이 오고 가며 바다의 나라와 인연을 맺으니　商舶往來緣海國

멀리 묘연한 안개를 마라보며 있는 듯 없는 듯　遙望杳靄有無中

만 길 높은 하늘 위로 빼어나와 　　　萬丈秀出層霄上

손바닥만 한 구름 일어 어두워 잘 보이지 않네　膚寸雲起自冥濛

모름지기 변화하는 것은 측량할 수 없고　須更變化不可測

아침 안개 저녁 어스름에 흥은 무궁하네　朝暉夕陰興無窮

큰 자라의 등 위에 실렸는지 어쩐지　巨鰲背上戴得否

하늘이 만든 기이한 모습은 조화공(造化公)이 이루었지
天然奇容造化公

이마에 팔엽(八葉)을 지고 옥을 깎아 이루고　頂撑八葉如玉削成

그 가운데 석가모니 위로 갈수록 높은 하늘 엷어지네
就中釋迦高薄層穹

모습은 연꽃이 새로 물위로 나온 듯 하고　形如蓮花新出水

가만 산 빛을 보니 혼몽(昏蒙)이 풀리네　纔見山色解昏蒙

하늘이 열려 한 폭의 살아있는 그림　天開一幅活畫圖

| 바야흐로 우주가 크다는 유래를 알겠네 | 方識由來宇宙洪 |
| 이 세상의 무명(無明)의 어둠을 깨니 | 爲破塵劫無明暗 |
| 누가 놓았을까, 수정의 등롱(燈籠) 하나 | 誰閣水晶一燈籠 |
| 서시(徐市)는 멀리 진나라에서 이 땅에 오고 | 徐市遐秦來此土 |
| 전하기로는 바다 위에 봉래궁이 있다네 | 傳是海上蓬萊宮 |
| 보랏빛 연기가 바람을 따라 하늘하늘 날리고 | 紫煙隨風裊裊颺 |
| 빙빙 둘러 푸른 하늘을 가로질러 이어지네 | 繚繞連延橫碧空 |
| 만악과 천봉은 빼어난 모양을 다투는데 | 萬岳千峰爭鐘秀 |
| 따뜻한 기운이 도니 언 물도 풀린다네 | 暖氣回時冱水融 |
| 이 봉우리는 6월에 흰 눈이 날려 | 此峰六月飛白雪 |
| 대지에 끝없이 차가운 바람을 일으키네 | 大地無端生冷風 |
| 옥피리와 옥퉁소가 끝없이 늘어서 | 玉筍瑤簮森列無際 |
| 가운데쯤에서 샘물이 솟으니 드디어 놀란 물이 불어나네 | |
| | 半腹吐泉遂漲驚溁 |
| 부상에 떠오른 해 바다를 떠날 때 | 扶桑朝旭離海時 |
| 백설은 붉게 물들고 빛깔은 타오르네 | 白雪飜紅色欲烘 |
| 상근(箱根) 언덕길 오르기 반나절쯤 | 箱嶺躋攀半日程 |
| 호수 위에 거꾸로 비친 그림자 활처럼 둥굴어지네 | 湖面倒影更馮窿 |
| 만 리 바라본 곳 모습을 바꾸지 않으니 | 萬里望處不改容 |
| 부드러운 부용꽃 아름답게 하늘로 솟았네 | 綽約芙蓉出天工 |
| 이름이 사해와 구주 밖으로 퍼져 | 名播四海九州外 |
| 먼 나라 침상에서도 꿈속으로 온다네 | 隔鄕枕上夢魂通 |
| 이제 막 신선의 구절장(九節杖)[93]을 얻어 | 方今得仙人九節杖 |
| 쾌청하여 눈을 뜨니 해는 정히 동터 올라 훤하네 | 快晴決眥日正曈曨 |

읊어낸 아름다운 시는 손작(孫綽)[94]의 부(賦)요 　吟成瓊篇孫綽賦

시험 삼아 땅에 던져 오니 소리가 영롱하네 　試擲地來響瓏瓏

낙양에서는 돌려가며 베끼느라 종이 값이 뛰고 　洛陽傳寫紙價貴

손님 가운데서 즐기며 나그네를 위로하네 　客中玩弄慰飄蓬

전하여 듣건대 금강산은 인간 세상의 선경이라는데

　　　　　　　　　　　　　　　　傳聞金剛人世仙境

기이함을 찾아 이미 나는 기러기를 쫓아갔네 　知是探奇已逐翔鴻

함께 일만 이천 봉을 올라 보면 　咸陽一萬二千峰

늘어선 산봉우리가 두 눈을 크게 뜨게 하겠네

　　　　　　　　　　　　　　　　岉岴㟪嵲嶻豁雙瞳

신궐(神闕)은 하늘로 날아 북두성을 만지고 　神闕騰空捫星斗

기이한 꽃과 신령스런 풀은 정히 푸르게 욱어졌네 　異花靈艸正靑蔥,

꽃다운 신령이 심은 바 풍물은 기이해 　英靈所鐘風物奇

못은 마르지 않고 산은 민둥이 아니네 　澤不涸兮山不童

바라건대 사신의 배를 따라 발해를 건너가 　願隨星槎踰渤海

경치를 보며 멀리 목면옹(木面翁)[95]을 데려가겠네 　觀光遠携木面翁

비의컨대 두루 돌아 삼천리 　比擬周回三千里

---

**93** 구절장(九節杖) : 도가에서 말하는 지팡이로, 1절(節)은 태음성(太陰星), 2절은 형혹성(熒惑星), 3절은 각성(角星), 4절은 형성(衡星), 5절은 장성(張星), 6절은 영실성(營室星), 7절은 진성(鎭星), 8절은 동정성(東井星), 9절은 구성(拘星)인데, 요사(妖邪)를 항복(降伏)시키고 신령(神靈)이 지휘를 듣는다고 함.

**94** 손작(孫綽) : 진(晉)나라 사람. 회계(會稽)에서 10여 년 동안 노닐면서 수초부(遂初賦)를 지어 그 뜻을 표현한 시가 우명함.

**95** 목면옹(木面翁) : 목면수(木面獸). 겨울에 전염병을 막기 위해 쓰는 나무로 만든 가면. 귀신을 잡아먹는다고 함.

| 큰 산은 빼어나 험준하고 | 泰嶽超出巉巇 |
| 서른여섯 봉우리 높고 높네 | 三十六峰高嵩 |
| 계림은 곳곳에 명산이 많아 | 鷄林處處多名山 |
| 천마와 봉황 머리 웅지를 다투네 | 天馬鳳頭曷爭雄 |
| 허공에 짜서 붉은 비단을 만들고 | 虛空織作紅錦繡 |
| 마땅히 호박을 낳아 천년의 단풍이네 | 應產琥珀千歲楓 |
| 법은 평등하여 높낮이가 없고 | 是法平等無高下 |
| 그 속에 어찌 논함에 같고 다름이 있으리오 | 這裡何爲論異同 |

석가악(釋迦岳)은 부사산 최정상의 이름이다.

## 정암(靖菴) 임 공(任公) 부사행(富士行) 고운(高韻)을 따라
### 奉次靖菴任公富士行高韻

별종

| 저 부사산을 보니 | 瞻彼富士山 |
| 우뚝 솟아 빼어난 기운이 심겼네 | 靄然秀氣鐘 |
| 뿌리에 서려 이즈(伊豆)와 사가미(相模)와 스루가(駿河)까지 | |
| | 根蟠豆相駿 |
| 기세가 구의봉(九疑峰)을 누르네 | 勢壓九疑峰 |
| 가는 곳마다 노래하여 바라보기 족하고 | 行行吟望足 |
| 꼿꼿이 선 옥부용이여 | 亭亭玉芙蓉 |
| 삼복에도 더위가 다하고 | 三伏炎蒸盡 |

천년 세월 눈으로 덮였네 　千秋積雪封

구름이 흩어져 은빛으로 빛나고 　雲散銀色耀

태양은 이글거려도 녹지 않네 　太陽炙不鎔

가는 길은 여름과 가을을 지나 　驛程歷秋夏

세월은 흘러 한겨울에 이르렀네 　荏苒屆仲冬

고드름이 처마에 걸렸고 　氷柱掛檐上

새벽엔 나무에 서리가 맺히네 　曉樹霜更濃

동으로 서로 오가는 길 　西東來往路

완연히 구름이 용을 쫓듯 하네 　宛如雲從龍

이르는 곳마다 성대한 잔치가 열려 　到處開盛宴

만 리에 곡식을 어찌 다 찧을까 　萬里粮何舂

나라 밖에서 다행히 사신이 와서 　域外幸持節

마땅히 신선의 자취를 찾아가네 　應須訪仙蹤

아득한 봉래섬이여 　渺渺蓬萊嶋

인간 세상에서는 만나기 어렵구나 　人間也難逢

백산(白山)과 입산(立山)은 　白山及立山

이 기이한 모습과 다투는 듯하네 　爭若此奇容

만세에 태평한 기반으로 　萬歲太平基

인사(禋祀)[96]에 황종(黃琮)[97]으로 제사지내네 　禋祀奠黃琮

예로부터 손님으로 온 시인이 　古來風騷客

누구라도 흉금을 털어놓지 않았으랴 　誰不豁吟胸

---

96 인사(禋祀) : 상제(上帝)를 제사하는 것.

97 황종(黃琮) : 황색의 서옥(瑞玉).

| | |
|---|---|
| 골짜기에는 천 가지 약이 뿌려지고 | 谷有千種藥 |
| 봉우리에는 한 그루 소나무 없네 | 峰無一株松 |
| 하늘을 가로지르는 소라(素羅)의 삿갓 | 橫空素羅笠 |
| 사철에 비취 빛 꽃들 | 四時翠色穠 |
| 구름 끝에 맑은 이슬을 내리고 | 雲表降清露 |
| 아침과 저녁 식사로 족하네 | 足以充湌饔 |
| 공은 곧 임(任)과 김(金) | 公是任金輩 |
| 웅대한 재주에 게으르지 않네 | 雄才阜不庸 |
| 독서의 도리는 일찍이 이루었고 | 讀書道早成 |
| 과거의 일은 홀로 다듬었네 | 術業獨自攻 |
| 문장은 황하가 흘러 넘쳐 | 文如黃河注 |
| 파도 이미 넘실대는 듯하네 | 波瀾已洶洶 |
| 예악은 삼대(三代)에서 배우고 | 禮樂學三代 |
| 벼슬에 나가 구종(九宗)을 일으키네 | 顯仕興九宗 |
| 산의 신령이 지켜주어 | 山靈爲護衛 |
| 푸른 시의 재료를 제공해 보내네 | 送青詩料供 |
| 군사는 엄숙히 흐트러짐 없고 | 軍儀肅無譁 |
| 물처럼 열 지어 따라가네 | 如水徒旅從 |
| 나의 쇠약한 바탕을 부끄러워 하나니 | 愧我衰朽質 |
| 어찌 기봉(機鋒)[98]에 맞으리오 | 安能當機鋒. |

---

98 기봉(機鋒) : 기는 쇠뇌의 어금니로 시위에 거는 것이고 봉은 화살촉이니, 일촉즉발(一觸卽發)로 한번 당기기만 하면 붙잡을 수 없는 형세를 말함. 선어(禪語)의 계발이 그와 같이 신속함을 비유한 불교 용어.

백산(白山)·입산(立山)은 모두 북주(北州)에 있으니, 부사산과 더불어 삼대산이다.

### 남강(南岡) 거사가 보여준 장편(長篇)에 따라
奉次南岡居士見惠長篇

별종

글자마다 풍상이 서렸으나 울림은 맑고 굳세　　字字挾風霜響淸壯

마치 닭이 나무에 올라 짖고 소가 움 속에서 우는 듯하네[99]

恰如雞登木牛鳴盎

장부가 어찌 뽕나무 활[100]을 잊을까　　丈夫豈能忘桑弧

호기와 높은 뜻은 대항할 수 없으리　　豪氣高志不可抗

큰 바다에 멀리 사신의 배를 띄웠으니

重溟遠泛客槎

그대는 곧 시단의 종장(宗匠)이네

君是騷壇宗匠

---

99 닭이 … 듯하네 : 《관자(管子)》 지원(地員)에 "궁성(宮聲)을 들어보면 마치 소가 움 속에서 우는 것 같고, 각성(角聲)을 들어보면 마치 꿩이 나무에 올라가 우는 것 같다."고 한 데서 온 말. 소식(蘇軾)의 청현사금시(聽賢師琴詩)에서는 "평생에 궁성과 각성은 알지를 못하고 소가 움 속에서 울고 꿩이 나무에서 우는 소리만 들었네[平生未識宮與角 但聞牛鳴盎中雉登木]" 하였음.

100 뽕나무 활 : 상봉(桑蓬)에서 나온 말. 뽕나무로 만든 활[桑弧]과 쑥대로 만든 화살[蓬矢]. 고대에 사내아이가 태어나면 뽕나무 활에 쑥대 화살을 메워서 천지 사방에 쏨으로써 장차 천하에 원대한 일을 할 것을 기대하였던 고사에서 유래한 말로, 천하를 경영하려는 남아의 큰 포부를 뜻함.

아침에 백 편의 부(賦)를 짓고 저녁에는 천 편의 시 朝爲百賦暮千詩

비단 주머니에 담아 몇 만 고개인가 　　　　　錦囊收拾幾萬嶂

옥 같은 구멍 구슬 같은 봉우리 물결은 세차고 　玉穴瓊岑波面危

돛에 가득 바람을 담아 배는 가벼이 달렸네 　　帆腹飽風舟輕颺

긴 물가에 흔들리는 포구에 나그네의 서글픔을 일으키고

　　　　　　　　　　　　　　　　　　長汀遙浦動覊愁

물오리 갈매기 백사장에 한가로이 노니는구나 　鳧渚鷗洲得閑放

유교와 불교 비록 다르나 도(道)로 섞여 친밀히 사귀고

　　　　　　　　　　　　　　　　　　儒釋雖異道交同膠漆

본디 만량(卍兩)의 무리가 아니라 　　　　　元非卍兩輩

도리어 만랑(漫浪)¹⁰¹을 부끄러워하니 　　　　却愧漫浪

이 소순(蔬筍)¹⁰²을 웃지 마소 　　　　　　蔬筍莫笑

우편으로 경계를 대하여 　　　　　　　　通郵筒對境

마땅히 풍운(風雲)의 모습을 노래하리 　　　宜詠風雲狀

반년 사신 길 나그네 되었으나 　　　　　　半年行役異鄕人

여정에 다행히 황모장(黃茅瘴)¹⁰³을 면했네 　旅程幸免黃茅瘴

---

101 만랑(漫浪) : 당나라 원결(元結)을 가리킴. 낭사(浪士), 만랑(漫郎), 만수(漫叟)라 일
   컬었는데, 이는 모두 세속에 얽매이지 않고 형해(形骸) 밖을 방랑하는 문사(文士)를 뜻하
   는 말. 당나라 안진경(顏眞卿)의 〈용주도독 겸 어사중승 본관경략사 원군표 묘비명(容
   州都督兼御史中丞本管經略使元君表墓碑銘)〉에 "원결이 양수(瀼水)가에 살면서 자칭
   낭사라 하고《낭설(浪說)》7편을 지었다가 뒤에 낭관(郎官)이 되자 당시 사람들이 '낭자
   (浪者)도 부질없이[漫] 벼슬을 하는가?' 하고는 '만랑(漫郎)'이라 불렀다 한다." 하였음.
102 소순(蔬筍) : 불교에 귀의(歸依)한 승려들은 채소만을 먹는 것이 원칙이었으므로 나
   물과 죽순은 승려를 나타냄.
103 황모장(黃茅瘴) : 가을의 풍토병.

문 앞의 수레는 어서 가자 시끄럽고 　　　　　　門前車馬更喧囂

사졸은 바삐 천지가 들끓네 　　　　　　　　士卒奔走天地盪

왕이 시켜 여관에 가서 자주 맞이하고 　　　王使臨館頻相迎

예를 갖춘 모습은 가지런하고 아름답네 　　禮容濟濟又旺旺

모두 담담한 물 같아야 군자의 사귐이라 하니 　皆謂淡水君子交

공경하며 절도 있게 함께 겸양하네 　　　　恭敬撙節共退讓

예로부터 조선과 일본이 양쪽으로 교류함이 오래이고

　　　　　　　　　　　　　　自古鰈鯖兩域往來久

이제까지 동으로 서로 왕래가 끊이지 않네 　絡繹至今海西海東

동산에 서니 장박망과 같구나 　　　　　　立苑擬博望

지나는 곳은 신선과 부처가 사는 곳이 많고 　所經多是仙佛之居

그 밖의 산과 물도 아름답기 그지없네 　　殘山剩水足以嘉尙

가파른 길을 오르고 걸어도 차질이 없고 　登危涉險不蹉跌

한 손으로 비껴 끌어 곽휴의 지팡이이네 　隻手斜引郭休杖

지팡이 끝 부사산 봉우리는 　　　　　　　杖頭富士峰

높이 솟아 하늘을 찌르기 만 유순 　　　　巍屹沖天萬由旬

마음이 열리고 눈을 돌리니 　　　　　　　心開目遊

둥실 떠올라 위로 날아 방탕(放宕)하고 　若飄浮騰上而放宕

신선의 퉁소소리가 하늘을 뚫고 구슬처럼 맑게 울리네

　　　　　　　　　　　　　　仙簫徹霄響琳琅好

수레를 멈추고 애써 찾아가니 　　　　　　停輻車苦尋訪

산정의 깊은 구멍은 시루 같고 　　　　　　絶頂深窪似炊甑

시루 속에 연못이 있어 물이 끓고 있네 　甑底有池水泱瀁

예로부터 흰옷을 입은 두 부인이 있어 　聞昔白衣二夫人

그윽한 춤을 추며 화사하게 놀았다네　　　　歌舞幽懷舒以暢

검푸른 대가 **빽빽**이 자라 추위를 이겨내고　　紺竹叢生恆凌寒

단봉과 백학은 그 위에서 노네　　　　　　　丹鳳白鶴遊其上

절벽을 올라 길을 뚫는 역거사(役居士)　　　攀崖開路役居士

이로부터 유인(幽人)이 이어서 오리라　　　　從此幽人繼來況

중화 낙랑의 문장 하는 선비가　　　　　　　中華樂浪文章士

멀리서 와 가득 시를 지으니 이야말로 진귀한 선물이네

　　　　　　　　　　　　　　　　　　　　遠投盛藻是珍貺

오악(五嶽)과 칠금(七金)은 각기 높기 높고　　五嶽七金各嶢嶤

아득히 바다에 막혀 서로 바라보는 듯하네　　杳茫隔海似相向

남강 선생은 마른 지팡이를 짚고　　　　　　南岡先生伴瘦筇

풍경을 다 읊으니 용장(冗長)[104]할 일 없구나　吟盡風景無冗長

상상컨대, 비로봉 꼭대기의 붉은 비단 단풍　想像毘廬頂顆紅綃楓

거친 중은 축지법을 쓸 수 없고　　　　　　野衲無術縮地空

안타까이, 언제나 한번 올라 최고봉을 보나 싶어

　　　　　　　　　　　　　　　　　　　　怊悵安得一登最高巔

눈은 천하를 작게 보나 마음은 넓네　　　　目小天下心夷曠

역거사(役居士)는 역소각(役小角)이다. 특이한 기술이 있어서 깊은 산을 뚫곤 했다.

---

104 용장(冗長) : 잉여무용(剩餘無用)을 이름.

## 감회를 적은 한 수를 별종 장로 도안께 드림 병소서(倂小序)
### 感一絶錄呈別宗長老道案 幷小序
범수(泛叟)

우리 선군 호곡(壺谷) 선생이 이 나라에서 옥을 닦았다.[105] 접반(接伴)인 달(達) 장로 구암(九巖)·백 동당(栢東堂) 무원(茂源) 두 대사가 애써 해륙 4천 리를 호행(護行)하였는데, 그때 서로의 도타운 정을 어찌 검고 흰 것으로 나누어 놓겠는가. 수창하여 준 시가 수십 편만이 아니었으며, 합하여 한 권의 책이 되어 보완(寶玩)의 자료로 남겨두었다. 이어 차운(次韻)과 원운(原韻)을 시집 가운데 함께 실어 이제 벌써 세상에 간행되었는데, 우리 선군은 사람을 아끼되 지은 바를 남기지 않아, 반드시 보배롭게 보관하여 길이 전하는 것이 이와 같으니, 두 분 장로께서 우리 선군의 시를 보배롭게 여겨 길이 전하려 한 것은 그 정은 어찌 다르겠는가. 두 분 장로는 이미 시적(示寂)하시고, 두 가문의 사리(闍梨)[106] 가운데, 반드시 의발을 전해 받은 이가 있었다. 만약 나에게 함께 보게 한다면 남긴 글 묶음을 볼 수 있고, 옛날을 함께 적어 조금이나마 나의 슬프고 억울한 심정을 펼칠 수 있다면 어찌 다행하지 않겠는가. 이제 내가 서기관으로 이름을 올려 즐겨 궁명(窮溟) 만리 밖으로 나선 것은 한갓 선군의 남긴 자취를 밟고자 함이다. 비록 한 길로 지나는 바, 산천의 경물이 당시와 방불하여 노래하는 시이라

---

105 우리 선군 … 옥을 닦았다 : 사신으로 호곡 남용익이 다녀온 사실을 말함. 호곡은 1655년 통신사의 종사관으로 다녀와 『부상록』을 남김.

106 사리(闍梨) : 원래는 사범(師範)이 되는 승려를 지칭하는 말로 아사리(阿闍梨)라고도 함. 보통 승려를 지칭하기도 함.

면 눈물을 닦고 느낌을 일으키지 않을 수 없고, 하물며 몸에 남겨진 자취와 묵적이 친히 본 것임에랴. 이에 절구 한 편을 지어 이 뜻을 펼치노니, 다행히 대사가 어엿비 보아주시어 지도하여주었다. 지극히 간절하게 이루어 자비의 은택이 또한 어찌 옅은 것이랴.

| | |
|---|---|
| 선군이 사신으로 오던 그 해를 적노니 | 先君指節記當年 |
| 만 리 길 서로 어울린 두 선사여 | 萬里相從有兩禪 |
| 여관에서 창수한 시 수십 편 | 賓館唱酬多少什 |
| 떨어져 어느 가에 있는지 모르겠네 | 不知零落在誰邊. |

## 범수(泛叟) 남(南) 공의 보여준 시에 따라 병인(幷引)
### 酬泛叟南公昈韻 幷引

별종

일찍이 듣건대 호곡(壺谷) 선생이 공손히 왕명을 받들어 멀리 우리나라에 사신으로 왔을 때, 구암(九岩)·무원(茂源) 두 분이 여관에서 접반(接伴)하여 해륙 만 리 수창한 작품이 책 한 권으로 쌓여 만들어져, 희구(絺句)와 회장(繪章)이 사람의 입에 회자하였으니, 아, 선생은 문장하는 선비요 사람을 아끼는 정 또한 깊었다. 그래서 그 작품을 남기지 않았으나 편집되어 세상에 간행되었으니, 이는 곧 이른 바 사람을 만나 항사(項斯)를 이야기하는 것[107]이다. 우리나라가 본디 예의를 숭상하고 이

---

107 항사(項斯)를 이야기하는 것 : 당(唐)나라 양경지(楊敬之)가 항사(項斯)를 중히 여겨

웃 나라와 도탑게 잘 지내니, 귀국의 사람을 경앙(景仰)함이 마치 태산 북두와 같아, 비록 편언척자(片言隻字)를 얻더라도 열 겹이나 쌓아 집안의 보배로 삼았는데, 선생이 남긴 시는 집집마다 베껴서 지금까지 전해온다. 나 또한 주머니에 넣어두어 여장의 한 도구로 삼았으니, 하물며 두 분과는 얼마나 친하였겠는가. 공은 선생의 아들로 한번 그 유적을 찾고자 하여 종사관을 따라 멀리 이곳에 오셨으니, 그 깊은 효심이 민조(閔曹)[108]의 무리에게도 부끄럽지 않습니다. 저 요 임금에게 순 임금은 갱장(羹牆)의 사모함[109]이 있었으니, 공이 지나 온 첩첩 봉우리와 거듭되는 강마다 남긴 자취가 없는 곳 없으니, 추억하는 마음은 말을 하지 않아도 알만 합니다. 또 두 분의 의발을 전하는 이를 알려주면 서로 만나 함께 옛날의 맺긴 정을 펼쳐보고자 할 것인데, 무원 옹의 수제자는 지금 경도의 건인선사(建仁禪寺)에 주석하는 송당(松堂) 화상이 그이이고, 최근 비야실(毘耶室)에 누워 정히 상대하여 말을 나눌 길이 없음을 알겠습니다. 구옹의 제자 또한 면면히 끊어지지 않아 운학(雲壑) 동당(東堂)과 동문으로 잘 지내고 있으니, 마땅히 물어보아 이에 아름다운 시 한 편을 보내 그 정을 나타내 한번 마음을 펼치면, 기뻐하며 탄식

---

시를 써 주기를, "몇 번 시를 살펴보니 시가 모두 좋았는데, 그 품격을 살펴보니 시보다 더 좋아라. 남의 훌륭한 점을 보면 숨길 줄을 나는 몰라, 도처에 사람을 만나서는 항사를 이야기하노매라.[幾度見詩詩總好 及觀標格過於詩 平生不解藏人善 到處逢人說項斯]" 라고 하였는데, 그 뒤로 항사의 명성이 크게 떨쳐지면서 급기야 대과(大科)에 급제하게 되었다는 고사가 있음.

108 민조(閔曹) : 민증(閔曾)인 듯함. 효행으로 이름난 민자건과 증자.

109 갱장(羹牆)의 사모함 : 늘 사모하는 것을 말함. 요 임금이 죽은 뒤에 순 임금이 담장을 대해도 요 임금의 모습이 보이고 국을 대해도 요 임금이 보였다 함.

하지 않을 리 없겠습니다. 효도는 백행의 근본이요, 불교에서도 더욱 존중합니다. 어찌 검고 흰 것의 다름이 있겠습니까? 그래서 보여준 시를 이어 애오라지 나그네 길의 효회(孝懷)를 위로하고자 합니다.

| | |
|---|---|
| 선친이 사신으로 온 을미년 | 先考執圭乙未年 |
| 두 분 선사가 서로 동무되어 시선(詩禪)에 즐거웠네 | 兩翁相伴說詩禪 |
| 남긴 시를 다 읽고 눈물 한번 뿌리며 | 遺篇讀罷一揮淚 |
| 멀리 옛 자취를 찾아 온 일본 땅 한쪽 | 遙訪舊蹤日域邊 |

| | |
|---|---|
| 일편 효심으로 옛날을 회상하며 | 一片孝心懷往年 |
| 은근한 마음으로 옛 선사를 찾아오네 | 慇懃追訪兩枯禪 |
| 머나 먼 해외에 자취를 찾고자 하니 | 迢迢海外欲尋跡 |
| 달은 졌으나 산과 물은 옛날 그대로이네 | 月落殘山剩水邊. |

전상(殿上)에서 삼가 조선의 세 사신을 모시고 악무(樂舞)를 보며, 절구 한 편을 지어 받들어 은우(恩遇)에 사례하고 겸하여 여러 공의 여탑(旅榻)아래에 드림
殿上辱陪朝鮮三使, 觀樂舞謹賦一絶, 奉謝恩遇, 兼呈僉公旅榻下

별종

| | |
|---|---|
| 봉황과 난새가 춤추며 나는 무창성(武昌城)[110] | 鳳翔鸞舞武昌城 |

---

110 무창성(武昌城) : 강호(江戶:에도)를 말함.

금석의 악기가 쟁쟁 울리며 구성(九成)[111]을 연주하네

金石鏗鏘奏九成

두 나라 태평하여 기뻐 웃으며 말하는데　　　兩國太平歡笑語

다함께 관현의 소리에 화합하여 들어가네　　　一齊和入管絃聲


## 별종 장로의 전상관악시(殿上觀樂詩)의 운을 따라
奉酬別宗長老殿上觀樂詩韻

남강(南岡)

아늑하고 기쁜 기운이 궁성을 감싸니　　　氤氳喜氣藹宮城

온갖 춤 공정(公庭)에 음악이 가득하네　　　萬舞公庭奏樂成

다투어 기쁘게 국왕이 예우를 부지런히 하니　爭說國王勤禮遇

일시에 울리는 악기는 모두 조화로운 소리이네　一時簫管總和聲


## 별종 장로 도안께 드림. 어제 국왕 전하의 음악으로 베푸는 잔치를 받아, 엎드려 감읍하였으니, 구구하지만 단편을 엮어 혜안(慧眼)으로 바로잡아 주시길 바람
奉呈別宗長老道案, 日昨幸蒙國王殿下張樂以饗之, 伏切感戰, 不任區區, 仍構短篇, 求正慧眼

정암(靖菴)

어제 유자(儒者)와 나란히 하늘의 도를 이야기하고　齊儒昔談天

---

111 구성(九成) : 음악 아홉 곡을 연주하는 일. 한 곡이 일성(一成).

| | |
|---|---|
| 나아가 바다 밖 구주(九州)를 말했네 | 海外更九州 |
| 해 뜨는 동쪽은 아름다운 운을 받고 | 日東際休運 |
| 무(武)를 젖혀두고 문(文)의 가르침으로 닦네 | 武偃文教修 |
| 이웃과 사이좋은 것은 나라의 보배가 되고 | 善隣爲國寶 |
| 오래 된 좋은 벗 청구(靑丘)와 친목하네 | 舊好睦靑丘 |
| 사신을 대대로 초빙하니 | 冠蓋世一聘 |
| 사신의 배가 북두와 견우를 꿰뚫네 | 星槎貫斗牛 |
| 금전(金殿)에서 공손히 옥을 닦고 | 金殿恭拭玉 |
| 동정(彤庭)에서 명구(鳴球)112를 열 지었네 | 彤庭列鳴球 |
| 음악 소리 우렁차고 | 音113樂聲喤喤 |
| 잔치 자리의 예의는 우아하네 | 式讌禮優優 |
| 사령을 모아 절주를 가지런히 하고 | 徵伶節奏齊 |
| 채색 옷 입으니 장식 무늬가 아름답네 | 被綵文章彪 |
| 두루 갖추어 화려한 옷을 끌며 | 周旋曳花裾 |
| 평평한 무대에서 금모(金矛)를 가지고 추네 | 盤蹕舞金矛 |
| 옛날로부터 공덕을 입고 | 邃古蒙功德 |
| 영원토록 큰 덕을 드러내네 | 永世著洪猷 |
| 어두컴컴한데 누가 도를 전하였는가 | 鴻濛誰傳道 |
| 곡조는 찾아볼 수 있다네 | 曲度可推求 |
| 화려한 음악을 멀리서 많이 취하고 | 華音多遠取 |

---

112 명구(鳴球) : 옥으로 만든 경쇠[玉磬]의 이름. 《서경》 익직(益稷)에 순(舜) 임금의
　　음악인 소소(簫韶)를 말하면서, "명구를 치고 금슬을 어루만지면서 노래한다." 하였음.
113 音 : 임수간(任守幹), 『돈와유고(遯窩遺稿)』, 「遯窩遺稿」卷之二에 실린 같은 시에는
　　합(合)으로 되어 있음.

| 아름다운 악보 또한 옆에서 찾네 | 麗譜亦旁搜 |
| 난릉(蘭陵)은 옛날의 장렬함이요 | 蘭陵昔壯烈 |
| 이백은 오랜 풍류로다 | 仙李舊風流 |
| 이원(梨園)[114]에서는 소리가 오랑캐와 섞였고 | 梨園聲雜夷 |
| 금용(金墉)[115]은 용기 있게 주나라를 깼네 | 金墉勇破周 |
| 어찌 지구의 겉을 알랴 | 豈知寰瀛表 |
| 악부(樂府)는 지금도 남아 있네 | 樂府至今留 |
| 여러 노래는 꾸며서 섞어 차려 있고 | 衆曲粉錯陳 |
| 팔음(八音)은 연주되어 그치지 않네 | 八音鏗未休 |
| 나그네는 다른 나라에서 머물며 | 行人淹異域 |
| 얼음물을 마시는 듯[116] 늘 근심스럽구나 | 飲氷常懷憂 |
| 외람되이 종고(鐘鼓)의 향연을 입었으니 | 叨蒙鍾鼓饗 |
| 녹명(鹿鳴)을 요요히 읊네 | 鹿鳴賦呦呦 |
| 한쪽 귀엔 옛 음악을 달고 | 側耳聆古樂 |
| 풍경을 보니 앞서 닦은 것이 부끄럽네 | 觀風愧前脩 |
| 이에 끝내 저녁의 즐거움을 누리려 하나 | 且終永夕歡 |
| 옛 근심을 떠올리기 금하기 어렵네 | 難禁懷古愁 |
| 불문(佛門)의 벗에게 크게 감사하니 | 多謝空門友 |

---

114 이원(梨園) : 음악과 노래를 가르치던 곳. 또 기생들의 음악과 노래를 교습시키는 곳이기도 했음. 원래는 광대의 기술을 가르치고 익히게 하던 곳이었음.

115 금용(金墉) : 중국 삼국 시대의 위주(魏主) 조방(曹芳)과 진(晉) 나라의 혜제(惠帝) 등이 각각 폐위된 뒤 이곳으로 옮겨졌음.

116 얼음물을 마시는 듯 : 사신의 임무를 수행하기 위해 애쓰는 것을 말함.《장자(莊子)》 인간세(人間世)에 "오늘 아침에 내가 사신으로 가라는 명령을 받고는 속이 달아올라 저녁 때 얼음물을 마셨다."고 하였음.

| | |
|---|---|
| 손님 접하는 정이 끈끈하였네 | 儐接情綢繆 |
| 어느 때 거친 바다를 건너더라도 | 何時渡苦海 |
| 스님을 좇아 불법의 배를 빌려야지 | 從師借法舟 |

## 삼가 부사 임(任) 공이 음악으로 향연을 베푼 일에 감사한 시를 이어

謹賡副使任公奉謝張樂賜饗之韻

별종

| | |
|---|---|
| 산하가 뛰어난 땅 | 山河形勝地 |
| 장하다 일본이여 | 壯哉日東州 |
| 큰 바다가 서쪽으로 만 리 | 瀚海萬里西 |
| 선린의 교제 오래 닦았네 | 善隣交久修 |
| 법에 귀의하여 부처님을 높이고 | 歸法崇釋氏 |
| 유교를 높여 성인 공자를 우러르네 | 尊儒仰聖丘 |
| 문덕(文德)은 일찍이 봉황을 타고 오고 | 文德曾來鳳 |
| 호쾌한 기상은 소를 잡아먹으려 하네[117] | 豪氣欲食牛 |
| 잔치를 베푸니 시와 부를 짓고 | 設宴爲詩賻 |
| 음악을 연주하니 패옥소리가 울리네 | 奏樂鳴琳球 |
| 부럽게 조선이라는 나라를 바라보니 | 羨見朝鮮國 |
| 도가 행해지고 정치가 뛰어나네 | 道行政化優 |

---

117 호쾌한 … 하네 : 호랑이나 표범 새끼는 아직 털 빛깔이 선명하게 되기도 전에 소를 잡아먹을 것 같은 기상[食牛之氣]을 보인다는 말에서 나온 것.

| | |
|---|---|
| 세 분 사신은 세 마리 호랑이처럼 | 三使如三虎 |
| 위엄과 절도가 홀로 범이라 부를 만하네 | 偉節獨稱彪 |
| 예의 갖춘 얼굴에 모자를 바로 쓰고 | 禮容正冠蓋 |
| 지극히 다스려 무기를 녹였네 | 至治銷戈矛 |
| 임 씨는 풍천에서 나서 | 任氏出豊川 |
| 대대로 조상을 빛나게 했네 | 世世壯祖猷 |
| 한 몸에 복과 지혜가 족하니 | 一身福慧足 |
| 명리(名利) 또 무엇 하러 구하리 | 利名又焉求 |
| 가마 안에서 한가로이 바라보며 | 輿中閑眺望 |
| 속에서 비단처럼 시를 찾네 | 題句繡腸搜 |
| 붓으로 두 왕[118]의 묘를 얻었고 | 筆得二王玅 |
| 시는 삼협의 흐름에 넘어지네 | 詞倒三峽流 |
| 바다와 뭍으로 나그네 길 오래니 | 海陸旅遊久 |
| 한 해에 두루 보았다 하겠네 | 一歲將云周 |
| 은근히 나라의 소식을 통하니 | 慇懃通國信 |
| 무릉(武陵)에서 더욱 머물겠네 | 武陵尙淹留 |
| 여관에 자리 잡으니 홍려(鴻臚)[119]인 듯하여 | 立館擬鴻臚 |
| 그대에게 연휴(燕休)[120]를 지으라 하네 | 令君作燕休 |
| 춤을 추어도 가지런히 절도에 맞고 | 蹈舞齊合節 |
| 소리마다 온갖 근심을 푸네 | 聲聲解百憂 |

---

118 두 왕 : 왕희지 부자를 말함.
119 홍려(鴻臚) : 홍려는 홍려시(鴻臚寺)의 약칭으로 당대의 관청 이름. 외국에 관한 사무
　　와 조공(朝貢) 등의 일을 맡아 보던 곳.
120 연휴(燕休) : 평안히 쉼.

| | |
|---|---|
| 드물게도 난새가 날아들어 | 依稀鸞翔集 |
| 새가 우짖는 것과 방불하네 | 彷彿禽嚶呦 |
| 귀신과 통하여 팔음이 울리고 | 通神八音響 |
| 앉아서 지으니 좋은 사이 가꾸는 것이네 | 坐作似好脩 |
| 천지의 몸을 좇아서 | 從順天地體 |
| 이 세상의 모든 근심을 없애네 | 蕩除人物愁 |
| 이별이 가까움을 미리 탄식하니 | 預嘆離別近 |
| 다음 날에 끈끈한 정을 말하세 | 他日敍綢繆 |
| 낭화(浪華)에서 한 번 헤어진 후 | 浪華一分手 |
| 다만 같이 배를 타지 못함이 한스럽네 | 只恨不同舟 |

## 조선의 세 사신이 국서를 바친 것을 축하하며
### 奉賀朝鮮三使獻國書

별종

| | |
|---|---|
| 조선과 일본은 오래 좋은 이웃 | 折木扶桑久善隣 |
| 두 나라가 사이좋게 지낸 지 몇 천 년인가 | 兩邦通好幾千春 |
| 빛나는 순 임금의 해가 세상을 비추고 | 曠眼舜日輝寶界 |
| 시원한 요 임금의 바람이 바다 끝까지 두루 부네 | |
| | 颭眪堯風遍海垠 |
| 명령을 받아 벌써 근정전에 사직하고 | 啣命已辭勤政殿 |
| 국서를 받들어 멀리 에도 성 나루에 이르렀네 | 捧書遙到武陵津 |
| 깃발이 해에 비춰 용처럼 꿈틀거리고 | 旌旗映日龍蛇動 |

모자와 차양은 성에 가득해 벌처럼 모였네　　冠蓋滿城蜂蟻屯

이 마당에 붓글씨는 박사를 추대하고　　翰墨場中推博士

봉래 땅 궁 안에서 귀한 손님을 접대하네　　蓬萊宮裡接嘉賓

찰랑찰랑 옥이 울어 하복(霞服)[121]을 날리니　　珊珊鳴玉飄霞服

하나하나 상 위에 나라의 보배를 바치네　　箇箇堆盤獻國珍

찬란하게 사람 가운데 무늬 진 악작(鸑鷟)[122]이요　　燦爛人中文鸑鷟

드물게도 하늘 위의 동 기린이네　　依稀天上石麒麟

붉은 충성심 각자 해론(奚論)[123]의 뜻을 갖추었고　　丹忠各具奚論志

문장의 빛깔은 도리어 최치원(崔致遠)의 수준을 넘어서네

　　文彩却超致遠倫

잘 다듬어진 새로운 시는 이백을 쫓아가고　　巧賦新詩追李白

잘 지어진 편지는 진준(陳遵)[124]을 엎어뜨리네　　能裁尺牘倒陳遵

강동에서 영예를 달림이 셀 수 없지 않고　　江東馳譽非無數

방외에서 교제함이 또한 까닭이 있네　　方外修交亦有因

덕스러운 얼굴을 우러러 보며 숙연히 단정해지고　　仰視德容端肅整

문득 나쁜 풍속은 다시 맑게 했네　　忽令汙俗再淸淳

일시에 은총을 만나 은택을 입으니　　一時寵遇浴恩澤

만 리 여정에 신고(辛苦)를 잊네　　萬里旅程忘苦辛

---

121 하복(霞服) : 우아한 예복.

122 악작(鸑鷟) : 봉황.

123 해론(奚論) : 신라의 장수. 진평왕 45년(623), 백제와의 싸움에서 전사. 그의 아버지
또한 먼저 전사하였음.

124 진준(陳遵) : 한 효무제(漢孝武帝) 때에 감천(甘泉)에서 지초(芝草)가 나자, 진준을
시켜 지영전(芝英篆)을 만든 일이 있음.

몽정(蒙頂)<sup>125</sup>에서 내리는 차를 받아 번민을 깨고　蒙頂賜茶堪破悶

청주(青州)<sup>126</sup>에서 잔을 들어 번거로움을 사양하지 않네

青州擧盞不辭頻

강산이 상서로움을 바쳐 하늘과 땅이 다르고　江山呈瑞乾坤別

초목은 빛을 뿜어 해와 달이 새롭네　艸樹放光日月新

영원히 오가며 더욱 친밀해 지길 꾀하니　永計往來猶密邇

다시 복록이 모두 나란히 이르길 비네　更祈福祿悉駢臻

내일 아침 함께 배를 돌려 가리니　明晨相共回歸棹

마치 금의환향한 주매신(朱買臣)<sup>127</sup> 같네

恰是錦榮朱買臣

동무(東武)<sup>128</sup>에 이르러 이미 빙례(聘禮)가 끝나고, 별종 대사의 축하시 십육 운에 이어

到東武聘禮旣訖次別宗大師賀詩十六韻

평천(平泉)

배타고 수레 타고 만 리 이웃 나라 사귀러　舟車萬里事通隣

한 여름 동쪽으로 왔는데 봄을 지나네 　　　　盛夏東征過小春

나라의 일에 어찌 먼 길을 근심하리 　　　　王事豈曾愁遠役

장쾌한 마음은 먼 끝까지 달려가고자 했네 　　壯心元欲騁遐垠

산하의 안팎으로 도회지를 열고 　　　　　　山河表裡開都會

성궐은 높고 바다의 나루를 마련했네 　　　　城闕逶迤控海津

대대로 태평하여 부와 즐거움을 이으니 　　　累世太平承富樂

백년 밝은 운이 황둔(荒屯)을 쓸어내네 　　　百年熙運掃荒屯

벌써 나라의 전례를 닦아 삼체(三體)[129]를 돈독히 하고

　　　　　　　　　　　　　　　　　已修邦典敦三體

나그네를 맞으러 구빈(九賓)[130]을 설치했네 　為迓行人設九賓

여관은 깨끗한 세계에 의지해 지극히 마련하고 　客館穹崇依淨界

식사를 맡은 관리도 이어져 진기한 음식을 보내네 饗官絡繹送兼珍

금궁(金宮)의 성찬에 녹명(鹿鳴)을 노래하고 　金宮盛響歌鳴鹿

비단 자리에 사신은 벽린(擘麟)을 만끽하네 　綺席仙羞飫擘麟

여러 지역의 풍경을 보니 계찰(季札)[131]을 부끄럽게 하고

　　　　　　　　　　　　　　　　　列國觀風慚季札

너른 뜰에 악기를 늘어놓아 영윤(伶倫)[132]에게 명하네

　　　　　　　　　　　　　　　　　廣庭陳樂命伶倫

---

**129** 삼체(三體) : 신구(新舊)와 이동(異同)과 내외(內外)를 말한 것 같음.

**130** 구빈(九賓) : 《주례》의 구의(九儀) 곧 공(公)·후(侯)·백(伯)·자(子)·남(男)·고(孤)·경(卿)·대부(大夫)·사(士). 9가지 예복으로 각기 모여 천자에 조회함.

**131** 계찰(季札) : 춘추 시대 오(吳)나라 사람. 예악(禮樂)에 밝아 노(魯)나라로 사신 가서 주(周)나라 음악을 듣고 열국(列國)의 치란흥쇠(治亂興衰)를 알았다 함.

**132** 영륜(伶倫) : 황제(黃帝)가 음률을 만들라고 하자 영륜이 대하(大夏)의 서쪽에서 완유산 북쪽으로 가 해계(嶰溪) 골짝에서 대나무를 베어다가 십이율(十二律)을 만들었다고 함.

이 모든 의례가 마음 가운데 복을 비는 것이니　　　多儀總是中心祇

남다른 은총은 처음에 옛일에 따른 것 아니었네　　異眷初非故事遵

하물며 고승이 있어 멀리 온 손님을 근실히 모시니　況有高僧勤遠儐

서로 함께 한 반년은 좋은 인연이었네　　　　　相隨半歲卽良因

연도에서 번갈아 노래하며 문사(文詞)가 솟구치니　沿途迭唱文詞湧

자리에서 접대하며 나눈 맑은 이야기 기미(氣味)도 순박하네

　　　　　　　　　　　　　　　　　　接席淸談氣味淳

하늘 밖 장쾌한 놀이 함께 질탕하니　　　　　天外壯遊同跌宕

나그네 길 외로운 회포 어찌 신산하리　　　　客間孤抱奈酸辛

고국을 떠나와 때로 활달한 경험을 하고　　　　晉出故國經時濶

절기며 사물이 다른 나라에서 여러 계절을 보냈네　節物殊方改候頻

눈빛은 소슬한데 귀밑머리에 스며들어 변하고　　雪色蕭簫侵鬢變

매화는 때마침 혼을 돌려 새롭네　　　　　　梅花的的返魂新

한밤중에 서서 멀리 북두를 바라보니　　　　　遙瞻北斗中宵立

이제 조선으로 돌아가면 어느 날에나 모이랴　　此去東韓幾日臻

바라건대 뜬 잔을 빌려 바다 건너기 재촉하니　　願借浮杯催渡海

성군은 마땅히 음빙(飮氷)의 신하를 생각하리　　聖君應念飮氷臣.

동무(東武) 귀로에 작은 시 한 줄을 세 사신의 여탑(旅榻) 아래 바치며, 오로지 길손의 정을 위로한다
東武歸路, 小詩一絶, 奉呈三使大人旅榻下, 聊慰覇情

　　　　　　　　　　　　　　　　　　　　　　별종

나라를 위해 몸을 잊은 규곽(葵藿)[133]의 정성　　爲國忘身葵藿誠

명철하신 임금이 어찌 충정을 느끼지 못하리　　　明君何不感忠情

동쪽 만 리 영광스레 돌아가는 날　　　東華萬里榮旋日

정히 성대한 이름은 인상여(藺相如)[134]와 나란함을 알겠네

　　　定識盛名齊藺生


## 별종 장로 사안(詞案)에 받들어 사례함
### 奉謝別宗長老詞案

평천

꼿꼿한 남아 나라에 보답하는 정성　　　炳炳男兒報國誠

이방에서 누구에게 충정을 호소하리　　　異方誰與訴衷情

해가 맞도록 먼 길을 그대는 묻지 마소　　　終年遠役君休問

임금의 일 관심에 흰머리 나네　　　王事關心白髮生


## 별종 대사 도안(道案)에 받들어 사례함
### 奉謝別宗大師道案

정암

이방에서 누구와 함께 정성스런 마음을 토론하리　　　異邦誰與討心誠

---

133 규곽(葵藿) : 해바라기. 해바라기가 해를 따라 움직이는 데서, 아랫사람이 윗사람을 충심으로 따름의 비유.

134 인상여(藺相如) : 전국 시대에 염파와 같이 조(趙) 나라의 혜문왕(惠文王)을 섬겼는데, 외교에 능숙하며 염파와 같이 교우로 유명함.

오직 고승이 있어 세상 사람과 다르네 　　　唯有高僧不世情
서쪽으로 낭화(浪華)에 가면 점점 가까이서 보리니 　西去浪華看漸近
구름과 파도 다투어 특별한 근심이 생기네 　　　雲波爭奈別愁生.


## 이신(頤神) 장로 도안에게 창수함
### 詶謝頤神長老道案

남강

낮고 습한 들을 달려 작은 정성을 다하니 　　　驅馳原隰罄微誠
세모의 하늘 끝에 먼 길 나그네의 정이네 　　　歲暮天涯遠客情
임금의 일 이제껏 아직 마치지 못해 　　　　　王事至今猶未了
이번 사신 길이 정(鄭) 선생[135]에게 깊이 부끄럽네 　此行深愧鄭先生.


## 소전원(小田原)[136] 여관에서 절구 한 수를 지어 제술관 이(李) 군과 겸하여 홍(洪)·엄(嚴)·남(南) 세 사백(詞伯)에게 드림
### 小田原旅館卒賦一絕以寄製述官李君兼簡洪·嚴·南三詞伯

별종

오가며 따른 길 만 리 일정 　　　　　　　來往追隨萬里程
함께 만나 말을 나누니 바다와 구름 같은 정 　逢場共說海雲情

---

135 정(鄭) 선생 : 정몽주(鄭夢周)를 이르는 듯함.
136 소전원(小田原) : 오다하라.

매서운 추위에도 다시금 기쁘기는 건강하게 노래하시니

祈寒更喜吟身健

새로 시를 몇 수나 완성하셨는지 묻고 싶네            借問新詩幾首成.


## 별종 장로 혜운(惠韻)에
### 奉次別宗長老惠韻

동곽(東郭)

올 때의 행색과 갈 때의 일정                        來時行色去時程

만 리 길 따르며 이 정을 함께 했네                  萬里追隨共此情

나그네 베개를 겨우 높이려 하나 하늘은 새벽으로 가고

客枕才欹天欲曉

법연(法筵)에서 단회(團會)는 어느 때 이루어지나  法筵團會幾時成.


## 다시 앞의 운을 써서 동곽 사백에게
### 再次前韻以呈東郭詞伯

별종

목도(木道)를 지나 또 역에서                        木道經過又驛程

동으로 서로 오가며 어찌 정이 없으랴                東來西去豈無情

외로운 원숭이 둥구미 끝에서 애 끊게 울고          孤猿叫斷筥根頂

한밤 중 달은 찬데 꿈은 이뤄지지 않네              半夜月寒夢未成.

## 등지(藤枝)[137]의 여관에서 밤중에 별종 장로의 시를 따라 지어 부침
### 藤枝客夜奉次別宗長老韻却寄

동곽

| | |
|---|---|
| 국경을 나가 다 갈 길 다하니 수천 리 일정 | 出關行盡數千程 |
| 바다 나무 산 구름 모두 특별한 느낌이네 | 海樹山雲總別情 |
| 아침 북과 저녁 종에 시 읊는 흥은 권태롭고 | 晨鼓夜鐘吟興倦 |
| 한 편 오로지 노사(老師)를 위해 짓네 | 一篇聊爲老師成 |

## 앞의 운을 받아 세 번째
### 三疊前韻

별종

| | |
|---|---|
| 지난 밤 비에 갈 길이 맑아지고 | 昨夜雨師清去程 |
| 온 산의 맑은 구름 풍정(風情)을 위로하네 | 千山晴雪慰風情 |
| 진왕(陳王)[138]의 민첩함도 어찌 부러움을 감당하리 | 陳王敏捷何堪羨 |
| 손님을 대해 시를 좋아해 일곱 걸음에 짓네 | 對客好詩七步成 |

---

137 등지(藤枝) : 후지에다. 정강현(靜岡縣) 중부에 위치한 도시.
138 진왕(陳王) : 시를 잘해 조식(曹植)에게 봉해진 왕명.

## 이신(頤神) 대사가 거듭 보여준 시에 따라
### 奉次頤神大師疊示之韻

동곽

| | |
|---|---|
| 흰 구름 푸른 바다 이제 돌아가는 길 | 白雲滄海是歸程 |
| 한 조각 외로운 배 고국의 정이네 | 一片孤帆故國情 |
| 슬프구나, 사문(沙門)은 이로부터 만날 길 막혀 | 怊悵沙門從此隔 |
| 상방의 맑은 말씀 다시 듣기 어렵겠네 | 上方淸晤更難成 |

## 앞의 운을 받아 네 번째
### 四疊前韻

별종

| | |
|---|---|
| 서쪽의 경도 동쪽의 에도 수백 리 일정 | 西洛東都數百程 |
| 몇 번이나 두 마리 잉어[139]는 차마 정을 통하였나 | 幾回雙鯉耐通情 |
| 낭화(浪華) 나루 위에서 한번 노를 돌리니 | 浪華津上一廻棹 |
| 어느 해 다시 만날지 알 수 없네 | 不識何年再會成 |

---

139 두 마리 잉어 : 멀리서 보내 온 두 마리의 잉어 뱃속에 편지가 들어 있었다는 고사에서
   나온 말로 서신(書信)을 의미. 혹은 이소(鯉素)라고도 함.

## 화답함
### 疊和

동곽

| | |
|---|---|
| 어둔 밤 차가운 눈보라에 옛 역을 지나는 길 | 暗雪寒雲古驛程 |
| 대나무에 건 많은 등불에 정이 서려있네 | 萬竿燈影竹間情 |
| 풍류는 바로 거듭 오는 손님에게 부탁하고 | 風流正屬重來客 |
| 오로지 여러 신선과 더불어 작은 모임을 이루네 | 聊與群仙小會成 |

## 별종 장로의 도타운 편지에 감사하며
### 謝別宗長老惠紙

동곽

| | |
|---|---|
| 백군(白郡)의 시냇가 등나무는 가장 절묘한데 | 白郡溪藤最絶奇 |
| 그대가 이별할 때 특별히 준 것을 느꼈네 | 感君特贈別離時 |
| 서쪽으로 돌아가면 정히 상사(相思)라는 글자가 있어 | |
| | 西歸定有相思字 |
| 한 폭 제목에 한 수의 시를 쓰겠네 | 一幅堪題一首詩 |

## 동곽 사백의 도타운 시에 이어
### 次東郭詞伯惠韻

별종

| | |
|---|---|
| 뜻과 기운이 웅혼하고 글씨 또한 기이한데 | 志氣雄豪書亦奇 |
| 용과 뱀이 경주하듯 취하여 읊을 때 | 龍蛇競走醉吟時 |

흔쾌히 흰 종이는 문득 값이 솟고　　　　　　　且欣白紙忽增價
한 편의 비단 같은 시와 바꾸네　　　　　　　換得一篇錦繡詩


## 별종 대사가 보인 시를 따라
奉次別宗大師眎韻

동곽

맑은 시가 감히 두보의 기이함에 비할까　　　　清篇敢比杜陵奇
가끔 시가 지어지면 술을 때하는 때　　　　　往往吟成對酒時
눈의 빛깔이 구름 같은 실이 더불어 상자에 가득하니

雪色雲絲携滿篋

오동 잎 구하지 않고 시를 지을 수 있을까　　不求桐葉可題詩


두보의 시에 "앉아서 오동잎에 시를 쓰노라"(桐葉坐題詩)하였다.[140]


## 다시 동곽 선생의 도타운 시에 이어 이 날 눈이 내림
再謝東郭先生惠韻 此日值雪

별종

강산의 풍물은 한번 돌아 기이하니　　　　　海山風物一回奇

---

140 두보의 … 하였다 : 중과하씨(重過何氏)에, "돌난간에서 비스듬히 붓에 먹 찍어, 앉아
　서 오동잎에 시를 쓰노라.[石欄斜點筆 桐葉坐題詩]"는 구절임.

반듯반듯 기웃기웃 눈이 내리는 때　　　　整整斜斜雪灑時
쓰지 않고 그대를 위해 좋은 구절을 구하니　不用爲君求好句
옥 같은 숲에 은 같은 나무 자연의 시이네　瓊林銀樹自然詩


## 급히 별종 장로의 시를 이어
### 走次別宗長老韻

동곽

눈발이 내려 한푼 더 기이한데　　　　　　六花添得一分奇
이제는 온 숲이 저문 때　　　　　　　　　政是千林薄暮時
하늘의 뜻은 정히 시 읊는 값이 적은 게 싫어　天意定嫌吟料少
시 짓는 노인에게 주어 새 시를 베끼게 하네　也供詩老寫新詩


## 도중에 눈을 노래한 짧은 시를 지어 세 사신 대인 여탑께
### 途中咏雪短篇奉呈三使大人旅榻

별종

지난 밤 붉은 구름이 합쳐져　　　　昨夜肜雲合
아연 눈꽃이 내리는 모습 보았네　　俄看六出華
하늘 가득 흰 솜털이 날리고　　　　滿天飄素毳
대지는 은빛 모래로 깔리네　　　　　大地布銀沙
산은 천 길 옥을 깎고　　　　　　　山朔千尋玉
나무는 곧장 꽃을 피우네　　　　　樹開頃刻花

| | |
|---|---|
| 임금의 일을 하러 마땅히 배를 타고 | 王猷應棹艇 |
| 도곡(陶谷)은 상차(湘茶)를 견디었네 | 陶谷耐湘茶 |
| 원정 가는 말이 고개 길에 힘들고 | 征馬臨關澁 |
| 돌아오는 나무꾼은 길을 잃고 탄식하네 | 歸樵失路嗟 |
| 희디 흰 빛이 요철로 나란하고 | 皚皚齊凸凹 |
| 아득하게 기은 골짜기를 끊네 | 渺渺絶谽谺 |
| 스님은 일찍이 도를 이루고 | 存老曾成道 |
| 원묘(原妙) 스님은 홀로 결가부좌하네 | 妙師獨結跏 |
| 정원 울타리에 나비가 춤추는 듯하고 | 園籬疑蝶舞 |
| 기와집은 비늘이 늘어선 듯하네 | 瓦屋沒鱗差 |
| 달은 밝은데 소나무 그림자 없고 | 月皓松無影 |
| 바람 거두어 대나무가 기울었네 | 風收竹却斜 |
| 혹독한 추위에 자주 옷깃을 여미나 | 寒嚴頻襲衲 |
| 좋은 경치에 즐겨 마차를 멈추네 | 景勝好停車 |
| 마치 보현의 세계에 들어간 듯하고 | 如入普賢界 |
| 손(孫) 씨의 집에서 노는 것 같구나 | 似遊孫氏家 |
| 하늘이 시의 값이 궁핍함을 부끄러이 여겨 | 天慙詩料乏 |
| 읊는 흥겨움에 그대 위해 더하네 | 吟興爲君加 |

고봉(高峰) 원묘(原妙) 선사는 용수(龍鬚)[141]에 있으면서 눈 가운데 앉았기에 하는 말이다.

---

141 용수(龍鬚) : 포도덩굴의 새순.

## 삼가 별종 대사의 <영설(詠雪)> 12운을 따라
謹次別宗大師詠雪十二韻

평천

| 남쪽 하늘에서 쌓인 눈을 만나니 | 南天逢積雪 |
| 아침 해에 예쁜 꽃이 열렸네 | 朝日藹浮華 |
| 땅 위에는 옥가루가 깔리고 | 地上鋪瓊屑 |
| 하늘에는 옥 모래가 뿌려지네 | 空中撒玉沙 |
| 바람이 불어 눈송이를 날리니 | 如風初起絮 |
| 어떤 나무인들 꽃을 피우지 않으리 | 何樹不開花 |
| 빛깔은 신선 같은 사람의 학창의에 비추고 | 色映仙人氅 |
| 추위는 학사의 차에 얼어붙네 | 寒凝學士茶 |
| 심신이 맑은 것 기쁘나 | 心神淸可喜 |
| 길 가는 무리는 얼어 탄식을 하네 | 徒旅凍堪嗟 |
| 눈은 얼음산이 첩첩해 어질어질하고 | 眼眩冰山矗 |
| 몸은 옥동(玉洞)의 골짜기를 뚫네 | 身穿玉洞谽 |
| 마음 울적해 근심으로 병든 듯하여 | 惜惜愁似病 |
| 꼿꼿이 앉아 가부좌 틀고 앉네 | 兀兀坐如跏 |
| 사신의 일은 어느 때에 마칠까 | 使事何當了 |
| 돌아갈 기약 차질 빚을까 두렵네 | 歸期恐又差 |
| 노래는 매화 꽃받침이 움직임을 가여워 하고 | 吟憐梅萼動 |
| 행로에 주막집 빗긴 갓을 쫓네 | 行逐酒帘斜 |
| 술병은 멀리 손님을 따르고 | 瓶鉢遙隨客 |
| 구슬은 찬란히 마차에 비추네 | 珠璣爛照車 |
| 영인(郢人)의 노래를 어찌 알리 | 那知郢人曲 |

| 이제 스님의 집을 나가네 | 今出梵翁家 |
|---|---|
| 화답하고자 하나 재주는 모두 물러나고 | 欲和才全退 |
| 울타리 근심 저절로 더 하네 | 籬愁謾自加 |

왕공(王恭)[142]이 학창의(鶴氅衣)를 입고 눈 속을 거닐자 어떤 이가 신선 같은 사람이라 일컬었다.


## 이신 대사의 영설(詠雪) 시에 따라 적어 도안(道案)께 드림
### 奉次頤神大師詠雪韻錄呈道案

남강(南岡)

| 눈이 쌓여 얼어붙으니 | 積雪催凝沍 |
|---|---|
| 한 겨울에 눈꽃을 빌리는구나 | 窮冬借物華 |
| 창문에 비추어 밝기는 달과 짝이 되고 | 照牕明侶月 |
| 길거리는 모래처럼 깨끗하네 | 鋪砌淨如沙 |
| 온 봉우리가 은빛 바다를 이루고 | 萬壑成銀海 |
| 숲마다 옥 같은 꽃이 달렸네 | 千林著玉花 |
| 바람에 솜털처럼 날리는 모습을 보니 | 因風看起絮 |
| 땅을 밟으면 차(茶) 끓는 소리가 들리네 | 蹈地聽鳴茶 |
| 술이 홍로(紅爐)에서 따뜻하게 데워지던 것 기억나고 | 酒憶紅爐煖 |
| 추위에 가난한 집에서 들리는 탄식 소리 가엽네 | 寒憐白屋嗟 |

---

142 왕공(王恭) : 진 무제(晉武帝) 정황후(定皇后)의 오빠. 그가 언젠가 학창의(鶴氅衣)를 입고 눈 속을 거닐자, 맹창(孟昶)이 엿보다가 신선과 같다고 찬탄함.

| 강물은 흘러 넓은 바다에 이어지고 | 川原連浩淼 |
| 골짜기는 깊이를 잃었구나 | 崖谷失谽谺 |
| 조사(祖師)의 잠자리는 추워 땀이 나지 않고 | 祖寢寒無汗 |
| 근심스레 읊으며 앉아서 가부좌를 배우네 | 愁吟坐學跏 |
| 나그네 갈 길 아직 끝나지 않았고 | 客行猶不息 |
| 돌아갈 계획도 차질이 있지 않을까 걱정이네 | 歸計恐成差 |
| 담비 옷은 낡아 차가운 바람이 싫고 | 貂弊嫌風冷 |
| 까마귀 나니 해 기우는 것 아쉽구나 | 鴉翻惜日斜 |
| 꿈은 아직 번적이는 노를 띄우고 | 夢猶浮刺棹 |
| 시는 더러 마주한 마차를 읊네 | 詩或詠對車 |
| 시를 쓰는 스님이 좋은 작품을 던지니 | 韻釋投佳什 |
| 높은 재주로 도가(道家)에서 휘날리네 | 高才擅道家 |
| 깊은 정에 보답하고자 하니 | 深情欲相報 |
| 맑은 흥이 충분히 더하네 | 清興十分加 |

## 이신 대사가 눈을 노래한 시에 따라
奉次頤神大師賦雪韻

용호(龍湖)

| 얼어붙은 눈 위로 음산한 길을 달리니 | 凍雪馳陰沴 |
| 구름 잔뜩 끼어 햇빛을 가리네 | 頑雲匿日華 |
| 하늘 가득 가루처럼 날리고 | 漫天飄似屑 |
| 땅에 떨어져 모래처럼 깔리네 | 落地撒如沙 |

교묘히 깎은 봉우리마다 옥이요 　　　　　　巧削峰峰玉

잘 마련한 나무마다 꽃이네 　　　　　　　工裁樹樹花

연적으로 물을 대 가벼이 먹을 가는데 　　硯沾輕潑墨

난로는 차갑고 가늘게 차가 굳었네 　　　爐冷細凝茶

산길의 나무꾼은 겁을 내고 　　　　　　山逕樵奚怵

얼어붙은 북에 베 짜는 여인은 탄식하네 　氷梭織婦嗟

둘러쳐진 담장은 눈에 쌓이고 묻히고 　　積埋墻繚繞

깊은 골짜기도 모두 메워졌네 　　　　　塡滿谷谺谻

파수(灞水) 언덕에 시 읊느라 어깨를 들썩이고[143] 　灞岸吟肩聳

영산(靈山)에서 무릎을 꼬고 앉아 가부좌하네 　靈山坐膝跏

대나무가 숙여 가지는 우뚝하고 　　　　竹低枝竦竦

시냇물에 덮인 돌은 들쑥날쑥 　　　　　溪覆石差差

촛불을 붙이니 빛이 다시 번뜩이고 　　　撲燭光還閃

발을 뚫고 그림자 다시 기울어지네 　　　穿簾影復斜

나그네 길에서는 가파른 길을 근심하여 　客行愁畏道

여관에 사신의 마차를 머무네 　　　　　賓館駐征車

매화 핀 길을 찾아가는 것은 정말 좋아 　正好尋梅逕

부질없는 생각에 술집을 찾네 　　　　　空思訪酒家

선옹(禪翁)은 아취(雅趣)에 배부르고 　　禪翁饒雅趣

시 짓는 값은 마땅히 더하리라 생각하네 　吟料想應加

---

143 시 읊느라 어깨를 들썩이고 : 원문의 음견(吟肩)은 시를 읊을 때 어깨를 으쓱거리며 위로 치켜 올리는 모습. 소식(蘇軾)의 시에 "그대는 또 못 보았는가, 눈 속에 나귀 탄 맹호연을, 시 읊느라 찌푸린 눈썹 산처럼 솟은 두 어깨를.[又不見雪中騎驢孟浩然 皺眉 吟詩肩聳山]"이라는 명구(名句)가 있음.

## 도중에 눈이 내려 재미나게 절구 한 수를 지어 동곽(東郭) 이(李) 공 사안 박찬(博粲)께 드림
### 途中値雪, 戲作一絶, 呈東郭李公詞案博粲

별종

| | |
|---|---|
| 눈꽃이 펄펄 날려 수풀 언덕에 가득하니 | 雪花片片滿林丘 |
| 금방 백옥루(白玉樓)가 만들어졌네 | 項刻築成白玉樓 |
| 옛날에 동곽(東郭)[144]도 바닥없는 신발을 신고 갔으니 | |
| | 東郭昔年穿履去 |
| 정히 이 노인에게 풍류가 있음을 알겠네 | 定知此老有風流. |


## 별종 대사가 눈을 읊은 시에 따라
### 追次別宗大師咏雪韻

동곽

| | |
|---|---|
| 구슬이 온 숲을 만들고 옥이 언덕을 만들어 | 瓊作千林玉作丘 |
| 차가운 빛이 먼저 해변의 누각에 비치네 | 冷光先襲海邊樓 |
| 나는 꽃이 살짝 말아 올리는데 아침 해 떠올라 | 飛花乍捲朝暾出 |
| 완연히 하늘과 땅은 밝은 색으로 흐르네 | 宛轉乾坤彩永流 |

---

144 동곽(東郭) : 한 무제(漢武帝) 때의 제(齊)나라 사람으로, 살림이 빈궁하여 바닥이 없는 신발을 신고 눈 위를 걸어다니자 사람들이 모두 비웃었다는 고사가 전함. 동곽이 제술관 이현(李礥)의 호와 같으므로 이 고사를 가져옴.

먼저 이황산(二荒山) 일광(日光)[145]이라고 함 팔경도(八景圖) 한 축을 세 사신 대인에게 드리고, 삼가 좋은 시를 지어 각각 새 시를 노래하고, 두터이 보여주시니 이 때문에 절구 한 수를 마련하여 여러 공들과 수창함

向呈二荒山一作日光 八景圖一軸於三使大人, 謹案佳篇各賦新詩, 見惠 因裁一絶, 奉酬僉公詞案

별종

| 이황산 우뚝 솟아 커다란 기반이 장하고 | 二荒嵥嶪壯洪基 |
| 한 폭의 단청은 기이함을 그려냈구나 | 一幅丹靑描得奇 |
| 신덕(神德)을 영원히 우러러 상서로운 기운을 더하고 | |
| | 神德永瞻添瑞氣 |
| 계림의 사신이 이를 위해 시를 붙였네 | 雞林官使爲題詩 |

전천(澱川)의 옛 이름은 옥강(玉江) 또 삼도강(三嶋江)[146]이라 불렀는데, 옛날에 시본인환(柿本人丸)[147]이 있어, 사문 서행(西行)이 부른 노래가 지금까지 사람의 입에 회자(膾炙)되고 있다. 이 날 귀국의 여러 공과 배를 나란히 하여 절구 한 수를 불러, 동곽 이 군의 선창 아래에 드리며, 겸하여 홍(洪)·엄(嚴)·남(南) 세 사백에게 부치고 화답을 바람

澱川舊名玉江, 又名三嶋江, 往昔有柿本人丸, 沙門西行咏歌至今膾

---

145 일광(日光) : 니코.
146 삼도강(三嶋江) : 미시마에.
147 시본인환(柿本人丸) : 가키모토 히토마루.

炙人口, 此日與貴國諸公, 接舳連艫因賦一絕, 以呈東郭李君船窓下,
兼簡洪·嚴·南三詞伯要和

별종

| | |
|---|---|
| 난주(蘭舟)를 타고 함께 옥강의 강가에 대니 | 蘭舟共繫玉江邊 |
| 물은 맑고 산은 푸르며 달빛은 밝네 | 水白山靑月色鮮 |
| 저 속에 어떻게 미시마를 얻어 가나 | 這裡何求三島去 |
| 좋은 경치를 구경하니 마치 신선 같구나 | 勝遊恰是似神仙 |

전포(澱浦) 배 안에서 이신 장로가 보내주신 시를 이어
澱浦舟中奉次頤神長老寄眎韻

동곽

| | |
|---|---|
| 계수나무 노를 저어 옥강 포구 가를 돌아드니 | 桂棹沿回玉浦邊 |
| 떨어지는 안개가 다 날아 모습도 깨끗하네 | 落霞飛盡霽容鮮 |
| 어떤 사람이 다투어 서로 말을 나누려 하는가 | 何人指點爭相語 |
| 동쪽나라에 온 손님은 바다의 신선이 되네 | 東客今朝作海仙 |

사객통통집(槎客通筒集) 권이(卷二) 끝.

# 사객통통집(槎客通筒集) 권삼(卷三)

증흥(中興) 광운(光雲) 영중(英中) 화상 화상찬(畵像讚)[148]
中興光雲英中和尚畵像讚

평천(平泉)

| | |
|---|---|
| 남종선의 적자로 전해져 | 南禪嫡傳 |
| 북원(北院)의 진전(眞銓)이네 | 北院眞銓 |
| 이 법문을 넓혀 | 弘此法門 |
| 저 무리의 어둠을 깨우쳤네 | 牖彼羣惛 |
| 몸은 비록 변하였지만 | 可化者形 |
| 사라지지 않는 것은 영혼이네 | 不滅者靈 |
| 저 지구(芝丘)를 울창하게 하여 | 鬱彼芝丘 |
| 구름처럼 달처럼 천년 세월이네 | 雲月千秋 |
| 누가 그 진용을 그렸나 | 孰寫其眞 |
| 제자 이신이네 | 弟子頤神 |
| 누가 그 그림을 찬미하나 | 誰讚其圖 |
| 조선에서 온 사신이네 | 東韓使乎 |

---

148 조태억(趙泰億), 『겸재집(謙齋集)』, 권44에는 〈玄賢禪師畵像贊〉이라 하였음.

## 같음
### 同

정암(靖菴)

| | |
|---|---|
| 불교가 서쪽에서 와 | 竺敎西來 |
| 중국을 지나 동쪽 끝으로 흘러들었네 | 自中夏而流東極 |
| 아 현명하신 스님이여 | 嗟哉賢師 |
| 탁월하신 선지식이여 | 卓乎善識 |
| 지혜가 해처럼 양곡(暘谷)[149]으로 돌았고 | 回慧日於暘谷 |
| 불법이 비처럼 해역(海域)에 부어졌네 | 注法雨於海域 |
| 형체는 홀로 그림으로 그렸으나 | 形獨寓於繪素 |
| 도(道)는 누가 공색(空色)[150]에서 찾으리 | 道孰尋於空色. |

## 같음
### 同

남강(南岡)

| | |
|---|---|
| 물이 흘러도 달빛은 길이 찍히고 | 水流而月長印 |
| 땔나무 다해도 불은 아직 전해지네 | 薪窮而火猶傳 |
| 아, 스님의 혜성(慧性)은 사라지지 않고 | 繄師之慧性不泯 |
| 오직 초상화에 엄연히 남았네 | 豈獨遺像之儼然 |

---

149 양곡(暘谷) : 전설 속의 해 뜨는 곳을 가리키는데, 《서경(書經)》 요전(堯典)에 나옴.
150 공색(空色) : 불교의 공즉시색 색즉시공(空卽是色色卽是空)을 말함.

하루는 내가 영중(英中) 노사의 초상을 한 폭 가지고 세 사신에게 가서 삼가 그 위에 한 말씀씩 붙여주길 청했는데, 공들이 흔연히 찬(讚)을 붙여주시니, 그 심성(心聲)과 묵묘(墨妙)에 흠복(欽服)을 이기지 못하겠다. 아, 우리 스님의 남기신 덕을 발휘해 주신 것은 세 대인이시다. 그래서 게(偈)를 지어 오로지 감사의 뜻을 편다. 3수.

一日攜我英中老師頂相一幅, 就三官大人, 謹請繫一辭于其上, 各公欣然而書讚見惠, 其心聲墨妙不勝欽服. 嗚呼, 發揮我師之遺德者, 三大人也. 因賦野偈聊抒謝悃三首

별종(別宗)

첫째 정사(正使)에 수창함.

| | |
|---|---|
| 산하와 대지가 우리 스님의 진영 | 山河大地我師眞 |
| 무상(無相) 상중(相中)에 면목이 새롭네 | 無相相中面目新 |
| 정히 그 속에 바로 웃는 눈매가 열림을 알겠으니 | 定裡正知開笑眼 |
| 짧은 말로 찬미 다한 낙랑 사람이여 | 微言讚盡樂浪人 |

둘째 부사(副使)에 수창함.

답답한 때에 굉렬한 재주가 웅장한 붓으로 풀어주시니

宏才鬱屈逞雄毫

친히 노스님 위하여 칭포(稱褒)를 더하시네　　親爲老爺加稱褒

몸은 가셨으나 그대에게 의지하여 덕의 빛깔을 밝히시니

身後憑君彰德色

높디높은 지악(芝嶽)은 다시 높이를 더하네　　岌嶢芝嶽更增高

셋째 종사(從事)에 수창함.

웅장한 재주로 붓을 휘둘러 맑은 바람을 일으키니 　雄才揮筆動淸風

옥이 울리고 쇠를 쳐서 우리 스님 찬미하네 　　憂玉鏘金贊我翁

지난 밤 탑 머리에 상서로운 기운이 펼쳐져 　　昨夜塔頭揚瑞氣

맑은 무지개 만 길 찬 하늘을 비추네 　　　　晴虹万丈映寒空


## 세 분 사신을 보내며 병인(幷引)
## 《送三使大人》幷引

별종

이번 신묘년 여름에 조(趙) 공·임(任) 공·이(李) 공 세 사신이 조선
국왕 전하의 큰 명령을 받들어 멀리 우리나라에 사신으로 왔다. 빙례
(聘禮)가 처음부터 끝까지 엄숙하여, 모두들 정말 사신이라 하였다. 산
야(山野) 뜻밖에 내가 왕명을 받들어 행로에 즐거이 호위하였으나, 세
분 사신은 군자인지라, 사람을 덕(德)으로 아끼고 비루한 나를 버리지
않았으니, 만 리 길 서로 친한 것이 마치 형제와 같았으며, 교제가 지
허(支許)[151]와 도원(陶遠)의 무리에게도 양보하지 않겠다. 이제 벌써 이
별할 때가 되니 마음은 괴롭고 신산하여 차마 두고 가지 못하며, 다만
안타깝기는 멀리 목도(木道)[152]에 서로 함께 하지 못하는 것이다. 장편

---

151 지허(支許) : 진(晉) 나라의 승려 지둔(支遁)과 학자 허순(許詢)을 가리킴. 두 사람이
　　함께 회계왕(會稽王)의 집에 있었을 적에 지둔은 법사(法師)가 되고 허순은 도강(都講)
　　이 되었다고 함. 요(堯) 임금 때 고사(高士)인 지보(支父)와 허유(許由)를 가리키는 경우
　　도 있음.
152 목도(木道) : 배를 말함. 《주역(周易)》 하경(下經) 풍뢰 익괘(風雷益卦) 단사(彖辭)
　　에 "큰 내를 건너려면 배[木道]라야 한다." 한 데서 나온 말.

한 수를 지어 양관(陽關)[153]에 채우려 하니, 다행히 내치지만 마시길.

| 크도다, 군자의 나라여 | 大哉君子國 |
|---|---|
| 만 리 길 하늘 끝에 막혔구나 | 萬里隔天涯 |
| 땅은 넓고 백성은 적지 않은데 | 地廣民無乏 |
| 곡식은 넉넉하고 땅은 마땅하네 | 穀豊土所宜 |
| 서쪽은 압록강 넘실대고 | 西垠漫鴨錄 |
| 동쪽은 천지(天池)에 붙어 있네 | 東際接天池 |
| 위대하다, 단군의 묘여 | 巍爾檀君廟 |
| 엄숙하다, 기자의 사당이여 | 儼然箕子祀 |
| 다스림은 온화하되 법령은 엄하고 | 治和嚴法令 |
| 왕조가 이어져 기쁨이 끼어드네 | 紹襲介繁禧 |
| 솥발처럼 세 나라가 되어 | 鼎峙爲三國 |
| 외를 쪼개듯 네 곳의 변방을 눌렀네 | 瓜分鎭四陲 |
| 서륭은 백제를 열고 | 徐隆開百濟 |
| 왕건은 고려라 불렀네 | 王建號高麗 |
| 서라벌이 나란히 서서 | 徐伐并而立 |
| 조선은 없어지고 넓어졌네 | 朝鮮芟且夷 |
| 일찍이 오랑캐와 싸우기는 | 曾成蠻觸鬪 |
| 마치 위나라와 오나라 때 같았네 | 恰似魏吳時 |
| 파수는 싸우다 죽기를 달게 받고 | 葩秀戰甘死 |

---

153  양관(陽關) : 돈황(燉煌) 지방. 양관삼첩은 양관으로 떠나는 사람을 송별하는 노래로, 세 번 거듭해서 부르기 때문에 붙여진 이름인데, 보통 이별을 슬퍼하는 노래로 쓰임.

| 이손은 힘써 군대를 정돈했네 | 利孫力整師 |
| 서리 오면 이슬 내리는 때가 가고 | 霜來還露往 |
| 세상 천지가 바뀌었네 | 物換又星移 |
| 팔도(八道)가 모두 하나 되어 | 八道皆歸一 |
| 모든 백성이 길이 복을 비네 | 羣黎永祝釐 |
| 조정을 받들어 옛 이름을 지키고 | 奉朝存舊號 |
| 부지런히 다스려 관료의 위의를 바로 했네 | 勤政正官儀 |
| 윤택하여 받은 은혜가 쏟아지고 | 布澤恩霖瀉 |
| 위엄을 갖추어 바람과 풀 무성하네 | 有威風草靡 |
| 유두(流頭)에 술을 마시고 | 流頭爲禊飲 |
| 세배하며 새 해를 축하하네 | 歲拜賀期頤 |
| 관복은 중국의 제도를 따르고 | 冠服從華制 |
| 문장은 초사(楚辭)를 논하네 | 文章論楚辭 |
| 유학을 숭상하여 공자와 맹자를 스승 삼고 | 崇儒師孔孟 |
| 덕을 쌓아 헌원씨와 복희씨를 뛰어넘네 | 積德邁軒羲 |
| 목멱산에 높이 빼어나게 심고 | 木覓高鍾秀 |
| 한양은 다시 바탕을 여네 | 漢陽更闢基 |
| 궁궐의 누각은 우주에 휘날리고 | 宮樓輝宇宙 |
| 정원의 연못에는 잔물결이 이네 | 庭沼貯漣漪 |
| 삼각산은 상서로운 기운을 띄우고 | 三角浮祥氣 |
| 오관산은 하늘에 걸렸네 | 五冠挂赫曦 |
| 우뚝한 소나무 가파른 절벽에 가로 섰고 | 喬松橫絶壑 |
| 휘늘어진 대나무 서늘한 바람을 일으키네 | 脩竹引涼飀 |
| 호걸이 문사(文士)를 가리고 | 豪傑選文士 |

| 원숙한 영재가 나라 일을 맡았네 | 耆英厉宰司 |
| 태평하여 새로 만든 노래 | 太平新製頌 |
| 도솔천에서 좋이 시를 읊네 | 兜率好歌詩 |
| 청결한 호정지 | 淸潔蒿精紙 |
| 가볍고 단단한 마포의 자기 | 輕堅麻浦瓷 |
| 까마귀를 기르는 데 약밥을 쓰고 | 飼烏香藥飯 |
| 제비에게 은혜 베풀어 보물을 얻는다네 | 賜燕擧瓊廖 |
| 문묘에서는 성명(聖明)의 학문이요 | 文廟聖明學 |
| 마루를 이뤄 호요(灝滜)한 글이네 | 成宗灝滜[154]詞 |
| 벗나무를 심어 효도하는 이를 현창하고 | 植櫻彰孝忱 |
| 귤을 노래하여 신기로움을 토하네 | 詠橘吐新奇 |
| 토령(兎嶺)[155]은 푸르게 높이 솟았고 | 兎嶺靑嶪崟 |
| 문천(蚊川)[156]은 맑게 흘러가는구나 | 蚊川翠渺瀰 |
| 경계는 아름다워 좋은 종자를 낳고 | 境佳生好種 |
| 인걸은 빼어난 재주를 뽐내네 | 人傑挺英粪 |
| 홍합은 맛있는 반찬이 되고 | 紅蛤充嘉膳 |
| 보랏빛 인삼은 병을 낫게 하네 | 紫參蘇病羸 |
| 신령스러운 효과가 여러 약 가운데 으뜸이요 | 神功冠衆藥 |
| 영험은 선지(仙芝)를 뛰어넘네 | 靈驗越仙芝 |
| 오엽(五葉)[157]은 중국에서 드물고 | 五葉中華少 |

---

154 滜의 오자인 듯.

155 토령(兎嶺) : 경주의 한 지명.

156 문천(蚊川) : 경주의 남천.

삼아(三椏)[158]는 모든 나라에서 안다네      三椏萬國知

옛날에 편작의 의술을 들었으나      昔聞扁鵲術

이제 보니 귀린[159]이란 의사이네      今見貴麟醫

따로 오래 사는 비결이 있어      別有長生訣

문득 겹겹이 싸인 병을 없애네      頓除累劫糜

사암(獅巖)은 노본(老本)을 흠모하고      獅巖欽老本

봉령(鳳嶺)은 승비(僧丕)를 생각하네      鳳嶺想僧丕

법수(法水)가 동쪽으로 흘러 적시니      法水流東漸

자비로운 스님이 온 세상을 덮네      慈雲覆四垂

경전을 굴려 가지런히 음악을 타고      轉經齊奏樂

절을 지어 몇 차례나 비석을 깎았는가      創寺幾彫碑

빈 속에 금탑이 솟구치고      空裡湧金塔

숲 속에 쇠북이 울리네      林中響鐵鎚

서늘히 한강수를 바라보며      納凉臨漢水

비를 바라 아미산을 우러르네      禱雨仰峨嵋

---

157 오엽(五葉) : 인삼(人蔘)을 이름. 《본초(本草)》에 의하면, 인삼이 막 난 것은 한 가장 귀에 다섯 잎새이고, 4, 5년 후에는 두 가장귀가 생기고, 10년 후에는 세 가장귀가 생긴다 고 함.

158 삼아(三椏) : 위의 주석과 같음.

159 귀린 : 백귀린(白貴麟)은 의술을 잘하였는데, 사람이 병이 나서 데리러 오면 반드시 가서 성심껏 치료하여 주되 약값은 한 푼도 받지 아니하였으므로 집안이 아주 빈한하여 겨우 의식을 갖출 지경이었으나 깨끗한 절조에 더욱 힘썼다. 중국 사신이 우리나라에 와서 백귀린을 보고 말하기를, "저 늙은 관원은 누구이기에 의관이 저렇게 초라한가." 하자, 통역은, "사람에게 받지 않으므로 사람들이 주지 아니하고 입고 있는 의관은 항상 술집에 있는 까닭으로 이와 같이 해어졌소이다." 하니, 사신도 안색을 바꿔 공경하였음. (『용재총화』에서)

정원은 따뜻하여 꽃은 일찍 피고 　　　　園暖花開早

봉우리를 돌아 달은 더디게 솟네 　　　　峰回月出遲

초루(譙樓)는 북두성을 침범하여 일어나고 　　譙樓侵斗起

난간은 하늘에 위지하여 삐쭉하네 　　　　畫欄倚天危

난새와 학은 푸른 잣나무를 희게 하고 　　　鸞鶴巢蒼柏

호랑이와 범은 푸른 바위에서 울부짓네 　　虎彪嘯碧崖

성은 임(任)과 조(趙) 이(李)를 마루 삼고 　　姓宗任趙李

땅은 인도와 일본과 중국이 이어졌네 　　　地絡竺桑支

좋은 이웃으로 지내도 오래 상쾌한 일이 없더니 　隣好久無爽

오랜 맹약은 더욱 깊이 굳어지네 　　　　舊盟固益罙

우리 왕은 이제 이미 서서 　　　　　　我王今已立

사신이 특별이 멀리서 오네 　　　　　使者特遙來

부산 앞 바다에서 밧줄을 풀어 　　　　縱纜釜洋上

끼끗한 섬 가에 닻을 묶네 　　　　　繫橈藍嶋湄

높은 파도가 나그네의 옷깃을 잡고 　　層瀾涵旅袖

질긴 비가 근심스런 눈썹을 적시네 　　宿雨濕愁眉

안개 걷히고 노 젓는 소리 들리니 　　和霽櫓聲發

바람을 타고 돛 그림자 기울었네 　　駕風帆影欹

양후(陽侯)[160]가 수호해 줄 수 있고 　　陽候能守護

해약(海若)[161]이 지탱해 주네 　　　海若爲扶持

부들 가에 자원앙(紫鴛鴦) 무리 　　蒲際羣鸂鶒

---

160 양후(陽侯) : 수신(水神)의 이름.

161 해약(海若) : 북해 귀신의 이름.

| | |
|---|---|
| 갈대 옆에 두 마리 백로 | 蘆邊雙鷺鷥 |
| 옥구슬은 가슴에 가득하고 | 珠璣胸次富 |
| 비단은 붓 끝에 잡히네 | 錦繡筆端摛 |
| 재덕(才德)은 하늘과 땅에 무겁고 | 才德乾坤重 |
| 명성은 멀리까지 달렸네 | 聲名遐邇馳 |
| 적간관(赤間關)은 적막한데 | 赤間關寂寞 |
| 아카시우라(明石浦)는 어긋지네 | 明石浦參差 |
| 안제(安帝)는 물결 가운데 한스럽고 | 安帝波中恨 |
| 인환(人丸)은 안개 속에 생각하네 | 人丸霧裡思 |
| 풍랑에 흔들려 노를 돌리고 | 飄搖廻揖棹 |
| 무기를 들고 깃발 나란히 날리네 | 揚曳列旌旗 |
| 곳곳에서 엄숙히 객관을 열고 | 處處嚴開館 |
| 마을마다 모두 갈림길을 쓰네 | 村村盡掃岐 |
| 붉은 기와집은 나란히 예쁘게 색칠을 하고 | 朱甍倂畫棟 |
| 강철 배와 또 문참(文欃)이네 | 鏤檻又文欃 |
| 해안에 이르러 닻을 던지니 | 到岸齊投矴 |
| 가을을 향해 문득 칡베 옷을 벗네 | 向秋忽脫絺 |
| 가을바람 소슬하게 슬프게 하고 | 商飆悲肅殺 |
| 상큼한 기운에 처량히 탄식하네 | 爽氣嘆凄其 |
| 단풍 물들어 온 나무가 비단 같고 | 楓染錦千樹 |
| 국화 향기는 옥처럼 울타리에 퍼지네 | 菊芳玉一籬 |
| 잔치를 베풀어 강장(絳帳)[162]을 바꾸고 | 設筵颭絳帳 |

---

162 강장(絳帳) : 붉은 장막. 스승이 앉는 자리 또는 학자의 서재를 말함.

| | |
|---|---|
| 비단 솥에서는 향취가 솟네 | 羅鼎薦香炊 |
| 상서로운 햇빛에 눈동자마다 빛나고 | 瑞日瞳瞳耀 |
| 상서로운 바람에 사람마다 노래하네 | 祥風陣陣吹 |
| 어느 때에 마땅히 북쪽으로 향하리 | 何時當北向 |
| 길을 잡아 바로 동쪽으로 가리 | 取路正東之 |
| 경교(鏡嶠)에서는 맑은 달을 닦고 | 鏡嶠磨明月 |
| 비파호에서는 푸른 구슬이 떠오르리 | 琶湖漾碧璃 |
| 쇠를 두드리고 이어서 옥을 울리며[163] | 戞金還振玉 |
| 사마(駟馬)[164]를 타고 재갈을 물리네 | 結駟復方蘄 |
| 자리 위에서 관첩(關帖)[165]을 평안히 하고 | 座上安關帖 |
| 시를 읊으며 모자를 높이 썼네 | 吟中岸接䍦 |
| 고향 생각에 마음은 착잡해 하니 | 思鄉情惄愡 |
| 손님 때문에 눈물 흘러라 | 爲客淚漣洏 |
| 부사산은 안개에 싸이고 | 士岳籠煙靄 |
| 상근(箱根) 봉우리의 험한 골짜기를 올라가네 | 箱峰攀險巇 |
| 높디높아 원숭이도 두려운데 | 岸高猿亦畏 |
| 길은 묘연하고 말은 힘들어 하네 | 路杳馬應疲 |
| 팔십 리 긴 언덕 | 八十里長坂 |

---

163 쇠를 …… 울려 : 금은 종(鐘)이고, 옥은 경(磬)인데, 팔음(八音)을 연주할 때에 먼저 종을 쳐서 소리를 시작하고, 마지막에 경을 쳐서 소리를 거둠. 전하여 사물(事物)을 집대성(集大成)하는 것을 이른 말이기도 함.

164 사마(駟馬) : 말 네 마리를 맨 수레로, 현달한 관원이 타는 수레를 말함.

165 관첩(關帖) : 관문(關文)과 첩문(帖文). 관문은 상급 상청에서 하급 관청으로 보내는 공문서를 말하고, 첩문은 7품 이하의 관아에 보내는 것을 말함.

억 유순(由旬)의 본디 아득하네　　　億由旬素彌

못은 맑아 푸른 거울처럼 펼쳐지고　　潭澄開碧鏡

폭포는 흩어지는 은빛 실처럼 걸려 있네　瀑掛亂銀絲

와서 상여(相如)의 구슬¹⁶⁶을 받드니　　來奉相如璧

갈 때는 대우(大禹)의 찬합을 받네　　　行乘大禹欞

차가운 기운으로 문득 바뀌니　　　　寒暄追電改

초목은 서리 잔뜩 머금어 시드네　　　草木飽霜萎

옥절과 녹창이 줄지어 섰는데　　　　玉節綠槍列

대나무 지팡이에 짚신이 따르네　　　芒鞋竹杖隨

이야기 나누는 데 스님의 총채를 휘두르고　打談揮麈尾

말이 통하는 데 모추(毛錐)를 쓰네　　通語用毛錐

비슷하여 형체를 따라 그림자 지니　　彷彿從形影

드물게 쇠를 마셔 끌리네　　　　　依稀吸鐵磁

부끄러워라 저력(樗櫟)¹⁶⁷의 바탕이여　慚羞樗櫟質

동량의 모습을 우러러 보네　　　　瞻視棟梁姿

왕명으로 매미 껍질 벗기 어렵고¹⁶⁸　王命難蟬蛻

공무를 행하는 데 익위(翼爲)가 없네　官塗無翼爲

---

166 상여의 구슬 : 화씨(和氏)의 명벽(名璧). 진 소왕(秦昭王)이 그 구슬을 15 성(城)과 바꾸자 했으므로 '연왕벽'이라 일렀음. 전국(戰國) 때 조(趙)의 인상여(藺相如)가 그 구슬을 가지고 진(秦)에 갔다가 억지로 빼앗으려 하거늘 슬기와 용기로 오롯이 되찾아 가지고 조 나라에 돌아왔음.

167 저력(樗櫟) : 상수리나무[櫟]와 가죽나무[樗].《장자(莊子)》의 인간세(人間世)와 소요유(逍遙遊)에서 대표적인 산목(散木)으로 등장하는 나무 이름.

168 매미 …… 어렵고 환골탈태(換骨奪胎)하여 우화등선(羽化登仙)할 자격을 갖추지 못했다는 말.

비록 초은부(招隱賦)[169]를 보더라도 　　　　雖看招隱賦

본디 산을 살 돈이 없네 　　　　　　　元乏買山資

콩과 보리를 가르지 못하고 　　　　　未辨菽兼麥

어찌 공골말과 가라말을 나누랴 　　　豈分騧與驪

공무를 행하는 길에 돌아봄을 입었으니 　驛程蒙顧眄

잔치자리에서 과비(夸毘)를 지었네 　　宴席作夸毘

탁월하게 뛰어나 멀리 속세를 떠나고 　卓犖遙離俗

한가히 노닐며 세상에 매이지 않네 　　徜徉素不羈

이름난 문장은 마땅히 악어를 물리치고[170] 　名文應去鰐

웅장한 필체는 이무기를 잡았다네 　　健筆耐挐螭

소식을 전하는 글을 높이 받들고 　　傳信書高捧

성에 올라 수레에는 기름을 실었네 　　登城車載脂

문 안에 보배로운 말을 세워놓고 　　門中陳寶馬

정원에서 주기(珠綦)를 달리네 　　　庭上走珠綦

춤을 추는 마루에 봉황이 날고 　　　作舞臺翔鳳

음을 골라 음악은 도깨비 소리를 토하네 　調音樂吼夔

아침이 맞도록 총애를 입으니 　　　終朝蒙寵遇

가득한 모든 사람 기뻐하네 　　　　滿座共娛嬉

대려(帶礪)의 맹세[171] 두 나라가 평온하니 　帶礪雙邦穩

---

169 초은부(招隱賦) : 한(漢)나라 때 회남소산(淮南小山)의 무리들이 굴원(屈原)을 그리면서 지은 시.

170 이름난 …… 물리치고 : 광동성의 한강에 악어가 있어 해를 끼치자, 한유(韓愈)가 글을 지어 쫓아버렸다고 함.

171 대려(帶礪)의 맹세 : 황하가 띠와 같이 좁아지고, 태산이 숫돌과 같이 작아져도 국토

| | |
|---|---|
| 밭을 갈고 샘을 파며 기뻐하도다 | 鑿耕萬井熙 |
| 삼가 진기로운 하사품을 받으니 | 恭承珍産賜 |
| 곧 옥계사(玉階辭)를 얻었도다 | 卽得玉階辭 |
| 나가고 물러남에 모두 예를 갖추었고 | 進退咸全禮 |
| 주선함이 바로 규칙에 맞네 | 周旋正中規 |
| 돌아가는 길 추위가 뼈에 사무치나 | 歸程寒徹骨 |
| 밤을 새우자니 곡식처럼 살가죽이 올라오네 | 通夜粟生肌 |
| 경도에서 다시 머무를 제 | 京洛再留駕 |
| 섭진에서 닻줄을 풀리 | 攝津倏解維 |
| 비록 무릎을 맞댄 사이이나 | 雖修膠漆契 |
| 이별이 다가옴은 어찌 하리 | 奈有別離期 |
| 마음을 천 갈래 갈라지고 | 心緖亂千結 |
| 서글픈 마음은 온갖 재앙 만난 듯 | 愁襟逢百罹 |
| 어느 해에 다시 만나 | 何年重得會 |
| 뒷날 돌아올 이 누구리오 | 他日復歸誰 |
| 깊이 인자한 이의 뜻을 아노니 | 深識仁人意 |
| 좋은 말을 나 위해 주시는구나 | 善言爲我貽 |

---

는 멸망하지 않는다는 뜻의 맹세.

### 따로 절구 한 수를 지어 세 분 사신에게 드리며 금선책화(錦旋策和)를 축하함
別賦一絶奉呈三官大人以賀錦旋策和

별종

| | |
|---|---|
| 맑은 새벽에 눈은 개고 상서로운 햇빛 비추니 | 清曉雪晴祥日輝 |
| 기쁘게 서쪽으로 돌아가는 사신의 깃발을 보네 | 喜看星斾向西歸 |
| 큰 바다 넘어 오천 리 | 重溟迢遞五千里 |
| 한 조각 비단 돛은 저절로 나는구나 | 一片錦帆自在飛 |

### 별종 대사가 어제 보여준 시를 따라
次別宗大師日昨寄示之韻

평천(平泉)

| | |
|---|---|
| 긴 강 넘실넘실 밝은 달빛 따라 흐르고 | 長河瀰瀰月流輝 |
| 스님은 모래 언덕에서 돌아가는 이를 전송하네 | 杖錫沙頭相送歸 |
| 눈길 가는 끝에 구름 파도는 오천 리 | 極目雲波五千里 |
| 가련한 물새는 남으로 북으로 나네 | 可憐鳧鴈北南飛 |

### 별종 장로 도안에게 화답하여 드림
和寄別宗長老道案

정암(靖菴)

| | |
|---|---|
| 돌아가는 길[172]에 밝은 달 바로 떠서 빛나고 | 刀頭明月正浮輝 |

바다 헤치는 사신의 배는 만 리 길 돌아가네     汎海星槎萬里歸

문득 고승과 세 번 웃으며 헤어지니     便與高僧三笑別

하늘 끝 비구름은 각각 나뉘어 흩어지네,     天涯雲雨各分飛


## 별종 대사가 주신 이별의 시에 감사하며
奉謝別宗大師贈別之韻

남강(南岡)

저문 하늘 차가운 날 담담히 빛나지 않으니     暮天寒日淡無輝

가는 이의 외로운 배 쓸쓸히 홀로 돌아가는구나     行子孤帆悵獨歸

생각건대 먼 데서 공이 세 번 읊고 마치며     想得遠公三吹罷

은미한 깊은 곳으로 짧은 지팡이 날리네     翠微深處短筇飛


## 조선으로 돌아가는 동곽(東郭) 이 공을 보내며
送東郭李公歸朝鮮

별종

해를 마치도록 공무 중에 서로 함께 하며     終年相伴驛程中

대지팡이 짚신 신고 동서로 다녔네     竹杖芒鞋西又東

헤어진 후 바다와 산은 천만 겹 쌓이고     別後海山千萬疊

다락 끝에서 몇 번이나 먼 하늘 바라보려나     樓頭幾度望遙空

---

172 돌아가는 길 : 도두환(刀頭環)에서 온 말. 칼머리에 고리[環]가 달렸는데, 환(環)은 환(還)과 음이 같으므로 귀환(歸還)한다는 은어(隱語)로 쓰임.

## 별종 대사의 증별시에 따라
奉次別宗大師贈別韻

동곽(東郭)

| | |
|---|---|
| 학 같은 이 의연하게 눈 안에 있고 | 鶴骨依依在眼中 |
| 밤 깊어 밝은 달 아래 동쪽의 작은 누각 | 夜深晴月小樓東 |
| 돌아가는 마음에 저 먼 곳까지 따르지 못하니 | 歸心不逐窮陰盡 |
| 배는 찬 구름에 묶여 푸른 하늘에 비치네 | 帆帶寒雲映碧空 |

동지(同知) 최(崔) 공이 석별의 정을 나타내므로 최 씨의 이름은 상초(尙嶕)이며 호는 묵재(黙齋)인데, 일본어에 능통했다.
餞同知崔公以攄惜別之情 崔氏名尙嶕号黙齋能通和語

별종

| | |
|---|---|
| 역관의 혀로 두 나라의 정이 서로 통하고 | 譯舌相通兩國情 |
| 말씀은 명랑하여 사리가 분명하네 | 言辭淸朗事分明 |
| 일정에 따라 내게는 교분이 두터웠는데 | 脩程於我交尤厚 |
| 내일 아침 만 리 길 떠나니 애석하네 | 可惜明朝萬里行 |

## 조선으로 돌아가는 홍(洪)·엄(嚴)·남(南) 세 기실(記室)을 보내며
餞洪·嚴·南三記室歸朝鮮

별종

| | |
|---|---|
| 만 리 길 따르며 몇 계절을 보냈나 | 萬里追隨經幾時 |

산천 아름다운 곳 부지런히 시를 읊었네　　　　　山川佳處撚吟髭
이별을 읊노라 새벽 북이 울리는 것 싫어마소　　莫嫌敍別到晨鼓
내일이면 삼상(參商)처럼 하늘 끝에 있으리니　　明日參商天一涯.


## 짧은 절구 한 수를 조선으로 돌아가는 범수(泛叟) 남(南) 군을 보내며 서간에 대신함
### 小絶一首送泛叟南君歸朝鮮以代簡

별종

서로 만난 곳이 또 헤어지는 곳　　　　　　　相逢之處又相離
대판 나루터에서 버들가지를 꺾네　　　　　　浪速津邊折柳枝
마침 앞 사람의 구지식이 있어　　　　　　　　賴有先人舊知識
그대의 효성스러운 뜻에 감격하여 새로운 시를 부치네

感君孝志寄新詩


송당(松堂) 화상의 증시(贈詩)를 전달하였으므로 말하는 것이다.


## 창랑(滄浪) 홍(洪) 군이 생각나 시를 지어 동곽 사백에게 부탁하여 갈망하는 정을 부침
### 有思滄浪洪君作詩託東郭詞伯以寄渴望之情

별종

지난 날 낙수(洛水)의 동쪽에서 합잠(盍簪)[173]하던 일

往歲盍簪洛水東

몇 번이나 매화 잎이 찬바람에 미소 짓는 것을 보았나

幾看梅葉哭寒風

만정(萬程)에 길 없어 꿈은 뒤집어지고        萬程無路夢翻到

두 나라 하늘에 막혀 소식조차 통하지 않네     兩地隔天信不通

매번 옛 시를 잡고 절묘한 구절을 아니        每把舊題知句妙

멀리 고의(高誼)를 품고 높은 재주를 부러워하네    遙懷高誼羨才崇

이제는 바로 사신의 배가 돌아갈 때         如今正值星槎返

서로 그리워하는 마음 시 한편으로 부치네      爲寄相思詩一筒

## 이어서 느낌이 있어 한 수를 세 분 사신 대인에게 드림 병인(幷引)
追感一首呈三使大人 幷引

별종

우리 전하가 주신 병풍에 좌좌목 삼랑원(佐佐木三郞源) 이름은 성강(盛綱:모리츠나) 의 바다를 건넌 그림이 있다. 산로는 나의 먼 조상 병부(兵部) 이름은 수의(秀義:히데요시) 의 셋째 아들이다. 지난 날 전쟁을 할 때 바로 등호해(藤戶海)[174]를 건너 먼저 올라 무신으로서 이름과 세운 공이 오늘날까지 혁혁하다. 나는 비록 출가하였으나 그 근본을 잊지 않고, 에도에 있던 날 다행히 이 그림을 얻어 보았다. 감격을 이기지 못하고 절구 한 수를 지어 내 회포를 서술하고, 세 분 사신의 앞에

---

173 합잠(盍簪) : 뜻 맞는 이들이 서로들 달려와 회동하는 것을 말함.《周易 豫卦 九四爻》
174 등호해(藤戶海) : 후지토해.

바쳐 엎드려 고쳐주시기 바란다.


| 준마로 바로 등호 바다를 넘으니 | 駿馬直超藤戶洋 |
| 삼랑의 공적은 일본에서 제일이네 | 三郞功蹟甲扶桑 |
| 병풍 위 그림에 분명히 나오니 | 分明畫出屛風上 |
| 다시 기뻐 남긴 이름을 다른 나라에 전파하네 | 更喜遺名播異方 |


별종 대사가 새로 왕이 준 병풍을 얻어, 원 삼랑(源三郞)의 기마
도해도(騎馬渡海圖)를 보았는데, 스님은 곧 원씨(源氏)의 후예
라, 느낌을 적은 시를 쓰니 내가 곧 화답함
別宗大師新得御贈屛風, 有源三郞騎馬渡海圖, 師卽源氏之裔, 追感有
詩余輒和之

평천(平泉)

| 영웅 같은 모습이 그림 속에서 위세를 떨치니 | 英姿畫裡颯餘威 |
| 뛰는 말이 바다를 건너기는 예로부터 드물다 | 躍馬超溟古所稀 |
| 비로소 그대의 집안이 이전부터 열렬했음을 아니 | 始識君家前烈在 |
| 구중궁궐에서 내린 선물로 더욱 빛나도다 | 九重恩賜倍光輝 |


그때 정사가 병에 걸려 어사(御賜)라 잘못 쓴 것을 알았다.

## 정사 대인이 나를 위로하려 시를 지어준 데 감사하며
正使大人見慰余追感依韻奉謝

별종

| | |
|---|---|
| 지난 날 삼랑(三郞)이 장수의 위엄을 보여 | 昔歲三郞逞武威 |
| 일본에서는 예로부터 다투어 드물다 칭송했네 | 日東今古競稱稀 |
| 사신이 다행히 주옥같은 시를 지어주시니 | 使星幸賜瓊瑤句 |
| 천년의 비종(鄙宗)은 상서로운 빛을 나타내네 | 千載鄙宗生瑞輝. |

## 하구(河口)에서 타암(陀巖) 장로와 헤어지며 슬픔을 이기지 못하여 간략히 율시 두 편을 지어 유의(留衣)[175]에 가름함
河口奉別陀巖長老不勝悵黯略構兩律用替留衣

평천

| | |
|---|---|
| 다른 나라에서 노스님을 만나 새로 알게 되니 | 異域新知得老師 |
| 동쪽 길 천 리에 서로 따랐네 | 東行千里鎭相隨 |
| 가을 깊은 정포(淀浦)에서 나란히 노를 흔들며 | 秋深淀浦齊搖櫓 |
| 눈 개인 비파호에서 시를 주고받았네 | 雪霽琶湖細和詩 |
| 오늘 문득 삼소(三笑)[176]의 이별을 이루니 | 今日便成三笑別 |

---

175 유의(留衣) : 당(唐)나라 한유(韓愈)가 조주자사(潮州刺史)로 있을 적에 친하게 지냈던 노승 태전(太顚)과 작별하면서 자신의 의복을 남겨 주었다[留衣服爲別]는 이야기가 그의 〈여맹간상서서(與孟簡尙書書)〉에 실려 있음.

176 삼소(三笑) : 진 나라의 혜원법사가 호계를 건너지 않겠다고 맹세했는데, 어느 날 찾아온 도연명과 육수정을 배웅하다가 이야기에 정신이 팔려 자기도 모르는 사이에 호계에 이르러 범이 우는 소리를 듣고 세 사람이 크게 웃었다는 고사에서 유래함.

이생에서 다시 만날 기약 있을까　　　　　　　　此生寧有再逢期
오직 마땅히 한 조각 두타(頭陀)의 달은　　　　　　唯應一片頭陀月
멀리 남계에서 그리워하는 마음을 비추리　　　　　長照藍溪緬情時

내 별장이 남계(藍溪)에 있는데, 귀국한 뒤 돌아가 시내 위에 눕고
싶은 마음이 있어 결구에서 언급하였다.

서쪽으로 돌아가면 어느 날에나 스님을 잊을 수 있으리
　　　　　　　　　　　　　　　　　　西歸何日可忘師
지팡이 날리고 가마 타며 함께 따르던 일을 기억하네
　　　　　　　　　　　　　　　　　　飛錫征軺憶共隨
발석산(鉢石山)의 안개는 살아 있는 듯 그려 놓고　鉢石煙霞移活畫
부사산 맑은 눈 새로 시에 들어왔네　　　　　　　士峰晴雪入新詩
뜬세상 모였다 흩어지기 꿈처럼 뒤섞이고　　　　浮生聚散渾如夢
오는 세상의 인연은 어찌 기약 있으랴　　　　　　來世賓緣豈有期
한 곡조 이별노래 몇 잔의 술　　　　　　　　　　一曲離歌數杯酒
대판 나루 위에 달은 밝은 때이네　　　　　　　　浪華津上月明時

발석산의 이름은 일광산(日光山)이며 팔경(八景)이 그 하나이다. 스님
이 지난 날 팔경화축(八景畫軸)을 주었으므로 제3구에서 이른 것이다.

## 하구(河口)의 배 안에서 급히 써서 삼가 정사 대인의 유별시(留別詩)에 따름
河口舟中走筆謹次正使大人留別韻

별종

| | |
|---|---|
| 사신께서 감히 백세사(百世師)로 불러주시니 | 使相堪稱百世師 |
| 이승에서 함께 따랐던 것이 얼마나 다행인지요 | 此生何幸共追隨 |
| 다른 나라에서 새로 금란 같은 벗을 얻어 | 異邦新得金蘭友 |
| 행로에 비단 같은 시 얼마나 읊었나 | 行路幾吟錦繡詩 |
| 나그네 길 반년에 막역한 사이 되니 | 覇旅半年欣莫逆 |
| 헤어지는 마당에 다시 만나기는 서럽게도 기약 없네 | |
| | 別離再會苦無期 |
| 고향 만 리 돌아가신 다음 | 故園萬里歸休後 |
| 달은 남계에 편히 누운 자리에 비추겠네 | 月照藍溪高臥時 |

| | |
|---|---|
| 하루아침에 보내드리고 서울로 돌아가리니 | 一朝相送返京師 |
| 헤어진 다음 절간은 누구와 더불어 따르리 | 別後雲林誰與隨 |
| 밝은 달 맑은 바람 석 잔 술에 | 明月清風三盞酒 |
| 푸른 산과 물은 몇 편의 시인가 | 青山綠水幾篇詩 |
| 혜원이 도연명을 만나 기뻐하였으나 | 幸欣慧遠逢陶令 |
| 도리어 종자기가 백아를 등지고 안타까워하는 듯 | 還恨伯牙負子期 |
| 다음 날 흰 구름 밖에서 머리 돌려 | 他日回頭白雲外 |
| 멀리 바다 항구에 배를 대던 때를 생각하시구려 | 遙思海口接舟時. |

삼가 율시 한 수를 지어 이신(頤神) 장로에게 남김
謹構一律留別頤神長老

남강(南岡)

| 유교와 불교가 본디 다른 길이라 말 마소 | 休言儒釋本殊途 |

의기(意氣)는 오직 마음으로 통하리니　　意氣猶將心膽輪

매번 사신의 행차에 스님이 따라오신 것을 기뻐했으니

每喜征軺隨錫杖

진실로 흐린 물에 마니주를 비친 것 같네　眞如濁水照尼珠

옷을 남기고 멀리 헤어짐이 도리어 애석하니　留衣遠別還堪惜

술을 잡고 함께 기뻐하던 일 어찌 다시 꾀하리오　把酒同歡豈更圖

오직 대판 나루 위에 뜬 달이　　唯有浪華津上月

푸른 바다 만 리 길 장오(檣烏)[177] 되어 따르네　滄波萬里逐檣烏


하구(河口)의 배 안에서 급히 써서 삼가 종사 대인의 유별시(留別詩)에 따름
河口舟中走筆奉次從事大人留別韻

별종

오가는 길 만 리 함께 길을 걸었는데　往還萬里共同途

다시 여러분이 성의를 보여주셔서 기쁘네　更喜諸君誠意輪

굳센 붓은 용이 달리듯 진첩(晋帖)[178]을 쫓고　健筆走龍追晋帖

177 장오(檣烏) : 돛 위에 매단 까마귀 모양의 풍향계(風向計)를 말함.
178 진첩(晉帖) : 진(晉) 나라 서예가들의 글씨를 탁본하거나 모사한 서첩(書帖).

새로운 시 좌중에 보이니 수주(隋珠)[179]와 비슷하네 　新詩照坐似隋珠

바람 잔 푸른 바다에 배를 돌리니 　風閑滄海回舟楫

하늘 눈 내린 산 화폭에 펼쳐지네 　天霽雪山展畫圖

이승에서 다시 만나기 어렵다 말하지 말라 　莫道此生難再會

연단[180]은 일찍이 흰머리 까마귀를 보았으니 　燕丹曾見白頭烏


배가 하구에 이르러 노를 멈추니, 따로 품은 생각이 더욱 연모하는 마음을 일으켜, 다시 절구 한 수를 지어 우러러 이신 도안에게 드림

舟到河口停橈楫別懷緒益覺作戀復題一絶仰呈頤神道案

　　　　　　　　　　　　　　　　　　　　　남강

이곳에서 그대를 만나고 또 그대와 헤어지니 　此地逢君又別君

유유히 모이고 흩어짐이 뜬구름과 같네 　悠悠聚散等浮雲

헤어짐에 차마 노를 젓지 못하니 　臨分未忍催征櫓

한 곡조 이별노래 저녁노을을 원망하네 　一曲離歌怨夕曛


---

179 수주(隋珠) : 수후(隋侯)의 구슬이란 뜻으로서, 큰 뱀이 그의 은덕을 갚기 위해 바쳤다는 천하 지보(至寶)의 구슬이라고 함.

180 연단(燕丹) : 연(燕) 나라의 태자 단(丹)을 말하는데, 진시황(秦始皇)에게 원수를 갚으려 하였음.

종사 남강 대인이 하구에서 헤어질 때 다시 만나 주옥같은 시 한 편을 주니, 총망하여 겨를이 없고 붓을 잡았으나 아득하여 혼이 사라질 뿐이고, 헤어진 다음 사모함을 이기지 못하리라. 밤에 정포(淀浦)에 묵으며 심지를 돋우고 향운을 이어, 부탁하여 사안(詞案)에게 감사하며 바침

從事南岡大人, 河口臨別之時, 復見投瑤篇一章, 悤忙無由, 操觚黯然, 消魂而已. 別後不勝依依, 夜泊淀浦, 挑燈嗣響, 託便奉謝詞案.

별종

| | |
|---|---|
| 강변의 버드나무 여러분을 보내고 | 河邊縮柳送諸君 |
| 돌아가는 배 멀리 뜨니 학의 등 위에 구름 | 歸艇遙浮鶴背雲 |
| 노를 멈춰 가운데서 자주 이별을 말하니 | 停棹中流頻敍別 |
| 눈물 흘려 빗기는 노을에 이르네 | 潸然滴淚到斜曛 |


## 별종 장로에게 헤어지며 남김
### 留別別宗長老

범수(泛叟)

| | |
|---|---|
| 어여쁜 그대 도골(道骨)은 스스로 인륜을 넘어서고 | 憐君道骨自超倫 |
| 가슴 속 물같이 맑은 거울에 티끌 한 점 없네 | 水鏡胸中無點塵 |
| 에도까지 길동무 어찌나 다행이었는지 | 何幸追隨東武路 |
| 만약 이별이라면 대판의 나루이네 | 若爲留別浪華津 |
| 외로운 배 홀로 가니 구름은 천 리 | 孤舟獨去雲千里 |
| 두 곳에서 둥근 달 보며 서로 생각하리 | 兩地相思月一輪 |
| 바다 앞에서 손을 놓고 삼소(三笑)로 끝내니 | 分手海門三笑罷 |
| 옛 사람의 마음과 일 바로 지금 사람이네 | 古人心事卽今人 |

## 범수 사백의 이별시를 따라
次泛叟詞伯留別韻

별종

| | |
|---|---|
| 그대의 효성스러운 뜻 뭇 사람보다 뛰어나고 | 斑衣孝志邁羣倫 |
| 하물며 다시 꽃다운 모습은 맑아 먼지를 끊네 | 況復英標清絶塵 |
| 새벽 눈 쏟아질 때 나란히 험한 길 걸었고 | 曉雪灑時齊陟險 |
| 저녁 구름 깊은 곳에서 나루를 찾고자 하였네 | 暮雲深處欲探津 |
| 허리에는 문장의 도장을 차고 | 腰間佩得文章印 |
| 마음으로는 풍아(風雅)의 바퀴를 굴려왔네 | 心上轉來風雅輪 |
| 오늘 밤 헤어지며 더욱 아쉬움을 달래니 | 今夜別離尤耐惜 |
| 내일 아침이면 서로 다른 나라 사람이 되겠네 | 明朝各作異邦人 |

## 거친 율시 한 편으로 조선 사신을 쓰시마로 모시고 가는 이정 (以酊) 화상에게 바침
野律一篇, 奉餞以酊和尚, 護送韓使赴對馬州

별종

| | |
|---|---|
| 흰 눈 밟고 과 구름 길 걸어 | 白蹈雲兼雪 |
| 동서로 팔천 리 | 西東路八千 |
| 고삐를 나란히 하고 에도까지 올랐는데 | 聯鑣江府上 |
| 낭화(浪華) 해변에서 헤어지네 | 分袂浪華邊 |
| 나는 일개 중으로 돌아가고 | 吾返一條杖 |
| 스님은 만 리 하늘을 가네 | 師行萬里天 |
| 사신의 배 삼가 잘 지켜 | 星槎勤護送 |
| 따스히 영예롭게 돌아가게 만드네 | 和暖作榮旋 |

정하(淀河) 배 위에서 세 분 사신을 생각하며, 잠 못 들어 안타까 움에 이별을 앞두고 겨우 적으나 말로 다할 수 없다. 이로 인해 절구 한 수를 지어 멀리 사안에게 부치니, 작은 정성으로 받아 주시기를 마침 눈과 비가 내림

淀河船上, 思三使大人, 不寐所恨, 臨別草草, 不能盡言, 因題一絶, 遙寄詞案, 聊攄微忱云. 時值雨雪

별종

| | |
|---|---|
| 모래 가에서 이별하며 노를 멈추고 | 停橈離別一洲邊 |
| 슬픔에 할 말을 잃고 샘처럼 눈물 흘리네 | 慘感無言淚似泉 |
| 눈 오는 밤 밝은 달 아래서 생각하리니 | 雪夜相思明月下 |
| 몇 번이나 노를 저었나, 섬계(剡溪)의 배[181] | 幾回欲棹剡溪船 |

해구(海口)에서 한번 헤어진 뒤 사모하는 마음을 이기지 못하 여, 거친 율시 한 편을 지어 멀리 조선국 제술관 동곽(東郭) 이 군 사안에게 부침

海口一別後, 不勝瞻戀, 因構鄙律一篇, 遙寄朝鮮國製述官東郭李君詞案

별종

| | |
|---|---|
| 상앗대를 나란히 손으로 잡고 헤어지기 아쉬워 하니 | 屛篙把手惜分離 |
| 몸은 저 멀리 하늘 한 끝에 있네 | 身在迢迢天一涯 |

---

181 섬계(剡溪)의 배 : 진(晉)나라 때 산음(山陰)에 살던 왕휘지(王徽之)가 어느 날 밤에 큰 눈이 막 개고 달빛이 휘영청 밝은 것을 보고는 갑자기 섬계(剡溪)에 사는 친구 대규(戴逵)가 생각나, 즉시 거룻배를 타고 밤새도록 가서 다음 날 아침에야 섬계에 당도했는데, 대규의 집 문 앞까지 가서는 흥(興)이 다했다 하여 그의 집에는 들어가지 않고 그대로 되돌아왔던 고사에서 온 말.

| | |
|---|---|
| 흰 눈을 옥처럼 부수어 가는 길을 맑게 하고 | 白雪屑瓊淸去路 |
| 국화는 옥처럼 쌓아 올 때를 적네 | 黃花疊玉記來時 |
| 정은 큰 바다의 깊이 끝없는 것과 같고 | 情如巨海深無極 |
| 눈물은 쏟아져 내리는 모래언덕 같네 | 淚似飛流下瀉崖 |
| 손으로 겨울 매화를 꺾어 역사(驛使)를 만나거든 | 手折寒梅逢驛使 |
| 그리워하는 마음 멀리 두세 가지에 부치려네 | 相思遠寄兩三枝 |

## 실진(室津)[182] 숙소에서 별종 장로의 요도가와를 읊어 보여준 시에 따라

室津舘奉次別宗長老淀河寄示韻

평천(平泉)

하구에서 길이 나뉘어, 이제는 컴컴하고 거친 강물에 차가운 비 떨어지는데, 다만 사람으로 하여금 혼이 부서지게 할 뿐이다. 그런 가운데 옥 같은 은혜를 입어 대사가 내게는 권계(眷係)를 베풀었음을 생각할 수 있었다. 삼가 은혜로운 시를 이어, 다음 날 만 리 밖에서 얼굴을 뵙는 것으로 대신 하기에 족하겠다. 출발에 임해 바빠서 별폭(別幅)을 빠트려 너무 죄송하다. 오직 더욱 정진하시기 바라며 구구한 뜻을 보인다.

---

182 실진(室津) : 무로쓰. 병고현(兵庫縣:효고현) 다츠노시(たつの市)에 속하여 번마탄 (播磨灘 :하리마나다)를 바라보는 항구 마을. 조선통신사의 정박소(停泊所)로 정해져 있었음.

만년산은 흰 구름 가에 있고 　　　　　　　　　　　　萬年山在白雲邊

듣자니 고승의 탁석천이 있다 하네 　　　　　　　　　　聞有高僧卓錫泉

잠시 나그네를 위해 한번 나서는 번거로움을 끼쳤으니

　　　　　　　　　　　　　　　　　　　　　　　　暫爲行人煩一出

가을바람 부는데 호수에 배를 띄워 함께 탔네 　　　　　秋風同上泛湖船


천 리길 함께 하다 해변에서 헤어지니 　　　　　　　　千里相隨絶海邊

그대를 아껴 시상(詩想)은 샘처럼 솟구치네 　　　　　愛君詩思湧如泉

그때 육자(陸子)는 천금의 주머니로 　　　　　　　　當時陸子千金橐

다투어 여주(驪珠)로 객선을 비추는 것과 같네 　　　爭似驪珠照客船


듣건대 그대는 벌써 요도 호숫가를 지났다 하고 　　　聞君已過淀湖邊

돌아가 절에 누워 돌 틈의 샘물을 마시겠네 　　　　　歸臥雲林嗽石泉

가는 길은 이제 막히고 막혀 　　　　　　　　　　　行李秖今猶阻滯

실진의 비바람은 배를 묶어 놓았네 　　　　　　　　　室津風雨繫樓船


오랜 손님 곁에서 해는 저물어 　　　　　　　　　　歲色將窮久客邊

고향으로 돌아가는 꿈은 숲과 샘으로 싸였네 　　　　故鄕歸夢繞林泉

망망한 바닷길 언제 다하려나 　　　　　　　　　　　茫茫海路何時盡

선가(禪家)의 대원선(大願船)[183]을 빌리고 싶네 　　欲借禪家大願船

---

183 대원선(大願船) : 불교의 큰 발원을 배에 비유함.

## 이신당 도안
### 頤神堂道案

정암(靖菴)

하구에서 이별을 할 때 어질어질 꿈과 같고 남은 회포 많아 오래도
록 그치지 않았다. 시를 읊어 절구 한 수가 되었으나 보낼 수 있는 인
편이 없었다. 이에 멀리 문안하여 다시 옥 같은 시를 받으니, 받들어
보고 도리어 위로 받으며 지극한 감격을 느낀다. 삼가 오래 전에 지은
시를 드려 다시 본받으려 하며, 작으나마 성의를 나타낸다.

| | |
|---|---|
| 긴 강에 해 저물어 잠시 배를 대고 | 長河落日蹔停舟 |
| 초초히 잔을 전하며 이별의 슬픔을 적네 | 草草傳杯敍別愁 |
| 멀리 보타산의 찬 눈 내리던 밤을 기억하며 | 遙憶陀山寒夜雪 |
| 불등(佛燈)이 홀로 비쳐 탑은 그윽하겠네 | 佛燈孤照㙉龕幽 |

| | |
|---|---|
| 그리운 사람 멀리 푸른 구름 가에 먹혀 있고 | 佳人遙隔碧雲邊 |
| 매번 마니주를 생각하며 탁한 샘물을 비추리 | 每想尼珠照濁泉 |
| 선심(禪心)이 도리어 머물러 있음을 크게 고마워 하니 | |
| | 多謝禪心猶住著 |
| 은근히 문장으로 돌아가는 배를 묻네 | 慇懃麗藻問歸船 |

## 별종 장로가 부쳐온 시에 따라
### 奉次別宗長老惠寄韻

남강(南岡)

이별의 회포는 지금도 아련한데, 뜻밖에 문득 주옥같은 시를 받으니, 맑은 모습을 접하는 것 같다. 어찌 위로가 되겠는가만 겨우 시 한 수 지어 삼가 화답시로 드리니, 이후 사음(嗣音)은 또한 쉽게 붓을 잡지 못하겠고, 다만 슬픈 마음만 더할 뿐이다.


눈물 쏟아져 긴 강 저녁노을 가에서　　　　　涙洒長河夕照邊

이별의 슬픔 달랠 길 없고 술은 샘과 같네　　別愁無賴酒如泉

선가(禪家)에는 부배술(浮杯術)[184]이 있으나　　禪家縱有浮杯術

어찌 따라서 서로 만 리 가는 배를 얻으리오　那得相隨萬里船


## 정사 대인이 실진에서 보여주신 시를 따라서 4수 병인
### 追次正使大人室津惠示韻四首 幷引

별종(別宗)

하구에서 홀연히 이별하고, 거듭 다시 달빛 아래에서 사신의 깃발을 그리워하나 어찌 날개를 빌리리. 이제 옥 같은 소식을 받들고 갈망하는 마음에 위로를 얻는다. 그래서 앞의 시를 따라 그윽한 정을 펼치니, 다만 바다와 산으로 멀리 막혀있음을 안타까워하며, 사음(嗣音)이

---

184 부배술(浮杯術) : 산서(山西)의 한 고승이 조그만 잔을 타고 하수(河水)를 건넜으므로 사람들이 그를 배도(盃渡)라 불렀음.

무계(無階)하다.


### 그 하나

찬바람에 무로츠 해변에서 닻줄을 묶어      寒風繫纜室津邊

좋이 나그네 설움을 쫓고 샘물을 긷네      好遺覊愁汲澗泉

헤어지는 안타까움 가시지 않아 오래 울적한데      別恨未銷長懊受

홀로 탄식하기는 만 리 길 함께 배를 타지 못하는 것

                                        獨嗟萬里不同船


### 그 둘

다락은 남계의 대나무 꽃밭 가에 솟았고      樓聳藍溪花竹邊

멀리 덕유(德裕)를 쫓아 평천(平泉)이라 호를 지었네[185]

                                        遠追德裕號平泉

대명전에는 도리어 육잠(六箴)[186]이 있으니      大明却有六箴在

뒷날 나를 위해 돌아가는 배를 부치리      他日爲吾付返船


대명(大明)은 전각의 이름이다. 조선의 한성부(漢城府)에 있다.

---

185 멀리 … 지었네 : 평천장(平泉莊)은 당 나라 이덕유(李德裕)의 별장으로 낙양에서
30리 거리에 있음.

186 육잠(六箴) : 이덕유가 절서(浙西)의 관찰(觀察)로 있을 때, 소의(宵衣)·정복(正
服)·파헌(罷獻)·납회(納誨)·변사(辨邪)·방미(防微) 등 단의(丹扆) 육잠을 왕에게 올
렸음.

## 그 셋

| | |
|---|---|
| 날마다 뚫어져라 쳐다보는 해서의 바닷가 | 日凝眺望海西邊 |
| 저녁 비 아침 구름에 눈물을 쏟네 | 暮雨朝雲瀉眼泉 |
| 어찌 도타운 시를 잡고 읊기를 그만 두랴 | 幾把惠篇吟不罷 |
| 하구를 추억하며 더불어 배를 나란히 세우네 | 追懷河口共方船 |

## 그 넷

| | |
|---|---|
| 지난 날 적간(赤間)[187]의 백석(白石) 가에서 | 經過赤間白石邊 |
| 손님 가운데 잠깐 들러 시를 읊었네 | 客中徙倚弄雲泉 |
| 종소리에 놀라 깨니 북쪽으로 돌아가는 꿈인데 | 鐘聲驚破北歸夢 |
| 달빛 차디찬 산에 내리는 한밤중의 배 | 月落寒山夜半船 |

## 부사 대인의 세 수에 사례하며 이음 병인(幷引)
### 追謝副使大人三首 幷引

별종

내가 합하를 생각하는 마음을 가지고 합하가 나에게 마음 쓰고 있음을 안다. 과연 아름다운 시와 화답하는 시를 얻어 기쁨과 두려움이 겹치니, 그 목소리를 이어서 앞의 시를 따라 구구한 번거로운 생각을 적는다.

---

187 적간(赤間) : 아카마.

## 그 하나

높은 파도가 가령 온 배를 띄우나        層波假使泛千舟

헤어지는 온갖 슬픔 싣기 어렵네        難載分離萬斛愁

바닷길 멀리 멀리 돌아간 다음        海路迢迢歸去後

매화 핀 창가에서 시구를 찾으니 달 밝은 그윽함이여

                                  梅窓探句月明幽

## 그 둘

듣건대 그대는 벌써 병포(鞆浦)[188] 가에 있다니     聞君已在鞆津邊

문득 삼원(三元)[189]을 맞아 술을 빚네        忽迓三元酌酒泉

이로부터 동쪽 황제는 더욱 은택을 펴        從此東皇猶布澤

봄바람이 바다 건너는 배를 불어가네        春風吹送越溟船

## 그 셋

열 폭 돌아가는 배는 먼 해변을 향하고        十幅歸帆向遠邊

슬픔 견디며 이 이별은 황천에 이르네        堪愁此別及黃泉

다른 나라에서 누구라도 제주와 덕을 사모하지 않으리

                                  殊邦誰不慕才德

문사(文思)는 민첩하고 호방하여 물을 따라 흘러가는 배

                                  文思敏豪下水船

---

188 병포(鞆浦) : 토모노우라. 광도현(廣島縣:히로시마현) 복산시(福山市:후쿠야마시) 병정(鞆町:토모마치)의 남단에 있는 항만과 그 주변의 해역.

189 삼원(三元) : 여기서는 정월 보름, 칠월 보름, 시월 보름을 말함.

# 다시 종사 대인의 세 수에 창수하며 병인(幷引)
## 再酬從事大人三首 幷引

별종

동서가 달라 서로 만 리 거리인데, 외론 기러기와 강물 속의 고기는 한갓 감탄만 더한다. 부쳐주신 시를 보배처럼 어루만지며 차마 손에서 놓지 못하고, 다시 차운하며 조금 우현(憂懸)을 너그럽게 한다.

## 그 하나

| | |
|---|---|
| 두 줄기 눈물 밤새 베갯머리를 적시고 | 雙淚通宵滴枕邊 |
| 꿈속에서 스스로 맞아 시내와 샘처럼 쏟네 | 夢中自詡瀉溪泉 |
| 꿈에서 깨자 황홀함이 표격(標格)을 대한 듯하고 | 覺來恍若對標格 |
| 노래 끊긴 외론 강의 눈 속의 배 | 吟斷寒江雪裡船. |

## 그 둘

| | |
|---|---|
| 호기롭게 웅비하여 두우(斗牛) 가에 이르고 | 豪氣雄飛牛斗邊 |
| 시를 쓰는 칼끝은 늠름하여 용천(龍泉)과 같네 | 詞鋒凜凜似龍泉 |
| 자애로운 은혜는 백낙천의 시구로도 차운하기 어렵고 | |
| | 慈恩難次樂天句 |
| 어리석은 고집은 옛과 같아 다만 배에 새기네 | 頑戇依然只刻船 |

사객통통집(槎客通筒集) 권삼(卷三) 끝

정덕(正德) 2년 임신(壬辰) 5월 곡단(穀旦)[190]

文臺屋次郎兵衛

同 儀兵衛 개판(開版)

190 곡단(穀旦) : 곡일(穀日). 좋은 날. 길한 날.

# 섭주 하구 선상에서 이별하며 나눈 필어
## (攝州河口船上臨別筆語)

자조소도(慈照小徒) 조충(祖沖) 조회(祖會) 적음

○ 가슴에 가득한 이별의 안타까움을 입으로는 통할 수 없어, 그윽한 이 뜻을 다만 묵묵한 모임으로 대신하고, 오직 혜일(慧日)의 법해(法海)가 백겁(百劫)토록 탈 없기를 축원합니다. 정사(正使)

○ 총총히 석별하며 한 배의 헤어지는 안타까움을 어찌 펴리오. 이 땅은 마치 파릉(灞陵)[191] 같으니, 넋이 달아나게 해서는 안 되지요. 저 또한 말이 달라 정을 통할 수 없음이 안타까워, 망연히 잃어버린 듯합니다. 별종(別宗)

○ 한 잔 술로 서로 이별합시다. 사양하지 않으시면 다행이겠습니다. 정사

---

191 파릉(灞陵) : 중국 장안(長安) 동쪽에 있는 한 문제(漢文帝)의 능. 당 나라 시인 맹호연(孟浩然)과 관련이 깊음.

○ 비록 불교에서는 술을 경계하지만, 공의 명령을 따라 성대한 잔치가 되도록 하겠습니다. 이제 어찌 감히 사양하리오. 별종

○ 이별의 뜻은 끝없이 가고 머물 수 없으니, 다음 날 서로 생각하며 오직 동쪽 하늘의 달빛만 바라볼 뿐입니다. 적이 바라건대 도체(道體)가 길이 근신하시기를. 정사

○ 적이 공의 일정에 기한이 잇고, 사신 길 만 리에 따라갈 수 없음이 안타깝습니다. 헤어 진 뒤, 위수(渭水)의 나무와 강동(江東)의 구름[192]처럼, 부질없이 달리고 멀리 바라볼 뿐입니다. 별종

○ 만안(萬安) 만안하소서. 정사

○ 만만(萬萬) 비는 바, 사신의 배가 탈 없고, 속히 개선하시며, 다시 바라거니와 약서(若序)를 진섭(珍攝)하소서. 별종

○ 대사와 함께 오간 날이 얼마나 많았습니까. 그러나 아직 조용히 함께 한 시간을 얻지 못했지요. 이 어찌 천고의 시인과 일찍이 기약하지 못했을까요. 저 또한 석별의 시와 자그마한 이야기가 있으나, 소동

---

192 위수(渭水)의 나무와 강동(江東)의 구름 : 두보(杜甫)가 이백(李白)에게 지어준 시에, "위북춘천수(渭北春天樹) 강동일모운(江東日暮雲)"이란 글귀가 있음. 위북은 두보가 있는 곳이요 강동은 이백이 있는 곳.

(小童)이 무상(無狀)하여 도서를 가지고 벌써 멀리 가버려 여기에 대령하지 못했습니다. 동곽(東郭)

○ 비록 한 상을 나란히 하여 찬화(粲花)의 의론을 듣지 못하였으나, 동서 만 리에 서로 어울려 창수한 여러 편이 벌써 상자 속에 가득하니, 이는 하루의 우아함이 아닙니다. 이제 헤어지는 마당에 이 정을 어찌 소홀히 하리오. 별종

○ 대사는 정말로 천고의 걸출한 분입니다. 동곽

○ 어리석은 중에게 칭찬이 실재보다 지나치시니 매우 부끄럽습니다. 그대야말로 절세의 영재입니다. 지난 날 찾으신 시문은 헤어진 뒤 다행히 약속을 저버리지 마소서. 별종

○ 팔경시(八景詩)는 벌써 보내드린 화폭에 베꼈는데, 소동이 물을 엎질러 자획(字畵)이 젖는 바람에 분명치 않아 보기 어려우므로, 다른 종이를 구하여 써 드리겠습니다. 죄가 많습니다. 두 시고(詩稿)의 서문은 초하여 드리니 받아주시기 바랍니다. 동곽

○ 뜻밖에 이곳에서 얻으니 법문(法門)의 굉휘(光輝)가 얼마나 붉기를 더하는지요. 감사 만만(萬萬)합니다. 별종

○ 도서는 이미 멀리 가버려 무심히 훗날의 얼굴로 삼겠습니다. 경

구(敬具). 동곽


　○ 한번 헤어진 다음 다시 만나기 어려우나, 행색(行色)이 총망하여 남포사(南浦詞) 부를 겨를이 없군요. 간절히 바라기는 바닷길에 순조로운 때를 만나 평안하시기를. 별종


　동곽(東郭)이 스님의 손을 잡고 차마 헤어져 가지 못하는데, 손으로 귀에 대고 말을 하나 통하지 않는 형세였다. 주변 사람이 가기를 여러 차례 권하니 어쩔 수 없이 헤어졌다. 이에 노를 돌려 세차게 울부짖으니, 스님 또한 울며 얼굴을 가렸다.


신묘(辛卯) 납월(臘月) 18일.

正德初元辛卯鏤行

三韓使星旌 雄才於扶桑六十州之中

# 槎客通筒集

萬嶽老宿 揚美譽於析木數千里之外

洛下書肆 臨泉堂誌

## 槎客通筒集敍

　所以徵昇平驗至治者，在乎騷人詩賦里巷歌謠，而不在乎星象麟鳳嘉禾瑞麥之屬．蓋言者，志之華標，而情之外顯也．脉脉而興，呑呑而吟，冷冷而發，鏗鏗而嚮，夫脉脉呑呑意也，冷冷鏗鏗音也．動于志也，惟動故音，惟音故詩，詩出于情流，弗由人造，豈可不徵驗乎．正德改元，三韓信使來聘，官命萬年別宗禪師，使爲接伴，蓋故事也．迎使於攝浪速，赴于東武，而竟使事，送到浪速，而歸輯唱和篇什筆語數條，名以槎客通筒集．集有禪師及三韓諸君子之言，然非禪師及三韓諸君子之私也．言出於二國誠衷，被以華縟，著之詩賦，鴻篇短韻，其言不一．有頌治者，有讚德者，有述榮者，有慰勞者，有敍景者，有紀樂者，凡在集者，悉眞放實吐公唱直和，非矚於謟諛，非偏於愛惡，實所謂所以徵昇平驗至治者也. 盖館伴之謹嚴, 應接之勞擾, 詩筒來往, 酬唱陸續, 驛路之星晚, 河山之朝霞, 題詠風雅, 不徒閑過韓客所寄, 而無不答酬. 禪師所贈, 或有不答酬, 眞文字之禪, 而不啻禪熟已也. 輯而傳者, 何也. 範後之接伴韓使者也. 此般, 考事於往牒, 圖變於今規, 割正於中庸, 會通於典禮則, 凌駕先度, 傳法嗣來, 足矣故, 其酬唱貴賤競寫, 都鄙皆徧, 不可以弗傳焉. 予固不文, 然辱識知, 雖無來請, 當勉贊一辭, 而況乎有請也, 聊以冠首. 洛下後學, 北邨可昌謹敍.

## 槎客通筒集姓氏

趙泰億, 字大年, 號平泉, 又號謙齋, 朝鮮國楊州人, 乙卯年生. 通政大夫吏曹參議知製教, 今爲通信正使來.

任守幹, 字用譽, 號靖菴, 又號書坪, 朝鮮國西河人, 乙巳生. 通訓大夫行弘文館典翰知製教兼經筵侍講春秋館編修, 今爲通信副使來.

李邦彦, 字美伯, 號南岡, 朝鮮國完山人, 乙卯生. 通訓大夫行弘文館校理知製教兼經筵侍讀春秋館記注, 今爲通信從事來.

李礥, 字重叔, 號東郭, 生甲午歲. 乙卯進士, 癸酉文科壯元, 丁丑重試及第. 前任安陵太守, 今以製述官來.

洪舜衍, 字命九, 號鏡湖, 丁巳司馬, 乙酉文科. 現爲太常判官, 今爲正使書記來.

嚴漢重, 字子哲, 號龍湖, 參進士及第, 歷職秘書省博士・高敞郡太守, 今以副使書記來.

南聖重, 字仲容, 號泛叟, 爲副司果, 壺谷南龍翼第三子也. 今以從事書記來.

祖緣, 字別宗, 號頤神, 其先江州人, 姓源, 氏佐佐木. 以戊戌之歲, 生于賀之金澤, 受衣於中興光雲英中賢禪師, 而嗣法於前住相國覺雲吉禪師. 曾歷景德眞如住相國, 又賜紫遷南禪, 現居洛之萬年山下慈照禪院. 院有殿曰, 寶陀巖. 特奉官命, 迎送韓使于攝州浪速津.

# 槎客通筒集 卷一

## 慈照小從 祖冲祖會編

《昨日, 幸仰光儀, 極增愉快, 因賦蕉詩二篇, 奉呈正使趙公閣下, 伏乞莞政.》別宗

　　隣好不知幾百霜, 親傳遠信到扶桑, 五千里外鵬天闊, 數十日程驛路長, 上國群英容貌偉, 北京三傑姓名香, 莫言此地無風景, 處處令君皷繡腸.

　　霱雲罷霧映蒼穹, 忽見使星方向東, 清世秖今波浪穩, 蜻州鰈域一仁風.

《謹次別宗大師辱示之韻 仰塵道案》平泉

　　客裏逢秋鬢欲霜, 菊籬松逕憶柴桑, 來時海舶風濤壯, 去日江關道路長, 萬戶樓臺開活畵, 千林橙橘送清香, 濡毫強和高僧語, 旅恨詩情攪寸腸.

　　扶桑大樹拂晴穹, 客路行宮日出東, 聞說富山饒勝賞, 好隨飛錫趁秋風.

《野詩二篇 奉呈副使任公閣下 伏乞郢政》別宗

　　善隣千載不寒盟, 旌節悠揚渡大瀛, 釜浦清風馳舸艦, 扶桑初日掛銅鉦, 東方恰是琉璃界, 北域應思錦繡城, 禮際何須煩譯舌, 毛君通解兩

邦情.

久待星槎浪速邊, 綉衣耀日暮秋天, 東行萬里多奇勝, 先指千尋富士巔.

《奉酬別宗老師道案》靖菴

奉使來尋兩國盟, 星槎迢遞歷寶瀛, 同臻彼岸隨飛錫, 屢宿空門聽曉鉦, 正是秋風驚落木, 可堪行李滯孤城, 殊方依止參高釋, 詞翰時能道客情. 昌黎詩云, 僧盂敲曉鉦, 第四云然.

富山遙在海東邊, 聞說雲霞鎖洞天, 此去神仙如可遇, 試呼笙鶴戲高巓.

《下曲二首 奉呈從事李公閤下 伏乞叱正》別宗

遠渡重溟萬里程, 鷺洲鷗渚慰風情, 繡帆旣歷海西國, 玉節遙來江上城, 雄辯滔滔如水灑, 大名號號似雷鳴, 不辭灩澦瞿塘險, 一片舟心葵藿傾.

三使方舟駕碧波, 閑聽款乃一聲歌, 長洲別島八千路, 定識錦囊佳句多.

《謹步別宗大師惠韻 奉呈道案》南岡

幾處帆檣滯客程, 白雲天末獨傷情, 秋光正老扶桑國, 溟路初窮大板城, 萬里鄉書來雁少, 一窓羈夢斷跫鳴, 幸逢韻釋回靑眄, 不待論襟意已傾.

彩舟容與泛輕波, 簫鼓中流雜櫂歌, 城郭人民大都會, 繁華最覺此間多.

《鄙律一章 呈學士李君詞案倂正》別宗

遙賀我王紹襲來, 接艫連軸出雲隈, 衣冠濟濟千人傑, 金玉鏘鏘八斗才, 文吐彩虹輝兩國, 光分蓮炬映三台, 江南九月珠林裡, 筆下花生春色回.

《敬次別宗大師辱賜韻》東郭

海若扶將使節來, 清秋落帆攝津隈, 絲綸遠布交隣義, 幕府初非脫穎才, 圓嶠瑞光騰日轂, 仙都秀色聳天台, 沙門麗藻輝金玉, 絶勝銀河抱石回.

《再次前韻奉謝正使大人賜高和》別宗

秋老夜寒月照霜, 西風蕭颯動枯桑, 謾擔官命千釣重, 愧沒文才一線長, 幸是盍簪瞻德貌, 歸來滿袖帶餘香, 客中忽聽陽春曲, 解得愁人百結腸.

軒昂志氣薄高穹, 文旆悠悠向日東, 不厭旅程秋色冷, 浪華津上挹光風.

《奉謝頤神堂老師道案》平泉

蒹葭水國雁驚霜, 蕭瑟天風早隕桑, 逗節殊方秋欲盡, 伴燈孤館夜何長, 身依老宿塵緣淨, 座墜仙花寶偈香, 不有郵筒頻見寄, 客中那得緩愁腸.

迢遞禪樓近碧穹, 月明愁思海天東, 從師擬向蓬山路, 霞佩翺翔鶴背風.

《再賡前韻奉謝副使大人賜高和》別宗

汀鷺沙鷗似有盟, 晨香相伴入蓬瀛, 回頭吟就振金韻, 信手叩來如石鉦, 紫氣忽浮關外嶺, 紅霞斜引日邊城, 三夏月下南過雁, 只怕聲聲動旅情.

蒹葭倚玉海雲邊, 眷顧夏欣有二天, 四壁蟲吟秋夜永, 夢歸三角最高巔.

《敬酬別宗大師道案》靖菴

上人桑域主詩盟, 遠迓星槎涉海瀛, 高鶴山前隨卓錫, 毒龍波底避敲

鉦, 西來積水停孤棹, 東望長程接武城, 行李無端淹絶國, 一燈禪榻若
爲情.

古寺樓臺落日邊, 佳人悵望碧雲天, 從師欲訪流慈界, 箱嶺何如鷲嶺巓.

《再賡前韻奉酬從事大人賜高和》<u>別宗</u>

滄溟望盡白雲程, 淮岸吳汀惹客情, 民觀國賓盈巷陌, 官迎星使啓關
城, 丰標自與吾邦別, 聲價早於異域鳴, 庭際趨來賀無恙, 山河搖動屋
將傾. 前日地震故句中云然.

吏民擧國正奔波, 齊唱太平一曲歌, 莫厭江東經嶮棧, <u>八橋三保</u>賞遊
多. <u>八橋三保</u>, 本邦佳境也.

《疊次高韻謹呈別宗大師道案》<u>南岡</u>

箱嶺琵湖箄去程, 客床孤燭惱愁情, 危樓此夜瞻辰極, 征斾何時入武
城, 佳景漸看隨地勝, 道人還復以詩鳴, 如今喜托空門契, 談塵揮來一
座傾.

星槎萬里涉層波, 中夜歸心發浩歌, 明日更隨飛錫去, 蓬山何處靄雲多.

《再賡前韻 謝李學士詞案》<u>別宗</u>

白舫靑簾海上來, 秋風繫纜古城隈, 長征萬里傳君命, 專對一時擇士
才, 氣宇俊豪凌泰華, 筆鋒雄健振衡台, 莫辭盛宴三盃酒, 爲慰愁腸日
九回.

《敬呈別宗大師辱視韻》<u>東郭</u>

珍重郵筒去又來, 老師城裡我江隈, 天連大陸愁長路, 囊乏新詩媿短
才, 槎上秋光驚晼晚, 客中炎序閱恢台, 夢魂亦解思君意, 每入丹墀拜

稽回. 楚辭曰, 收恢台之孟夏.

《走賦一絕謹謝三使大人重賜高和》別宗
瓊瑤得報喜尤深, 堪聽伯牙一曲琴, 何恨故鄉消息少, 高山流水是知音.

《奉次頤神堂辱示之韻》平泉
江城秋晚客愁深, 萬里行裝只一琴, 欲把瑤徽彈夜月, 曲中歸思動南音.

《奉酬頤神堂道案》靖菴
旅榻蕭然古寺深, 休將大思寫瑤琴, 耳中若使塵根淨, 煩惱何從起二音.

《奉和頤神堂惠寄韻》南岡
支頤旅榻一燈深, 獨把鄉愁托素琴, 多荷上人珍重意, 數投佳什當蠻音.

《寄李學士》并引 別宗
山僧與李學士同在公館, 只通郵筒, 未得相見, 不勝感恨之至, 眞所
爲咫尺千里者也. 因賦一律, 以期他日團圓, 兼簡洪·嚴·南三君, 併要
高和.
　同居津上館, 接屋未相看, 咫尺如千里, 庭階隔萬巒, 有詩通意思, 無
語寫心肝, 只聽風騷會, 揮毫日起瀾.

《敬次別宗大師辱視韻》東郭
　辱訊驚頻至, 清詩喜再看, 曉鐘鳴古寺, 秋月掛重巒, 盛禮違攀袂, 深
情欲鏤肝, 行當浮彩鷁, 湖上弄晴瀾.

《謹次錄奉別宗大師道席》鏡湖

雅襟從座見, 佳句傍人看, 才敏如吞錦, 標高似聳巒, 惠詩驚入眼, 厚
誼欲輸肝, 明發乘舟後, 同揚淀浦瀾.

《謹次錄奉別宗大師法案》龍湖

虛辱詩賤惠, 無緣道範看, 慈航留海岸, 法座隔雲巒, 壯矚恢心眼, 高
詞琢肺肝, 微才愧抃和, 誰復挹文瀾.

《謹次奉別宗長老道案》泛叟

一點尼珠彩, 初於座上看, 錫飛曾過路, 菴憶舊棲巒, 喜得瓊琚字, 知
從錦繡肝, 慈杯如可借, 誰怕涉驚瀾.

《再次前韻謝製述官李君》別宗

翰林風月主, 誰作等閑看, 舟泊三更雨, 雲連萬疊巒, 賦詩忘客思, 持
節露忠肝, 筆力無人敵, 直回旣倒瀾. 九月廿六夜, 阻雨維舟澱浦, 故第
三句及玆.

《再次前韻酬鏡湖記室》別宗

海國秋光好, 轉眸子細看, 天王千載寺, 武庫幾層巒, 宜動酒詩興, 正
開金玉肝, 識韓眞耐喜, 文勢湧狂瀾. 四天王寺在難波城南, 聖德太子開創地
也. 武庫山在本城西北, 神功皇后藏兵器於其嶺故名.

《再步前韻謝龍湖記室》別宗

三秋將盡日, 落葉砌邊看, 滇泗漢江水, 嶔崟紺岳巒, 鶖飛隨使節, 雁
叫碎人肝, 萬頃龍湖闊, 可興洙泗瀾.

《再次答泛叟記室》別宗

歎息殊方客, 孝情句裡看, 欲尋先考跡, 獨上昔遊巒, 標格高超俗, 詩詞淨洗肝, 玉江齊發棹, 文鶂映清瀾. 玉江, 澱川舊名.

《再次別宗大師辱視韻二首》東郭

旅館徒相望, 龐眉尚未看, 曹溪天外路, 祇樹夢中巒, 盛禮迎龍節, 清詩擢繡肝, 根塵應已淨, 止水不生瀾.

海路行初盡, 仙區已飽看, 虹橋連大陸, 螻黛聳攢巒, 誕說傳鰲骨, 神方秘馬肝, 沙門有秀句, 筆下湧層瀾.

《再疊前韻錄呈大師道案下》龍湖

自托空門契, 仙標拭目看, 眞乘超萬劫, 飛錫超千巒, 座闢蓮生足, 詩成錦作肝, 詞源連法海, 筆下倒層瀾.

《別宗長老聞余感舊, 再步前韻, 特示慰意, 其情豈偶然哉. 玆敢忘拙疊和, 庸伸謝忱, 兼乞斤正.》泛叟

高禪迎遠客, 異域喜相看, 共泛平方浦, 同瞻愛宕巒, 清詩驚入手, 厚意感輪肝, 千里聯驂處, 摩尼照濁瀾.

先君持節地, 小子又來看, 旣涉滄溟路, 將尋富士巒, 遺篇頻入眼, 撫跡獨摧肝, 客淚共寒雨, 長湖添作瀾.

《又疊和以酬東郭詞伯及洪·嚴·南三記室》別宗

佳作忽盈篋, 篇篇不厭看, 胸襟藏雪月, 意氣振巖巒, 羨子抽麟角, 笑吾抱鼠肝, 禪河閑冷冷, 何處起情瀾.

李白人中鳳, 文才喜飽看, 吟斟一斗酒, 坐對千尋巒, 馬瘦難成步, 猿

啼欲裂肝, 遲明如得霽, 大堰可凌瀾.

　再和贈<u>金谷館</u>中. 此日阻水止宿于茲故, 句中云然.


《疊和以慰泛叟詞伯感舊之情》<u>別宗</u>
　何恨語言異, 新詩日日看, 交情深若海, 偉貌屹如巒, 懷舊頻揮淚, 輸誠耐刻肝, 筆端成鼓舞, 倒瀉鴨江瀾.
　天晴風景好, 正作畫圖看, 舟楫經滄海, 旌旗繞碧巒, 雲深迷客夢, 水淨洗吾肝, 路上松千樹, 聲聲似鼓瀾.


《四疊前韻奉別宗長老道案》<u>泛叟</u>
　海陸無時盡, 風煙不厭看, 妖花冬著樹, 凍雪夏凝巒, 壯矚窮鰲背, 衰毛拭馬肝, 星槎期早返, 歸路更揚瀾.


《澱川舟中偶作二首錄呈李學士及洪·嚴·南三君博粲》<u>別宗</u>
　百丈率舟遡碧流, 山光水色滿吟眸, 客行更喜家園近, 明日應須入帝州. 其一.
　河上共乘般若舟, 頓離火宅作天遊, 正觀轆轆水車轉, 門外何須羊鹿牛. 其二. 見水車有感.


《敬次別宗大師辱視韻》<u>東郭</u>
　禪流餘事擅詩流, 錦繡新篇洗客眸, 自媿行程吟興盡, 風光虛負幾名州.
　君是禪門第一流, 同來猶未對青眸, 丈夫肝膽何曾隔, 咫尺鷄林接馬州.
　小桶累累似漏舟, 奇觀最覺冠茲遊, 機牙戞戞淸流瀉, 城裡家家飮若牛.
次水車韻
　一車功用勝千舟, 執靮非徒合遠遊, 自有飜波能轉戞, 駕行雙轂豈須牛.

《追次淀浦水車韻謹呈別宗長老禪案》鏡湖

水車之下繫征舟, 漢上還如子貢遊, 底事高輪旋幹急, 爲因灘勢轉黃牛.
岸夾長河滾滾流, 風光隨處屬閑眸, 黃昏停棹層城下, 道是京西第一州.

《謹次別宗大師寄惠韻》龍湖

正宗慈海溯源流, 欲借金篦括我眸, 聞說仙鄉桑梓近, 洛城從古是王
州. 此作和置已久, 而行役逐日, 卒未能錄呈矣. 今始書上, 恨爲後時之
欠耳.

蘋洲容與木蘭舟, 詭覯奇觀辨壯遊, 湖上水車資灌漑, 田家絶勝服箱
牛. 在京都時所作故, 第一絶及之.

《謹次別宗長老路中惠示韻》泛叟

彩鷁聯翩溯玉流, 風煙收取入雙眸, 若論大坂繁華勝, 應冠東南六十州.
繫水車傍繫客舟, 看他異制亦奇遊, 初疑地軸鱻江海, 還似天樞轉斗牛.

《疊韻酬李·洪·嚴·南四先生》別宗

水光激灩玉江流, 雲盡秋天豁兩眸, 文鷁到邊山色美, 韓人當識是皇
州. 澱河

學海深窮洙泗流, 餘波浸潤洗禪眸, 豪才何讓崔金輩, 爛爛文章照日
州. 曾聞金富軾崔致遠, 貴國大手筆也. 故句中及之.

百里同浮官渡舟, 輪扁妙斲壯奇遊, 滿城不患相如病, 却勝祈山馳木
牛. 水車

空裡飛泉瀉客舟, 玉川川上耐優遊, 團圓奇樣難倫比, 永作輪廻一磨牛.

《疊次錄呈別宗大師求教》泛叟

休言儒釋不同流, 異地相逢青兩眸, 報我瓊琚盈一篋, 何時歸去詫吾州.
河口逢迎竝彩舟, 陸行千里更同遊, 元來兩域連蜻蝶, 莫道人如風馬牛.

《用新韻謹呈別宗大師旅榻》東郭

關河十月竝鑣還, 怊悵淸儀尙未攀, 水驛有時聯彩舫, 筍輿無處不靑
山, 義孚言語交酬外, 禮在詩篇迭和間, 公館蕭條孤燭夜, 也應長憶上
方閑.

儒釋非同道, 閑忙各異門, 只緣王事重, 還屈法師尊, 曉月重關路, 昏
星古驛村, 何時拚勝集, 一笑醉淸樽.

《漫次東郭先生辱視韻》別宗

東遊何日向西還, 九折羊腸幾度攀, 呼杖當登淸見寺, 凭欄堪望富慈
山, 半年祗役公程裡, 萬里歸鄉醉夢間, 賴有騷人憐懶衲, 豈思野水白
鷗閑. 富士一作富慈

天然胸宇濶, 儒釋未分門, 恆好程朱學, 深知孔孟尊, 箕邦眞聖域, 蓬
嶋是仙村, 方外幸容我, 社盟傾一樽.

《官命設筵於本國館慰勞三使大人, 因賦野律一篇, 奉呈僉公閣下》
別宗

處處設筵作勝遊, 應須取醉解覊愁, 林間楓染映斜日, 籬下菊殘餘素
秋, 雲宿堂前千尺塔, 路通門外一條流, 已凌渤海鯨波嶮, 從次驛程接
武州.

《謹謝別宗大師詞案》平泉

隨君著處辨奇遊, 仙館開樽慰客愁, 蓬崎烟霞元勝境, 菊花風雨又殘秋, 半年行役窮源去, 千里歸心逐水流, 富岳參天箱澤濶, 不知何日到江州.

《敬贈別宗大師道案》靖菴

海外仙槎汗漫遊, 且從公讌散鄉愁, 天涯去路餘千里, 客裡審杯餞九秋, 聊把詞章通異俗, 休言緇素本殊流, 今來不負觀風志, 文教方興六十州.

《訓謝別宗長老道案》南岡

專對翻成萬里遊, 異鄉何限望雲愁, 海中形勝窮三嶋, 客裡光陰度一秋, 太守華筵仍酒食, 山人綺語自風流, 鄒生寓說曾非誕, 到此方知更九州.

《江州驛路再次前韻謝平泉趙公詞案》別宗

行舟盡處更東遊, 探勝尋奇遣旅愁, 湖水總涵天與地, 客裡已過夏兼秋, 萬重群岳暗蒼樹, 千丈長橋橫碧流, 多謝佳人珠玉贈, 喜看文彩照桑州.

《再次前韻敬酬靖菴任公詞案》別宗

徐福昔時作遠遊, 曾來蓬嶋竟無愁, 仍孫紹續幾多世, 遺跡芬芳千萬秋, 自古鴻臚迎異客, 于今雞貴似同流, 此行詩思在何處, 混瀁琶湖繞一州.

《再次謹謝南岡李公詞案》別宗

遠泛仙槎海外遊, 旅程萬里積覇愁, 開基箕子八條訓, 祝壽檀君千載秋, 屢侍公筵瞻霽月, 同居賓館愧凡流, 湖山相對感情切, 我祖遺蹤在次州. 山僧生<u>佐佐木</u>氏家, <u>佐佐木</u>元係<u>宇多天皇</u>之裔, 世世相繼, 在<u>淡海州</u>, 都<u>觀音城</u>, 今已廢矣. 因有感故, 句中及之.

《奉謝別宗長老疊示之韻》平泉

前夜同成秉燭遊, 一樽聊復緩鄉愁, 風簹遠雜蕭踈雨, 香橘猶含爛漫秋, 王事半年窮海路, 客行明日溯天流, 殊方幸托空門契, 慧眼如今得<u>趙州</u>. 聞天流河在前故, 第六及之.

《復和別宗辱示之韻》靖菴

星軺遠涉海東遊, 歲暮那堪久客愁, 縱有淸樽空對月, 頓驚華髮不禁秋, 驛程烟樹迷寒雨, 官渡舟梁截碧流, 天際連山靑欲晦, 譯人傳是<u>尾張州</u>.

《奉和別宗長老疊示之韻》南岡

好伴禪翁辨壯遊, 每逢佳境輒寬愁, 雲嵐漠漠山多雨, 禾稼穰穰歲有秋, 一路直穿平野遠, 三川斜抱大村流, 東關此去猶千里, 形勝前途復幾州.

《呈製述官李君詩》別宗

壬戌之秋, 余與<u>成翠虛</u>及<u>李鵬溟</u>·<u>洪滄浪</u>三鴻生, 邂逅于<u>洛下</u>本國館. 一別之後, 無階問喉, 不審僉公珍勝否, 欲一逢君問之, 不果因循, 至今因賦一絶, 以抒其情.

邂逅詞林三學生, 篇篇聯璧李洪成, 遙天鴻盡音書絶, 歸日爲吾寄此情.

《敬次別宗大師辱視韻》東郭

三人共是曾諸生, 二子登仙道已成, 只有洪厓猶在世, 日東雲物每關情. 鵬溟及翠虛已作千古人, 洪滄浪獨在世, 每對余, 輒說日東之勝, 娓娓不知倦故及之.

只爲吟詩太瘦生, 長途取次幾篇成, 寶茶珍菓供仙味, 盛餽誰如韻釋情.

《再次酬東郭先生》別宗

往年洛下遇三生, 禮樂文章共老成, 一子猶存餘子化, 半憂半喜若爲情. 兹承翠虛鵬溟已逝, 滄浪猶在世, 娓娓說我國之事, 悲喜交加, 因再用前韻.

雨打旅窓寒氣生, 孤燈影淡夢難成, 玉廚豈敢添滋味, 一種野芹愧薄情.

《辛卯初冬十日, 大井川水漲, 駐龍節于金谷驛, 因賦一絶, 奉呈三使大人旅榻》別宗

洪河水漲浪崢嶸, 無筏無橋滯客行, 幸有馮夷識人意, 暫留玉節慰覇情.

《奉謝頤神長老道案》平泉

朝來嶺坂度崢嶸, 寒漲如何又阻行, 歲晏歸期難可卜, 一燈遙夜故園情.

經秋病骨瘦崢嶸, 千里東關幾日行, 多荷上人勤問訊, 一詩珍重見深情.

《謹詶頤神長老見惠之韻》南岡

肩輿金谷歷崢嶸, 河水無梁又滯行, 古驛寒宵愁不寐, 上人詩句最多情.

《敬次別宗大師辱贈韻》東郭

撑雲富岳秀崢嶸, 仙賞心催指日行, 欲渡洪流嗟未得, 波神何事太無情.

《奉次別宗長老辱示韻》鏡湖

愛君詞賦老崢嶸, 時寄佳篇慰客行, 金谷一宵同滯雨, 旅窓孤負話新情.

《敬次別宗大師惠寄韻》龍湖

天涯歲月已崢嶸, 未返星槎萬里行, 河水無梁難可越, 一宵孤館若爲情.

《走筆戲次別宗長老惠示韻》泛叟

傾[1]瞻富岳雪崢嶸, 野渡無船不可行, 道士有杯難更試, 吟詩謾慰旅人情.

《又以一絶謝茶餅之惠》鏡湖

糖饒紛葛兩相宜, 一沃乾喉且療飢, 覘出中心情味厚, 拙詩珍重謝吾師.

《次謝鏡湖詞伯惠韻》別

聞說雞林風土宜, 天涯相憶似調飢, 如今幸有鄭生在, 詩法欲求一字師.

《咏富士山三首錄呈三使大人吟桉下求教》別宗

海國山王是士峰, 天開一朵玉芙蓉, 四時積雪爛銀色, 假若岱衡應讓崇.
東遊歷過富山陲, 朝靄夕暉景狀奇, 定識神靈多喜色, 三韓嘉客競題詩.
我國神仙宅, 名巒處處饒, 富士稱第一, 山湧孝靈朝, 根蟠三州裡, 頂

---

1 원문에 '傾當作顧'라는 난외필기가 있음.

甃揷層霄, 形全蓮八葉, 嵌寶起寒飆, 寶光常發現, 時聞奏仙籟, 炎天飄
白雪, 四序積瓊瑤, 曩昔秦徐福, 逾海來玆嶠, 謂是蓬萊嶋, 望歸樂意
超, 楚帖記靈勝, 唐人識高標, 梵琦亦入咏, 傳誦望彌喬, 海蘸半邊影,
煙橫一帶綃, 巉岩映晨旭, 奇景不易描, 今古騷雅客, 登眺有歌謠, 聞說
雞貴域, 金剛最嵜嶢, 不知能配否, 想像萬里遙.

《奉次頤神長老望富士韻》

　海上雄蟠第一峰, 亭亭淸水擢芙蓉, 何如萬二金剛勝, 箇箇瓊巒拔地崇.
　半年遇矚遍東陲, 最愛名山景更奇, 何幸上人知客興, 旅窻題寄數篇詩.

《淸見關望富士一絶呈三大人》別宗

　湧出半空萬仞巒, 千秋積雪玉光寒, 何期今伴異邦客, 淸見關頭停駕觀.

《奉次頤神長老惠示韻》南岡

　雲端岵屼露奇巒, 萬古長含雪〈夜〉寒, 明日欲隨飛錫去, 共登危頂極
冥觀.

《途中望富士作呈東郭詞伯及鏡湖·龍湖·泛叟三兄》別宗

　迢遞修程日伴遊, 今朝偏覺興悠悠, 指出搏桑第一岳, 萬里海上曾望
不, 螺鬟雪堆衝廣漢, 遠送翠翹十五州, 高寒六月凝冬〈夜〉, 引睇消忘
炎燠憂, 記得宋濂遙聞勝, 曾題歌曲此寄投, 傳誦白鷗素毳句, 目前全
露古今侔, 群賓幸來自隣域, 藻思麗才足唱酬, 山靈也須開笑臉, 玉振
禁聲載道優, 毛錐頻滴鷄林翠, 研海且傾鴨綠流, 等閑揮寫都無恡, 不
盡景光寫不休, 此去武陵駐節日, 齊登君王碧玉樓, 樓頭試又回頭看,
富士依然眉睫浮, 秀氣到處堪賞愛, 再撚吟髭可夷猶, 多少騷人陪几席,

有聲畵裡共開眸, 一峰分化萬峰去, 錦囊收拾載歸舟, 漢城殿上呈明主, 無窮風韻復焉廋.

槎客通筒集卷一 終

# 槎客通筒集 卷二

《敬次別宗長老富士山韻》東郭

我恨不得早向中州遊, 鶴野連天阻且悠, 又恨不能一出九州外, 不知更有神山. 得如五嶽不今歲, 仙遊天借便, 遠隨使節來蜻州, 蜻州流峙, 自古擅奇勝, 一崢一瀯, 無不與目謀與耳謀, 而使我失覊憂. 就中富士之山, 嵬巍屴崱, 磅礴嵚崎, 而蔚爲衆山祖, 皦皦然燦燦然, 恍如萬斛明珠, 捲向海上, 投大包之內, 攙天截雲之攢巒叢崿. 雖巧歷不可盡數, 騰踔之勢, 或加與侔, 而靈異環奇不可侔, 肩輿三日繞山行, 仙賞初心此可酬. 涉重溟之險, 歷穹壤之僻, 而乃能辨此天外之奇觀, 所得比之子長. 吾實優吾所以愛此山者, 非爲蟠根之大走勢之雄, 最愛夫天地清淑之氣結而不散凝而不流. 吾將折扶桑, 而爲尖毫傾東海, 而作硯池, 運奇思, 騁雄藻, 描寫此山千萬森羅之景然後休. 又欲採得眞宰所種, 富媼所秘, 山中之美玉, 劚作峨峨屹屹空中樓. 要令日月, 席上出更鎭乾坤, 海中浮, 左携安期, 右挾羨門, 相與偃息而夷猶, 可摘星辰, 綴我胸, 可把沆瀣, 洗我眸. 御尻輪, 駕風馬, 上朝三十六玉皇, 莫道銀河不可舟, 跪受長年不死之神術, 玉笈眞詮寧我廋.

《奉次頤神長老富士山韻》鏡湖

夙昔常懷汗漫遊, 今我東浮海路悠, 昔聞富嶽今見之, 此外復有三山不, 秀色嵯峨摩九霄, 厚根磅礴蟠三州, 眞仙定向此中居, 欲往無路心煩憂, 何當慾界脫夙障, 萬丈峰頭足一投, 峰頭積雪貫四時, 灝氣寒光難比侔, 師能詠出眞面目, 一篇寄我要相酬, 金天玉女蜀白塩, 較來未知何山優, 茫茫靈嶠六鼇死, 霜骨堆巓山此流, 吾師麗藻更秀出, 千古詩壇有慧休, 安得隨師入杳冥, 共上蓬山幾重樓, 不然我將携師去, 一棹西指鷄林浮, 踏盡金剛與妙香, 仙都日月同夷猶, 今來共作千里遊, 兩情依然慰靑眸, 人生且可從吾好, 萬事元來等堅舟, 禪心慧眼我所服, 師信高人焉可廋.


《奉次頤神大師富士山韻錄奉》龍湖

昔我久聞富嶽之勝, 思一遊, 每恨重溟隔限道途悠, 今我東來始見眞面目. 不知海中靈鼇, 祗今頭戴, 不屹峙峰巒億萬丈, 蟠攄支根數十州. 初疑共工怒觸不周峰, 上陷乾寶, 恐貽媧皇憂, 又疑夸娥戲拆須彌山, 遂將一角, 遠向天東, 投絶頂長, 留鴻濛萬古之積雪, 雲興霞蔚, 朝夕變態, 氣像難比侔. 我欲足遍天下五岳諸名山, 坐出偏邦, 尙未仙債酬, 天台之靈異, 鴈宕之鉅麗, 武當之陡絶, 廬岳之峭峻, 將比玆山, 孰爲優. 曾聞延曆之年, 雲霧晦冥十日, 而蓮花八葉生, 上有窪穴甘泉流. 又聞闕旆之歲, 土灰昏暗三日, 而螺鬢一朵出, 長得兒孫效禎休, 始知眞仙在此閒, 日月照耀瓊瑤樓. 我東亦有金剛之奇勝, 一萬二千白玉奇峰, 削出天中浮, 應知兩山隔海, 相望作昆弟, 相與揖遜毋相猶. 王程有限, 可望不可親, 回首馳神勞兩眸, 歸時準擬, 登臨一快覩然後, 方可理歸舟. 賴有道人形容描寫, 示我一篇作, 我知岡巒體勢, 一經慧眼焉可廋.

《奉次別宗長老望富士山韻》泛叟

　世外有山仙人遊, 碧海茫茫路悠悠, 聞道金鰲骨已霜, 背上蓬瀛今世不, 遂令天下火食人, 但見浮烟點九州, 燕齊迂怪寂無語, 群仙上訴眞宰憂, 帝命夸娥做三山, 爲向東南海上投, 桑溟一峰是富士, 漢挐楓岳名相侔, 嵬然鼎崎各誇雄, 隔海相望如相酬, 和得其一韓得二, 兩國較勝誰爲優, 但怪玆山初聳時, 長湖忽坼琵琶流, 又聞飛灰百里天, 添作奇峰呈祥休, 頭上不消四時雪, 玉柱如捧天上樓, 昔我先君畵一本, 早見螺鬟出雲浮, 邇來五十有七年, 不識屛顔今古猶, 自驅征車向江戶, 幾多回首騁遠眸, 遙岑始瞻遠州路, 一面快覩今河舟, 寄語陰雲莫更蔽, 我識山容爾焉廋.

《日者, 別宗大師辱惠富士山諸篇, 披復吟繹, 頓令行旅忘苦顧, 道途擾攘, 未暇遂篇步和, 略搆長句一首以謝盛意, 且希雲壑長老雷炤.》平泉

　君不見富士之山何穹崇, 乃在九州之外東海東, 東海浩浩不見際, 扶桑日月生其中, 此地建國幾千年, 厥初邈矣開鴻濛, 鄒生騁說果不虛, 豎亥健步曾無窮, 國無名山但積水, 富媼上訴愁天公, 一朝地坼波翻神嶽湧, 屹然萬丈撐蒼穹, 此事云在孝靈時, 非如誕說欺愚蒙, 蟠根迴壓大陸平, 遠勢橫帶滄波洪, 一朵亭亭玉芙蓉, 常時雪霰長蒙籠, 爽氣晨凝沆瀣精, 寒光夜徹鮫龍宮, 每年朱夏苦熱時, 赤雲赫赫恆燒空, 炎方卉木焦欲盡, 猶見山頭雪未融, 上有深淵號天池, 徬開竇穴生寒風, 餘波汎濫散幾派, 川澤縈紆瀉奔潨, 復道年前有異事, 山中十日天火烘, 煙沙蔽天晝晦冥, 忽有一峰騰穹窿, 仙區儘多靈怪迹, 幻弄豈非眞宰工, 我昔聞之願一見, 今日星槎路始通, 新晴駐車看山色, 晚風一掃雲曈曨, 怳然身遊群玉岑, 瓊瑤觸目光玲瓏, 頤神老師伴我行, 爲言此是眞瀛蓬, 往往白日聞笙簫, 仙侶翩翩駕輕鴻, 遊戲雲中人不識, 骨靑髓綠仍紺瞳,

桂旗芝蓋條來往, 琪樹瑤艸何蔿葱, 惜乎僻在重溟外, 古來見者惟秦童,
千秋詞客少品題, 賁飾獨有金華翁 金華宋濂之號 若令置之中國土, 何遽
不若岱與嵩, 我道此山固環偉, 吾邦亦有金剛雄, 金剛一萬二千峰, 箇
箇削玉多靑楓, 安得與君一陟毗盧頂, 細論二山形勝同不同. 金剛有一
萬二千峰, 又多楓樹, 故易名楓岳. 毗盧卽其最高峰命.

### 《富士山行》靖菴

太虛運無閡, 淑氣海外鍾, 磅礴蟠地根, 突兀挂天峰, 天遣鎭日東, 挺
出玉芙蓉, 皚然太始雪, 萬古頂上封, 咫尺俯暘谷, 陽暉金可鎔, 胡然固
其節, 凝沍無夏冬, 半腹靈霧洩, 一帶白雲濃, 中間滙爲澤, 默然藏蛟龍,
源泉勢濫觴, 分流怒撞舂, 我來泛星槎, 遠躡博望蹤, 海陸五千里, 名山
曾未逢, 昨度金嶺峻, 始瞻富岳容, 亭亭似植珪, 璨璨如疊琮, 高標壯遐
矚, 爽氣盪塵胸, 傳聞三島近, 鶴馭來喬松, 琳琅月珮響, 葳薤芝蓋襛, 咸
池濯朝髮, 沆瀣爲晨饔, 荒外足靈怪, 仙籍無凡庸, 此事終怳惚, 異術聖
所攻, 惜哉玆山僻, 遠隔層溟洶, 如令參五嶽, 祀典宜所宗, 幸叨使華榮,
天敎勝賞供, 眞源杳莫問, 羽客邈難從, 欲窮靈嶽美, 難旣柔翰鋒.

### 《更吟長句一篇, 奉酬頤神長老五言古詩之惠贈, 以愽一粲, 兼賞雲鏗長老雷矙》南岡

富山鎭日域, 氣勢一何壯, 磅礴復嶙崒, 其形似覆盎, 下蟠積水上于
天, 特立萬古誰敢抗, 大抵東南地軸傾, 上帝憂之勞意匠, 乃命眞宰運
元氣, 屹然海上峙高嶂, 巨鼇縮頸不敢載, 大鵬礙翮何能颺, 風生竅穴
作調刁, 水洩靈池任奔放, 俯視群山盡兒孫, 逶迤出沒如波浪, 每見雲
霞逗半壁, 常時不許露眞狀, 歸墟之地近暘谷, 赫日燒空多炎瘴, 峰頭
獨留太古雪, 璀璨瓊瑤色相盪, 六月烘窯亦不消, 四時贔屭寒氣旺, 天

下山唯五嶽尊, 兹山神秀何遽讓, 惜哉遠在夏服外, 祀典不曾舉柴望,
我有平生濟勝具, 尋眞自擬追禽尙, 西遊香嶽理蠟屐, 東陟金剛携玉杖,
此外名山不可數, 冥搜著處窮趺宕, 地偏猶嫌眼孔小, 海外仙區思遠訪,
丈夫持節亦云榮, 萬里星槎泛混瀁, 十洲三島歷遍多, 見此倍覺煩襟暢,
氛翳捲盡山骨露, 削出芙蓉半天上, 也是微誠有感通, 衡岳開空事堪況,
翛然爽氣逼肌骨, 浩蕩奇遊實天貺, 聞說仙人此窟宅, 銀臺金闕紛相向,
飆輪芝蓋倐去來, 種得金光幾許長, 欲往從之腋未羽, 使我徒然起惆悵,
扶桑更擬晞我髮, 明日征車路脩曠.

《正使大人見咏富士山佳篇依韻奉謝詞案下幸勿叱擲》別宗

君不見, 富士巋崒, 正與天乎比崇, 萬古長鎭, 野馬臺之東. 商舶往來
緣海國, 遙望杳靄有無中, 萬丈秀出層霄上, 膚寸雲起自冥濛, 須更變
化不可測, 朝暉夕陰興無窮, 巨鰲背上戴得否, 天然奇容造化公, 頂撑
八葉如玉削成, 就中釋迦高薄層穹, 形如蓮花新出水, 纔見山色解昏蒙,
天開一幅活畫圖, 方識由來宇宙洪, 爲破塵劫無明暗, 誰閣水晶一燈籠,
徐市遁秦來此土, 傳是海上蓬萊宮, 紫煙隨風裊裊颺, 繚繞連延橫碧空,
萬岳千峰爭鐘秀, 暖氣回時冱水融, 此峰六月飛白雪, 大地無端生冷風,
玉筍瑤簪森列無際, 半腹吐泉遂漲驚潨, 扶桑朝旭離海時, 白雪飜紅色
欲烘, 箱嶺躋攀半日程, 湖面倒影更馮窿, 萬里望處不改容, 綽約芙蓉
出天工, 名播四海九州外, 隔鄉枕上夢魂通, 方今得仙人九節杖, 快晴
決眥日正矇曨, 吟成瓊篇孫綽賦, 試擲地來響瓏瓏, 洛陽傳寫紙價貴,
客中玩弄慰飄蓬, 傳聞金剛人世仙境, 知是探奇已逐翔鴻, 咸陟一萬二
千峰, 岫峋岣嵲嶪巀雙瞳, 神闕騰空捫星斗, 異花靈艸正青葱, 英靈所鐘
風物奇, 澤不涸兮山不童, 願隨星槎踰渤海, 觀光遠携木面翁, 比擬周
回三千里, 泰嶽超出嶮巇, 三十六峰高嵩, 鷄林處處多名山, 天馬鳳頭

曷爭雄, 虛空織作紅錦繡, 應產琥珀千歲楓, 是法平等無高下, 這裡何爲論異同. <u>釋迦岳</u>富士最高頂名.


《奉次靖菴任公富士行高韻》<u>別宗</u>

瞻彼<u>富士山</u>, 靄然秀氣鐘, 根蟠<u>豆相駿</u>, 勢壓九疑峰, 行行吟望足, 亭亭玉芙蓉, 三伏炎蒸盡, 千秋積雪封, 雲散銀色耀, 太陽炙不鎔, 驛程歷秋夏, 荏苒屆仲冬, 氷柱掛檐上, 曉樹霜更濃, 西東來往路, 宛如雲從龍, 到處開盛宴, 萬里粮何舂, 域外幸持節, 應須訪仙蹤, 渺渺蓬萊嶋, 人間也難逢, <u>白山</u>及<u>立山</u>, 爭若此奇容, 萬歲太平基, 禋祀奠黃琮, 古來風騷客, 誰不豁吟胸, 谷有千種藥, 峰無一株松, 橫空素羅笠, 四時翠色穠, 雲表降淸露, 足以充飧饔, 公是<u>任金</u>輩, 雄才阜不庸, 讀書道早成, 術業獨自攻, 文如黃河注, 波瀾已洶洶, 禮樂學三代, 顯仕興九宗, 山靈爲護衛, 送靑詩料供, 軍儀肅無譁, 如水徒旅從, 愧我衰朽質, 安能當機鋒. <u>白山</u>·<u>立山</u>, 皆在北州, 與<u>富士</u>爲三大山.


《奉次南岡居士見惠長篇》<u>別宗</u>

字字挾風霜響淸壯, 恰如雞登木牛鳴盎, 丈夫豈能忘桑弧,′豪氣高志不可抗, 重溟遠泛客槎, 君是騷壇宗匠, 朝爲百賦暮千詩, 錦囊收拾幾萬嶂, 玉穴瓊岑波面危, 帆腹飽風舟輕颺, 長汀遙浦動覉愁, 鳧渚鷗洲得閑放, 儒釋雖異道交同膠漆, 元非卍兩輩, 却愧漫浪, 蔬荀莫笑, 通郵筒對境, 宜詠風雲狀, 半年行役異鄉人, 旅程幸免黃茅瘴, 門前車馬更喧囂, 士卒奔走天地盪, 王使臨館頻相迎, 禮容濟濟又旺旺, 皆謂淡水君子交, 恭敬撙節共退讓, 自古鰈蜻兩域往來久, 絡繹至今海西海東, 立苑擬<u>博望</u>, 所經多是仙佛之居, 殘山剩水足以嘉尙, 登危涉險不蹉跌, 隻手斜引<u>郭休</u>杖, 杖頭<u>富士</u>峰, 巍屹沖天萬由旬, 心開目遊, 若飄浮騰上而放宕,

仙簫徹霄響琳琅好, 停輶車苦尋訪, 絶頂深窪似炊甑, 甑底有池水泱瀁,
聞昔白衣二夫人, 歌舞幽懷舒以暢, 紺竹叢生恆凌寒, 丹鳳白鶴遊其上,
攀崖開路役居士, 從此幽人繼來況, 中華樂浪文章士, 遠投盛藻是珍貺,
五嶽七金各嶵嶭, 杳茫隔海似相向, 南岡先生伴瘦筇, 吟盡風景無冗長,
想像毘廬頂寧頁紅絹楓, 野衲無術縮地空, 悒悵安得一登最高巓, 目小
天下心夷曠. 役居士, 役小角也. 爲人有異術, 能窮深山.


## 《感一絶錄呈別宗長老道案》泛叟

　奧我先君壺谷先生, 拭玉是邦也. 接伴達長老九巖 · 栢東堂茂源兩大
師, 辛勤護行於海陸四千之程, 伊時相厚之情, 豈以緇素有別而區域相
間哉. 其所與酬唱之作, 不啻數十篇, 合爲一帖, 留作寶玩之資. 仍附次
韻原韻於詩集中, 今已刊行于世, 夫我先君之愛其人不遺其所作, 必欲
珍藏而壽傳者. 如此則, 兩長老之寶我先君之什, 而欲壽其傳者, 其情
豈有異哉. 兩長老雖已視寂, 兩家闍梨中, 必有傳得其衣鉢者矣. 若使
僕忝與相見則, 可以覓覽遺軸, 共敍疇昔, 少紓僕悲苦抑鬱之情, 豈不
幸哉. 今僕忝名記室, 樂赴窮溟萬里之外者, 徒以踵先君之遺躅也. 雖
一路所經山川景物, 苟有彷彿於當時吟詠之篇者則, 未嘗不抆涕而興
感焉, 而況遺唾餘墨之於身, 親見者哉. 玆搆一絶, 仰申此意, 幸乞大師
矜憐, 而指敎之. 俚遂至懇則, 其於慈悲之惠, 亦豈淺淺也哉.

　先君指節記當年, 萬里相從有兩禪, 賓館唱酬多少什, 不知零落在誰邊.


## 《酬泛叟南公視韻》別宗

　曾聞壺谷先生恭承王命, 遠使于我國時, 九岩 · 茂源兩翁接伴賓館,
海陸萬里唱酬之作, 積作一卷, 絺句繪章膾炙人口, 嗚呼先生, 文章之
士, 而愛人之情亦深矣. 是以, 不遺其所作, 編集而刊行于世, 是卽所謂

逢人說項斯者也. 我國素尙禮義, 厚修隣好, 而景仰貴國之人, 恰如泰
山北斗, 苟得片言隻字則, 巾襲十重以爲家珍, 先生遺什, 家家繕寫以
傳于今. 余亦收入奚囊, 而爲行李一具, 況於兩翁相好之枕哉. 公也先
生令嗣, 而欲一訪其遺蹤, 相隨從事使君, 遠來此地, 其孝忱無愧閔曹
之輩矣, 夫舜之於堯也, 有羹牆之慕, 如公所經疊巒重水. 無處非其遺
跡, 追攀之懷, 不待言可知矣. 且告有傳兩翁之衣鉢者則, 欲相見共舒
疇昔壹鬱之情, 茂源翁之的子, 現住洛之建仁禪寺, 松堂和尙是也, 近
臥毘耶室, 定知末由晤語, 九翁之兒孫, 亦繩繩不絶, 而與雲壑東堂有
同門好, 應須委問, 玆寄佳篇一章, 以視其情, 一展開則, 無不盡然而爲
之歎息也. 孝百行之本, 而釋門尙所尊重也, 豈有緇素之異乎. 因賡示
韻, 聊慰客中之孝懷云.

先考執圭乙未年, 兩翁相伴說詩禪, 遺篇讀罷一揮淚, 遙訪舊蹤日域邊.
一片孝心懷往年, 慇懃追訪兩枯禪, 迢迢海外欲尋跡, 月落殘山剩水邊.


《殿上辱陪朝鮮三使, 觀樂舞謹賦一絶, 奉謝恩遇, 兼呈僉公旅榻下》
別宗
鳳翔鸞舞武昌城, 金石鏗鏘奏九成, 兩國太平歡笑語, 一齊和入管絃聲


《奉酬別宗長老殿上觀樂詩韻》南岡
氤氳喜氣藹宮城, 萬舞公庭奏樂成, 爭說國王勤禮遇, 一時簫管總和聲.


《奉呈別宗長老道案, 日昨幸蒙國王殿下張樂以饗之, 伏切感戢, 不
任區區, 仍構短篇, 求正慧眼》靖菴
齊儒昔談天, 海外更九州, 日東際休運, 武偃文敎修, 善隣爲國寶, 舊
好睦靑丘, 冠蓋世一聘, 星槎貫斗牛, 金殿恭拭玉, 彤庭列鳴球, 音樂聲

喤喤, 式讌禮優優, 徵伶節奏齊, 被綵文章彪, 周旋曳花裾, 盤躄舞金
矛, 邃古蒙功德, 永世著洪猷, 鴻濛誰傳道, 曲度可推求, 華音多遠取,
麗譜亦旁搜, 蘭陵昔壯烈, 仙李舊風流, 梨園聲雜夷, 金墉勇破周, 豈知
賨瀛表, 樂府至今留, 衆曲紛錯陳, 八音鏗未休, 行人淹異域, 飲冰常
懷憂, 叨蒙鍾鼓饗, 鹿鳴賦呦呦, 側耳聆古樂, 觀風愧前脩, 且終永夕
歡, 難禁懷古愁, 多謝空門友, 儐接情綢繆, 何時渡苦海, 從師借法舟.

### 《謹賡副使任公奉謝張樂賜饗之韻》別宗

山河形勝地, 壯哉日東州, 瀚海萬里西, 善隣交久修, 歸法崇釋氏, 尊
儒仰聖丘, 文德曾來鳳, 豪氣欲食牛, 說宴爲詩賻, 秦樂鳴琳球, 羨見朝
鮮國, 道行政化優, 三使如三虎, 偉節獨稱彪, 禮容正冠蓋, 至治銷戈
矛, 任氏出豊川, 世世壯祖猷, 一身福慧足, 利名又焉求, 興中閑眺望,
題句繡腸搜, 筆得二王妙, 詞倒三峽流, 海陸旅遊久, 一歲將云周, 慇懃
通國信, 武陵尙淹留, 立館擬鴻臚, 令君作燕休, 蹈舞齊合節, 聲聲解百
憂, 依稀鸞翔集, 彷彿禽嚶呦, 通神八音響, 坐作似好脩, 從順天地體,
蕩除人物愁, 預嘆離別近, 他日敍綢繆, 浪華一分手, 只恨不同舟.

### 《奉賀朝鮮三使獻國書》別宗

折木扶桑久善隣, 兩邦通好幾千春, 曠眼舜日輝賨界, 颭風辰堯風遍海
垠, 啣命已辭勤政殿, 捧書遙到武陵津, 旌旗映日龍蛇動, 冠蓋滿城蜂
蟻屯, 翰墨場中推博士, 蓬萊宮裡接嘉賓, 珊珊鳴玉飄霞服, 箇箇堆盤
獻國珍, 燦爛人中文鷙鷙, 依稀天上石麒麟, 丹忠各具奚論志, 文彩却
超致遠倫, 巧賦新詩追李白, 能裁尺牘倒陳遵, 江東馳譽非無數, 方外
修交亦有因, 仰視德容端肅整, 忽令汙俗再淸淳, 一時寵遇浴恩澤, 萬
里旅程忘苦辛, 蒙頂賜茶堪破悶, 靑州擧盞不辭頻, 江山呈瑞乾坤別,

艸樹放光日月新, 永計往來猶密邇, 更祈福祿悉駢臻, 明晨相共回歸棹,
恰是錦榮朱買臣.


《到東武聘禮既訖次別宗大師賀詩十六韻》平泉

舟車萬里事通隣, 盛夏東征過小春, 王事豈曾愁遠役, 壯心元欲騁遐
垠, 山河表裡開都會, 城闕逶迤控海津, 累世太平承富樂, 百年熙運掃
荒屯, 已修邦典敦三體, 爲迓行人設九賓, 客館穹崇依淨界, 饔官絡繹
送兼珍, 金宮盛響歌鳴鹿, 綺席仙羞飫擘麟, 列國觀風慚季札, 廣庭陳
樂命伶倫, 多儀總是中心覥, 異眷初非故事遵, 況有高僧勤遠儐, 相隨
半歲卽良因, 沿途迭唱文詞湧, 接席清談氣味淳, 天外壯遊同跌宕, 客
間孤抱奈酸辛, 音出故國經時濶, 節物殊方改候頻, 雪色蕭簫侵鬢變,
梅花的的返魂新, 遙瞻北斗中宵立, 此去東韓幾日臻, 願借浮杯催渡海,
聖君應念飲氷臣.


《東武歸路小詩一絶奉呈三使大人旅榻下聊慰覊情》別宗

爲國忘身葵藿誠, 明君何不感忠情, 東華萬里榮旋日, 定識盛名齊藺生.


《奉謝別宗長老詞案》平泉

炳炳男兒報國誠, 異方誰與訴衷情, 終年遠役君休問, 王事關心白髮生.


《奉謝別宗大師道案》靖菴

異邦誰與討心誠, 唯有高僧不世情, 西去浪華看漸近, 雲波爭奈別愁生.


《訓謝頤神長老道案》南岡

驅馳原隰罄微誠, 歲暮天涯遠客情, 王事至今猶未了, 此行深愧鄭先生.

《小田原旅館卒賦一絶以寄製述官李君兼簡洪‧嚴‧南三詞伯》別宗
來往追隨萬里程, 逢場共說海雲情, 祈寒更喜吟身健, 借問新詩幾首成.

《奉次別宗長老惠韻》東郭
來時行色去時程, 萬里追隨共此情, 客枕才欹天欲曉, 法筵團會幾時成.

《再次前韻以呈東郭詞伯》別宗
木道經過又驛程, 東來西去豈無情, 孤猿叫斷营根頂, 半夜月寒夢未成.

《藤枝客夜奉次別宗長老韻却寄》東郭
出關行盡數千程, 海樹山雲總別情, 晨鼓夜鐘吟興倦, 一篇聊爲老師成.

《三疊前韻》別宗
昨夜雨師淸去程, 千山晴雪慰風情, 陳王敏捷何堪羨, 對客好詩七步成.

《奉次頤神大師疊示之韻》東郭
白雲滄海是歸程, 一片孤帆故國情, 怊悵沙門從此隔, 上方淸晤更難成.

《四疊前韻》別宗
西洛東都數百程, 幾回雙鯉耐通情, 浪華津上一廻棹, 不識何年再會成.

《疊和》東郭
暗雪寒雲古驛程, 萬竿燈影竹間情, 風流正屬重來客, 聊與群仙小會成.

《謝別宗長老惠紙》東郭
白郡溪藤最絶奇, 感君特贈別離時, 西歸定有相思字, 一幅堪題一首詩.

《次東郭詞伯惠韻》別宗
志氣雄豪書亦奇, 龍蛇競走醉吟時, 且欣白紙忽增價, 換得一篇錦繡詩.

《奉次別宗大師視韻》東郭
清篇敢比杜陵奇, 往往吟成對酒時, 雪色雲絲携滿篋, 不求桐葉可題詩.
<u>杜詩</u>曰, 桐葉坐題詩.

《再謝東郭先生惠韻》別宗
海山風物一回奇, 整整斜斜雪灑時, 不用爲君求好句, 瓊林銀樹自然詩.

《走次別宗長老韻》東郭
六花添得一分奇, 政是千林薄暮時, 天意定嫌吟料少, 也供詩老寫新詩.

《途中咏雪短篇奉呈三使大人旅榻》別宗
昨夜彤雲合, 俄看六出華, 滿天飄素毳, 大地布銀沙, 山朔千尋玉, 樹
開頃刻花, 王猷應棹艇, 陶谷耐湘茶, 征馬臨關澁, 歸樵失路嗟, 皚皚齊
凸凹, 渺渺絶谽谺, 存老曾成道, <u>妙師</u>獨結跏, 園籬疑蝶舞, 瓦屋沒鱗差,
月皓松無影, 風收竹却斜, 寒嚴頻襲衲, 景勝好停車, 如入<u>普賢</u>界, 似遊
<u>孫氏</u>家, 天慳詩料乏, 吟興爲君加. <u>高峰原妙</u>禪師, 在龍鬚, 雪中坐故云.

《謹次別宗大師詠雪十二韻》平泉
南天逢積雪, 朝日藹浮華, 地上鋪瓊屑, 空中撒玉沙, 如風初起絮, 何

樹不開花, 色映仙人氅, 寒凝學士茶, 心神清可喜, 徒旅凍堪嗟, 眼眩冰
山矗, 身穿玉洞夼, 怊怊愁似病, 兀兀坐如跏, 使事何當了, 歸期恐又差,
吟憐梅萼動, 行逐酒帘斜, 瓶鉢遙隨客, 珠璣爛照車, 那知郢人曲,今出
梵翁家, 欲和才全退, 羅愁謾自加. <u>王恭</u>披氅涉雪, 人謂之神仙中人.

《奉次頤神大師詠雪韻錄呈道案》<u>南岡</u>

積雪催凝冱, 窮冬借物華, 照牕明侶月, 鋪砌淨如沙, 萬壑成銀海, 千
林著玉花, 因風看起絮, 蹈地聽鳴茶, 酒憶紅爐煖, 寒憐白屋嗟, 川原連
浩淼, 崖谷失嵌夼, 祖寢寒無汗, 愁吟坐學跏, 客行猶不息, 歸計恐成
差, 貂弊嫌風冷, 鴉翻惜日斜, 夢猶浮剡棹, 詩或詠對車, 韻釋投佳什,
高才擅道家, 深情欲相報, 清興十分加.

《奉次頤神大師賦雪韻》<u>龍湖</u>

凍雪駃陰涔, 頑雲匿日華, 漫天飄似屑, 落地撒如沙, 巧削峰峰玉, 工
裁樹樹花, 硯沾輕潑墨, 爐冷細凝茶, 山迂樵奚惻, 氷梭織婦嗟, 積埋墻
繚繞, 塡滿谷嵌夼, 灞岸吟肩聳, 靈山坐膝跏, 竹低枝竦竦, 溪覆石差
差, 撲燭光還閃, 穿簾影復斜, 客行愁畏道, 賓館駐征車, 正好尋梅迂,
空思訪酒家, 禪翁饒雅趣, 吟料想應加.

《途中值雪戲作一絶呈東郭李公詞案博粲》<u>別宗</u>

雪花片片滿林丘, 頃刻築成白玉樓, <u>東郭</u>昔年穿履去, 定知此老有風流.

《追次別宗大師咏雪韻》<u>東郭</u>

瓊作千林玉作丘, 冷光先襲海邊樓, 飛花乍捲朝暾出, 宛轉乾坤彩永流.

《向呈二荒山一作日光 八景圖一軸於三使大人, 謹案佳篇各賦新詩,
見惠因裁一絶, 奉酬僉公詞案》別宗
　二荒嵥嶪壯洪基, 一幅丹靑描得奇, 神德永瞻添瑞氣, 雞林官使爲題詩.


《澱川舊名玉江, 又名三嶋江, 往昔有栋本人丸, 沙門西行咏歌至今
膾炙人口, 此日與貴國諸公, 接舳連艫因賦一絶, 以呈東郭李君船窓下,
兼簡洪·嚴·南三詞伯要和》別宗
　蘭舟共繫玉江邊, 水白山靑月色鮮, 這裡何求三嶋去, 勝遊恰是似神仙.


《澱浦舟中奉次頤神長老寄視韻》東郭
　桂棹沿回玉浦邊, 落霞飛盡霽容鮮, 何人指點爭相語, 東客今朝作海仙.


　　槎客通筒集　卷二　終

# 槎客通筒集 卷三

《中興光雲英中和尚畫像讚》平泉

南禪嫡傳, 北院眞詮, 弘此法門, 牖彼羣惛, 可化者形, 不滅者靈, 鬱彼芝丘, 雲月千秋, 孰寫其眞, 弟子頤神, 誰讚其圖, 東韓使乎.

《同》靖菴

竺敎西來, 自中夏而流東極, 嗟哉賢師, 卓乎善識, 回慧日於暘谷, 注法雨於海域, 形獨寓於繪素, 道孰尋於空色.

《同》南岡

水流而月長印, 薪窮而火猶傳, 繄師之慧性不泯, 豈獨遺像之儼然.

《一日攜我英中老師頂相一幅, 就三官大人, 謹請繄一辭于其上, 各公欣然而書讚見惠, 其心聲墨妙不勝欽服. 鳴呼, 發揮我師之遺德者, 三大人也. 因賦野偈聊抒謝愊三首》別宗

其一 酬正使

山河大地我師眞, 無相相中面目新, 定裡正知開笑眼, 微言讚盡樂浪人.

其二 謝副使

宏才鬱屈逞雄毫, 親爲老爺加稱褒, 身後憑君彰德色, 岌嶢芝嶽更增高.

其三 酬從事

雄才揮筆動淸風, 戞玉鏘金贊我翁, 昨夜塔頭揚瑞氣, 晴虹万丈映寒空.

《送三使大人》別宗

今玆辛卯之夏, 趙公·任公·李公三使相, 恭承朝鮮國王殿下大命, 遠使于弊邦. 聘禮克始克終. 僉曰, 使哉使哉, 山野 不意奉我王命, 護衛行路於戲, 三使相君子之人, 而愛人以德不棄卑陋, 萬里相親恰如骨肉, 其交也, 不讓支許陶遠之輩. 今已臨別, 心苦肝酸, 不忍辭去, 只恨迢遞木道, 不得相伴矣. 綴長篇一首, 以充陽關, 幸勿叱擲.

大哉君子國, 萬里隔天涯, 地廣民無乏, 穀豊土所宜, 西垠漫鴨淥, 東際接天池, 巍爾檀君廟, 儼然箕子祀, 治和嚴法令, 紹襲介繁禧, 鼎崎爲三國, 瓜分鎭四陲, 徐隆開百濟, 王建號高麗, 徐伐幷而立, 朝鮮芟且夷, 曾成蠻觸鬪, 恰似魏吳時, 葩秀戰甘死, 利孫力整師, 霜來還露往, 物換又星移, 八道皆歸一, 羣黎永祝釐, 奉朝存舊號, 勤政正官儀, 布澤恩霖瀉, 有威風草靡, 流頭爲禊飮, 歲拜賀期頤, 冠服從華制, 文章論楚辭, 崇儒師孔孟, 積德邁軒羲, 木覓高鍾秀, 漢陽更闢基, 宮樓輝宇宙, 庭沼貯漣漪, 三角浮祥氣, 五冠挂赫曦, 喬松橫絶壑, 脩竹引凉飀, 豪傑選文士, 耆英劣宰司, 太平新製頌, 兜率好歌詩, 淸潔蒿精紙, 輕堅麻浦瓷, 飼鳥香藥飯, 賜燕擧瓊簴, 文廟聖明學, 成宗灝■[2]詞, 植櫻彰孝忱,

---

2 灝의 오자인 듯.

詠橘吐新奇, 兎嶺靑巒嶪, 蚊川翠渺瀰, 境佳生好種, 人傑挺英嶷, 紅蛤
充嘉膳, 紫參蘇病羸, 神功冠衆藥, 靈驗越仙芝, 五葉中華少, 三椏萬國
知, 昔聞扁鵲術, 今見貴麟醫, 別有長生訣, 頓除累劫糜, 獅巖欽老本,
鳳嶺想僧丕, 法水流東漸, 慈雲覆四垂, 轉經齊奏樂, 創寺幾彫碑, 空裡
湧金塔, 林中響鐵鎚, 納凉臨漢水, 禱雨仰峨帽, 園暖花開早, 峰回月出
遲, 譙樓侵斗起, 畫欖倚天危, 鸑鶴巢蒼柏, 虎彪嘯碧崖, 姓宗任趙李,
地絡竺桑支, 隣好久無爽, 舊盟固益采, 我王今已立, 使者特遙來, 縱纜
釜洋上, 繫橈藍嶋湄, 層瀾涵旅袖, 宿雨濕愁眉, 和靄櫓聲發, 駕風帆影
欹, 陽候能守護, 海若爲扶持, 蒲際羣鸂鶒, 蘆邊雙鷺鷥, 珠璣胸次富,
錦繡筆端摛, 才德乾坤重, 聲名遐邇馳, 赤間關寂寞, 明石浦參差, 安帝
波中恨, 人丸霧裡思, 飄搖廻揖棹, 揚曳列旌旗, 處處嚴開館, 村村盡掃
岐, 朱甍併畫棟, 鏤檻又文楣, 到岸齊投矴, 向秋忽脫絺, 商³飆悲肅殺,
爽氣嘆凄其, 楓染錦千樹, 菊芳玉一籬, 設筵飜絳帳, 羅鼎薦香炊, 瑞日
曈曈耀, 祥風陣陣吹, 何時當北向, 取路正東之, 鏡嶠磨明月, 琶湖漾碧
璃, 戞金還振玉, 結駟復方蘄, 座上安關帖, 吟中岸接離, 思鄕情怒感,
爲客淚漣洏, 土岳籠煙靄, 箱峰攀險巇, 岸高猿亦畏, 路杳馬應疲, 八十
里長坂, 億由旬素彌, 潭澄開碧鏡, 瀑掛亂銀絲, 來奉相如璧, 行乘大禹
欚, 寒暄追電改, 草木飽霜萎, 玉節綠槍列, 芒鞋竹杖隨, 打談揮麈尾,
通語用毛錐, 彷彿從形影, 依稀吸鐵磁, 慚羞樗櫟質, 瞻視棟梁姿, 王命
難蟬蛻, 官塗無翼爲, 雖看招隱賦, 元乏買山資, 未辨菽兼麥, 豈分騧與
驪, 驛程蒙顧眄, 宴席作夸毘, 卓犖遙離俗, 徜徉素不羈, 名文應去鰐,
健筆耐挐螭, 傳信書高捧, 登城車載脂, 門中陳寶馬, 庭上走珠蓁, 作舞
臺翔鳳, 調音樂吼夔, 終朝蒙寵遇, 滿座共娛嬉, 帶礪雙邦穩, 鑿耕萬井

---

3 商의 오자.

熙, 恭承珍產賜, 卽得玉階辭, 進退咸全禮, 周旋正中規, 歸程寒徹骨, 通夜粟生肌, 京洛再留駕, 攝津俟解維, 雖修膠漆契, 奈有別離期, 心緖亂千結, 愁襟逢百罹, 何年重得會, 他日復歸誰, 深識仁人意, 善言爲我貽.

《別賦一絶奉呈三官大人以賀錦旋策和》別宗

淸曉雪晴祥日輝, 喜看星旆向西歸, 重溟迢遞五千里, 一片錦帆自在飛.

《次別宗大師日昨寄示之韻》平泉

長河瀰瀰月流輝, 杖錫沙頭相送歸, 極目雲波五千里, 可憐鳧鴈北南飛.

《和寄別宗長老道案》靖菴

刀頭明月正浮輝, 汎海星槎萬里歸, 便與高僧三笑別, 天涯雲雨各分飛.

《奉謝別宗大師贈別之韻》南岡

暮天寒日淡無輝, 行子孤帆悵獨歸, 想得遠公三吹罷, 翠微深處短筇飛.

《送東郭李公歸朝鮮》別宗

終年相伴驛程中, 竹杖芒鞋西又東, 別後海山千萬疊, 樓頭幾度望遙空.

《奉次別宗大師贈別韻》東郭

鶴骨依依在眼中, 夜深晴月小樓東, 歸心不逐窮陰盡, 帆帶寒雲映碧空.

《餞同知崔公以攄惜別之情》別宗

譯舌相通兩國情, 言辭淸朗事分明, 脩程於我交尤厚, 可惜明朝萬里行.

《餞洪・嚴・南三記室歸朝鮮》別宗

萬里追隨經幾時, 山川佳處撚吟髭, 莫嫌敍別到晨鼓, 明日參商天一涯.

《小絶一首送泛叟南君歸朝鮮以代簡》別宗

相逢之處又相離, 浪速津邊折柳枝, 賴有先人舊知識, 感君孝志寄新詩. 轉達松堂和尚贈詩故云然.

《有思滄浪洪君作詩託東郭詞伯以寄渴望之情》別宗

往歲盍簪洛水東, 幾看梅葉咲寒風, 萬程無路夢齁到, 兩地隔天信不通, 每把舊題知句妙, 遙懷高誼羨才崇, 如今正值星槎返, 爲寄相思詩一筒.

《追感一首呈三使大人》別宗

我殿下所贈屏風, 有佐佐木三郎源 謂盛綱 渡海圖. 三郎我遠祖兵部諱秀義 之第三子也. 往昔戰爭之日, 直渡藤戶海, 而爲先登, 武名偉功赫赫今古. 我雖出家, 未忘其本, 在東都之日, 幸得見此圖. 不勝追感, 因賦一絶, 以述卑懷, 聊供三使大人之一粲, 伏乞莞政.

駿馬直超藤戶洋, 三郎功蹟甲扶桑, 分明畫出屏風上, 更喜遺名播異方.

《別宗大師新得御贈屏風有源三郎騎馬渡海圖師卽源氏之裔追感有詩余輒和之》平泉

英姿畫裡颯餘威, 躍馬超溟古所稀, 始識君家前烈在, 九重恩賜倍光輝. 時正使染病, 當知誤作御賜.

《正使大人見慰余追感依韻奉謝》<u>別宗</u>
昔歲<u>三郎</u>逞武威, 日東今古競稱稀, 使星幸賜瓊瑤句, 千載鄙宗生瑞輝.

《河口奉別陀巖長老不勝悵黯略構兩律用替留衣》<u>平泉</u>
　異域新知得老師, 東行千里鎭相隨, 秋深<u>淀浦</u>齊搖櫓, 雪霽<u>琵湖</u>細和詩, 今日便成三唉別, 此生寧有再逢期, 唯應一片頭陀月, 長照<u>藍溪</u>緬情時. 余別業在<u>藍溪</u>, 返國後便欲歸臥溪上, 故結句及之.
　西歸何日可忘師, 飛錫征軺憶共隨, <u>鉢石</u>煙霞移活畫, <u>士峰</u>晴雪入新詩, 浮生聚散渾如夢, 來世夤緣豈有期, 一曲離歌數杯酒, <u>浪華津</u>上月明時. <u>鉢石</u>山名<u>日光山</u>, 八景其一也. 師向贈八景畫軸, 故第三句云然.

《河口舟中走筆謹次正使大人留別韻》<u>別宗</u>
　使相堪稱百世師, 此生何幸共追隨, 異邦新得金蘭友, 行路幾吟錦繡詩, 覇旅半年欣莫逆, 別離再會苦無期, 故園萬里歸休後, 月照藍溪高臥時.
　一朝相送返京師, 別後雲林誰與隨, 明月淸風三盞酒, 靑山綠水幾篇詩, 幸欣<u>慧遠</u>逢<u>陶令</u>, 還恨<u>伯牙</u>負<u>子期</u>, 他日回頭白雲外, 遙思海口接舟時.

《謹構一律留別頤神長老》<u>南岡</u>
　休言儒釋本殊途, 意氣猶將心膽輸, 每喜征軺隨錫杖, 眞如濁水照尼珠, 留衣遠別還堪惜, 把酒同歡豈更圖, 唯有浪華津上月, 滄波萬里逐檣烏.

《河口舟中走筆奉次從事大人留別韻》別宗

往還萬里共同途，更喜諸君誠意輸，健筆走龍追晋帖，新詩照坐似隋珠，風閑滄海回舟楫，天霽雪山展畫圖，莫道此生難再會，燕丹曾見白頭烏.

《舟到河口停橈楫別懷緒益覺作戀復題一絶仰呈頤神道案》南岡

此地逢君又別君，悠悠聚散等浮雲，臨分未忍催征櫓，一曲離歌怨夕曛.

《從事南岡大人，河口臨別之時，復見投瑤篇一章，恩忙無由，操觚黯然，消魂而已. 別後不勝依依，夜泊淀浦，挑燈嗣響，託便奉謝詞案.》別宗

河邊縮柳送諸君，歸艇遙浮鶴背雲，停棹中流頻敍別，潸然滴淚到斜曛.

《留別別宗長老》泛叟

憐君道骨自超倫，水鏡胸中無點塵，何幸追隨東武路，若爲留別浪華津，孤舟獨去雲千里，兩地相思月一輪，分手海門三笑罷，古人心事卽今人.

《次泛叟詞伯留別韻》別宗

斑衣孝志邁羣倫，況復英標淸絶塵，曉雪灑時齊陟險，暮雲深處欲探津，腰閒佩得文章印，心上轉來風雅輪，今夜別離尤耐惜，明朝各作異邦人.

《野律一篇，奉餞以酊和尙，護送韓使赴對馬州.》別宗

白蹈雲兼雪，西東路八千，聯鑣江府上，分袂浪華邊，吾返一條杖，師

行萬里天, 星槎勤護送, 和暖作榮旋.

《淀河船上, 思三使大人, 不寐所恨, 臨別草草, 不能盡言, 因題一絶, 遙寄詞案, 聊攄微忱云.》別宗

停橈離別一洲邊, 慘憾無言淚似泉, 雪夜相思明月下, 幾回欲棹剡溪船.

《海口一別後, 不勝瞻戀, 因構鄙律一篇, 遙寄朝鮮國製述官東郭李君詞案.》別宗

屛篙把手惜分離, 身在迢迢天一涯, 白雪屑瓊淸去路, 黃花疊玉記來時, 情如巨海深無極, 淚似飛流下瀉崖, 手折寒梅逢驛使, 相思遠寄兩三枝.

《室津舘奉次別宗長老淀河寄示韻》平泉

河口分路, 至今依黯, 荒江冷雨, 只令人消魂而已. 適中忽承瓊琚之惠, 可想大師猶有眷係於僕也. 謹次惠韻, 以奉足替他日萬里外面目也. 臨發忙欠別幅, 愧悚愧悚. 惟願益加精進, 以示區區.

萬年山在白雲邊, 聞有高僧卓錫泉, 暫爲行人煩一出, 秋風同上泛湖船.
千里相隨絶海邊, 愛君詩思湧如泉, 當時陸子千金橐, 爭似驪珠照客船.
聞君已過淀湖邊, 歸臥雲林嗽石泉, 行李秖今猶阻滯, 室津風雨繫樓船.
歲色將竆久客邊, 故鄕歸夢繞林泉, 茫茫海路何時盡, 欲借禪家大願船.

《頤神堂道案》靖菴

河口敍別, 卒卒如夢境, 餘懷悢然, 久而未已. 吟成一絶, 無便可將, 玆承遠問, 復惠瓊琚, 奉翫以還慰感交至. 謹呈宿構, 復此效響, 少抒鄙

誠了.

　　長河落日暫停舟, 草草傳杯敍別愁, 遙憶陀山寒夜雪, 佛燈孤照翠龕幽.
佳人遙隔碧雲邊, 每想尼珠照濁泉, 多謝禪心猶住著, 慇懃麗藻問歸船.

《奉次別宗長老惠寄韻》南岡
　　別懷至今作戀, 匪意忽抃瓊作, 如獲更接清儀. 何等慰釋, 草草一詩,
謹此和呈, 而此後嗣音, 亦將未易把毫, 只增悒悒而已.

　　淚洒長河夕照邊, 別愁無賴酒如泉, 禪家縱有浮杯術, 那得相隨萬里船.

《追次正使大人室津惠示韻四首》別宗
　　河口之別倏忽, 屢更月篇, 景慕旌旃, 何能假翼, 茲承瓊報, 差慰瞻
渴, 因再賡前韻, 聊抒幽情, 只恨海山夐隔, 嗣音無階.

其一
寒風繫纜室津邊, 好遣覇愁汲澗泉, 別恨未銷長懷受, 獨嗟萬里不同船.

其二
樓聳藍溪花竹邊, 遠追德裕號平泉, 大明知有六箴在, 他日爲吾付返
船. 大明殿名在朝鮮漢城府.

其三
日凝眺望海西邊, 暮雨朝雲瀉眼泉, 幾把惠篇吟不罷, 追懷河口共方船.

其四

經過赤間白石邊, 客中徒倚弄雲泉, 鐘聲驚破北歸夢, 月落寒山夜半船.

《追謝副使大人三首》別宗

以余心之思閣下, 知閣下懸懸於余也. 果得嘉藻及和篇之惠, 喜懼參幷, 因繼其聲, 且賡前韻, 用其區區之煩想.

其一

層波假使泛千舟, 難載分離萬斛愁, 海路迢迢歸去後, 梅窓探句月明幽.

其二

聞君已在鞆津邊, 忽迓三元酌酒泉, 從此東皇猶布澤, 春風吹送越溟船.

其三

十幅歸帆向遠邊, 堪愁此別及黃泉, 殊邦誰不慕才德, 文思敏豪下水船.

《再酬從事大人三首》別宗

西東之殊, 相去萬里, 寒鴈江魚, 徒增感歎, 寄示之報章珍翫, 不忍釋手, 再追次而少寬憂懸云.

其一

雙淚通宵滴枕邊, 夢中自訝瀉溪泉, 覺來恍若對標格, 吟斷寒江雪裡船.

其二

豪氣雄飛牛斗邊, 詞鋒凜凜似龍泉, 慈恩難次樂天句, 頑戀依然只刻船.

槎客通筒集卷三　終

正徳二年壬辰五月穀旦
文臺屋　次郎兵衛
同　儀兵衛　開版

# 攝州河口船上臨別筆語
## 慈照小徒 祖沖 祖會 錄

○ 塡腔別恨, 口不能通, 悠悠此意, 但在默會, 只祝慧日法海百劫無愆. 正使

○ 惜別恩恩, 一船離恨, 何由展乎. 此地恰是灞陵, 不任消魂. 不慧亦恨語異, 不能通情, 惘然如有所失. 別宗

○ 願以一杯相別, 幸勿辭却. 正使

○ 雖空門元戒酒, 向有公命, 追陪盛宴. 方今何敢辭哉. 別宗

○ 別意無窮而行, 不可駐, 他時相憶, 惟望天東之月色, 切冀道體永愍. 正使

○ 切恨公程有期, 鷁路萬里, 不得追隨, 別後渭樹江雲, 空馳翹望而已. 別宗

○ 萬安萬安萬安. 正使

○ 萬萬所祈, 錦帆無恙, 速作榮旋, 更冀若序, 珍攝珍攝. 別宗

○ 與大師同往還, 幾多日月云. 尙未得做從容一穩, 此豈千古騷家, 不嘗期者哉. 僕亦有惜別詩, 及些少說話, 卽小童無壯持圖書, 去已遠, 未可此待之耶. 東郭

○ 雖未獲一連床, 聞粲花論, 西東萬里, 相伴唱酬多篇, 已滿筐裡, 不是一日之雅也. 今臨別, 此情何能恝然乎. 別宗

○ 大師自是千古傑人. 東郭

○ 杜撰長老襃讚過實, 愧忸愧忸, 君是絶世英才, 向所索詩文等, 別後幸勿負約. 別宗

○ 八景詩, 曾已寫之所送畵幅, 而小童覆水, 浸淹字畵, 漫漶不堪見故, 求它紙書呈, 罪嘆罪嘆. 兩詩稿序文, 草呈望領納焉. 東郭

○ 不意今得諸于玆, 法門光輝, 何加旃乎. 感謝萬萬. 別宗

○ 圖書去已遠, 無心作日後顏面, 敬具. 東郭

○ 一分袂後, 難爲再會, 行色怱忙, 未由歌南浦詞. 切希海路. 順時珍毖. 別宗


東郭握師手, 不忍辭去, 以手挿耳, 作語言不通之勢, 左右頻勸行, 不得已而分袖, 乃當迴棹, 噭然發啼, 師亦涕泣覆面.


辛卯臘月十八日

正德初元辛卯鐫行

# 槎客通筒集

三韓使星旌雄才於扶桑六十州之中

萬嶽老宿揚芙譽於析木數千里之外

洛下書肆　臨泉堂誌

槎客通簡集叙

所以微昇平驗至治者在乎驍

人詩賦里巷歌謠而不在乎星

象麟鳳嘉禾瑞麥之屬蓋言者

志之華標而情之外顯也脉

而興咨而吟冷而歎鏗

而嚮夫脉之咨之意也冷々鏗

鏗音也動于志也惟動故音惟

音故詩詩出于情流弗由人造

豈可不徵驗乎

正德改元三韓信使来聘

官命萬年別宗禪師使爲接伴

蓋故事也迎ヘ使ヲ拎摂浪速赴ニ于
東武ニ而竟ニ使事ヲ送テ到ニ浪速ニ而歸ル
輯メ唱和篇什筆語數條ヲ名ヲ以スニ槎
客通筒集ヲ有ニ禪師及ヒ三韓諸
君子之言然モ非ス禪師及三韓諸
君子之私也言出ニ於二國ノ誠東

被以華續著之詩賦鴻篇短韻

其言不一有頌治者有讚德者

有述榮者有慰勞者有敘景者

有紀樂者亢在集者悉真放實

吐公唱直和非眩於謠謏非偏

於愛惡實所謂所以徵異平驗

至治者也　蓋館伴ノ謹嚴應接

之勞擾　詩簡來往酬唱陸續驛ニ

路ノ星晚河山ノ朝霞題詠風

雅不徒閑過セ韓客ノ所寄ニ而無シ不ル

答酬禪師ノ所贈ル或有リ不ル答酬セ眞

文字ノ禪ニ而不ノ曾禪ニ熟セ己也　輯テ

而傳者何也範後之接伴韓使
者也此般考事於往牒圖變於
今規割正於中庸會通於典禮
則凌駕先度傳法嗣來足笑故
其酬唱貴賤競寫都副皆編不
可以弗傳焉于固不文然辱識

知ヲ雖モ無二来請一當二勉贅テ一辭ヲ而況ヤ
平有ヲ請也聊以冠首二洛下後學
北邨可昌謹叙

槎客通筒集姓氏

趙泰億字大年號平泉又號謙齋朝鮮國楊州人乙卯年生通政大夫吏曹參議知製教令為通信正使來

任守幹字用譽號靖菴又號書坪朝鮮國西河人乙巳生通訓大夫行弘文館典翰知製教兼經筵侍講春秋館編修令為通信副使來

李邦彥字美伯號南岡朝鮮國完山人乙卯生通訓大夫行弘文館校理知製教兼經

筵侍讀春秋館記注今〔爲〕通信從事來

李礥宇重叔號東郭生甲午歲乙卯進士癸
酉文科狀元丁丑重試及第前任安陵太
守今以製述官來

洪舜衍字命九號鏡湖丁巳司馬乙酉文科
現爲太常判官今以正使書記來

嚴漢重字子昇號龍湖參進士及第歷職秘
書省博士高敞郡太守今以副使書記來

南聖重字仲容號泛叟爲副司果壺谷南龍
翼第三子也今以從事書記來

祖緣字ハ別宗號ス頤神ト其ノ先ハ江州ノ人姓ハ源氏ノ佐
佐木以茂戌之歲生于賀之金澤受衣於
中興光雲英中賢禪師而嗣法於前住相
國覺雲吉禪師會歷景德真如住相國又
賜紫遷南禪現居洛之萬年山下慈照
禪院院有殿曰寶陀巖特奉　官命迎送
韓使于攝州浪速津

槎客通筒集卷一

慈照小徒

祖冲祖會編

別宗

昨日幸仰炎儀極增愉快因賦蕪詩二
篇奉呈正使趙公閣下伏乞莞政

鵬天濶數十日程驛路長上國群英容貌
偉北京三傑姓名香莫言此地無風景處處
好不知幾百霜親傳遠信到扶桑五千里
外

令君皷繡腸
霜露霹靂對映蒼穹忽見使星方向東清世

今波浪穩蜻州鰈域一仁風

謹次別宗大師辱示之韻仰塵道案

平泉

客裡逢秋鬢欲霜荊籬逕憶柴桑求職海

舶風濤北去日江關道路長萬戶樓臺開活

畫千林橙橘送淸香濡毫強和高僧語旅恨

蒿情攬寸腸

扶桑大樹拂晴旻客路行窮日出東聞說富

山饒勝賞好隨飛錫趁秋風

野詩二篇奉呈副使任公閤下伏乞郢

政

別宗

善隣千載不寒盟旌節悠揚渡大瀛金浦清

風馳舸艦狀桑初日掛銅鉦東方恰是琉璃

界北域應恩錦繡城禮際何須煩譯舌毛君

逼解兩邦情

久待星槎浪速邊綺衣耀日暮秋天東行萬

里多奇勝先指千尋富士巓

奉酬別宗老師道案　　靖巷

奉使求尋兩國盟星槎迢遞歷衆瀛同臻彼

片隨飛錫屢宿空門聽曉鉦正是秋風驚落

木可堪行李滯孤城殊方依止參高釋詞翰

時能道客情　目黎詩云僧血敵　號鉦第四二云然

仙如可遇試呼筆鶴戲高嶺

富山遙在海東邊聞說雲霞鎖洞天此生神

下曲二首奉呈從事李公閣下伏乞叱

正

別宗

遠渡重溟萬里程鷺洲鷗渚慰風情繡帆旣

歷海西國玉節遙來汀上城雄辯滔滔如水

麗大名競就似雷鳴不斧瀧瀨瞿塘險一片

丹心葵藿傾

三使方舟駕碧波閞聽欸乃　一聲歌長洲別

島八千路定識錦囊佳句多

謹步別宗大師惠韻奉呈道案

南岡

幾處帆檣滯客程白雲天末獨傷情秋允正

老林桑國滇路初窮大坂城萬里鄉書來鴈

少一窓羈梦斷蛩鳴幸逢韻釋回青眄不待

論襟意已傾

彩舟容與泛輕波簫皷中流雜櫂歌城郭人

民太都會繁華最覺此間多

歐律　一章呈學士李君詞宗并正

別宗

遙賀我　王紹襲來接爐連輔出雲限衣冠

濟濟千人傑金玉鏘鏘八斗才文吐彩虹輝

兩國分分蓮炬映二台江南九月珠林裡筆

下花生春邑同

　　敬次別宗大師厚賜韻　東郭

海若扶將使節來清秋落帆攝津隈絲綸遠

布交隣義幕府初非脫穎才圓嶠瑞分騰日

戴仙都秀邑聳天台沙門麗藻輝金玉絕勝

銀河抱石回

再次前韻奉謝正使大人賜高和
別宗

秋老夜寒月照霜西風蕭颯動枯桑護擔

官命千鈞重愧沒文才一線長幸是盃箸瞻

德貌歸來滿袖帶餘香客中忽聽陽春曲解

得愁人百結腸

軒昂志氣薄高笐文旆悠悠向日東不厭旅

程秋邑冷浪葦津上捲炎風

奉謝顧神堂老師道案　平泉

蒹葭水國鴈驚霜蕭瑟天風早隕桑逗節殊

方秋欲盡伴燈孤舘夜何長身依老宿塵緣

凈座墜仙花寶偈香不有郵筒頻見寄客中

那得緩愁腸

迢遞禪樓近碧穹月明愁思海天東從師擬

向蓬山路霞佩翩翔鶴背風

再賡前韻奉謝副使大人賜高和

別宗

汀鷺沙鷗似有盟晨昏相伴入蓬瀛回頭吟

就振金韻信手門來如石鉦紫氣忽浮關外

嶺紅霞斜引日邊城三更月下南過鴈只怕
聲聲動旅情
蕭葭倚玉海雲邊眷顧要欣有二天四壁虫
吟秋夜永夢歸三角最高巔

敬酬別宗大師道案
靖庵

上人桑域主詩盟遠迓星楂涉海瀛高鶴山
前隨皂錫壽龍波底避敲鉦西來積水停孤
棹東望長程接武城行李無端淹絕國一燈
禪榻若爲情
古寺樓臺落日邊佳人悵望碧雲天從師欲

訪流慈界箱嶺何如鷲嶺巔

再賡前韻奉酬從事大人賜高和

別宗

滄溟望盡白雲程准岸吳汀惹客情民觀國

賓盈巷陌官迎星使啓關城丰標自與吾邦

別聲價早於異域鳴庭際趨來賀無羔山河

搖動屋將傾 前日地震故

更民舉國正奔波齊唱太平一曲歌莫厭江

東經嶺棧八橋三保賞遊多 八橋二保那佳境也

疊次高韻謹呈別宗太師道案

箱嶺琶湖箏去程客床孤燭悩愁情危樓此

夜驟辰極征旆何時入武城佳景漸看隨地

勝道人遼復以詩鳴如今喜托空門契談塵

　　　　　　　　　　　　　　　南岡

揮來一座傾

星槎萬里渉層波中夜歸心發浩歌明日要

隨飛錫去蓬山何處靄雲多

　　再賡前韻謝李學士詞案

　　　　　　　　　　別宗

自舫青簾海上來秋風繫纜古城隈長征萬

里傳君命專對一時擇士才氣宇俊豪凌泰

揮筆鋒雄健振衡台莫辨盛宴二盃酒爲慰

愁腸日九回

　　　敬呈別宗大師厚眎韻　東郭

珍重郵筒去又來老師城裡我江隈天連大

陸愁長路橐之新詩媿軍才槎上秋炎驚晼

晚客中炎序閱恢台梦魂亦解思君意每入

丹埠拜替回　　楚辭三日收恢

　　走賦一絕謹謝三使大人重賜高和

台之孟夏

　　　　　　　　　　別宗

瑶瑟得報喜尤深堪聽伯牙　一曲琴何恨故

鄉消息少高山流水是知音

奉次顧神堂辱示之韻　　平泉

江城秋晚客愁深萬里行裝只　一琹欲把瑶

徵彈夜月曲中歸思動南音

奉酬顧神堂道案　　　靖巷

旅榻蕭然古寺溪休將大思寫瑶琹耳中若

使塵根淨煩惱何從起二音

奉和顧神堂惠寄韻　　　南岡

支顧旅榻　一燈滅獨把鄉愁托素琹多荷上

人珍重意數授佳什當畧奇

寄李學士

別宗

山僧與李學士同在公舘只遍郵筒未

得相見不勝感恨之至眞所謂咫尺千

里者也因賦一律以期他日團圓兼簡

洪嚴南三君伏要高和

別宗

同居津上舘接屋未相看咫尺如千里庭階

隔萬戀有詩遍意思無語寫心肝只聽風騷

會揮毫日起瀾

敬次別宗大師辱眎韻

東郭

厚訊驚頻至清詩喜再看曉鐘鳴古寺秋月
掛重巒盛禮違攀袂淺情欲鏤肝行當浮彩
鷁湖上堯塘瀾

　　　謹矢錄奉別宗大師道席

　　　　　　　　　　　　鏡湖

雅襟從座見佳句傍人看才敏如吞錦標高
似聳巒惠詩驚入眼厚誼欲輸肝明發乘所
後同揚淀沛瀾

　　　謹矢錄奉別宗大師法案

　　　　　　　　　　龍湖

虛辱詩牋惠無緣道範看慈航留海岸法座

隔雲鸞莊矚侭心眼高詞琢肺肝微才愧桥

和誰復把文瀾

　謹次奉別宗長老道案　　泛叟

一顆尾珠彩初於座上看錫飛曾過路巷憶

舊樓鸞喜得瓊瑤宇知從錦繡肝慈杯如可

借誰怕涉驚瀾

　再次前韻謝製述官李君

　　　　別宗

翰林風月主誰作等閑看舟泊三千叟雨靈連

萬疊巒賦詩忽客思持節露忠肝筆力無人

敵盃回既倒瀾

九月廿六夜阻雨維舟
溯浦故第二三句及茲

再次前韻酹鏡湖記室　別宗

海國秋氼奸轉眄子細看天王千載寺武庫

幾層巒冱動酒詩與正開金玉肝識韓眞耐

喜文勢湧狂瀾

四天王寺在難波城南聖德太子開創
地也武庫山在本城西北神功皇后藏
兵器於其嶺故名

再步前韻謝龍湖記室　別宗

三秋將盡日落葉砌邊看滇漭漢江水嶔崟

絆岳巒鶿飛隨使節鴈叫碎入肝萬頃龍湖

澗可與洙泗瀾

　　再次答泛叟記室

歎息殊方客孝情句裡看欲尋先考跡獨上

答遊戀標格高超俗詩詞凈洗肝玉江齊發

棹文鷁映清瀾（舊名　玉江、澂川）

　　　　　　　別宗

　　再次別宗大師辱垂韻二首

　　　　　　　東郭

旅館徒相望麗眉尚未看曹溪天外路祇樹

梦中礬盛禮迎龍節清詩擢繼肝根塵應已

凈止水不生瀾

海路行初盡仙區已飽看虹橋連大陸螺黛

聲撥巒誕說傳鰲骨神方秘馬肝沙門有秀

句筆下湧層瀾

　再疊前韻錄呈大師道案下

　　　　龍湖

自托空門契仙標拭目看真乘超萬劫飛錫

超千巒座闢蓮生足詩成錦伯肝詞源連法

海筆下倒層瀾

別宗長老聞余感舊再歩前韻特示慰

意其情甚偶然哉兹敢忩拙疊和庸伸

謝忱兼乞斤正　　　泛叟

高禪迎遠客異域喜相看共泛平方浦同瞻

愛宕巒湋詩驚入手厚意感輸肝千里聯驂

處摩尼照濁瀾

先君持節地小子又來看既渉倉溟路兼尋

富士巒遺篇頻入眼無跡獨摧肝客涙其寒

雨長湖添作瀾

又疊和以醉東郭詞伯及洪嚴南三記

室

別宗

雀作忽盈篋篇篇不厭看脚襟藏雪月意氣
振巖巒羨子抽麟角笑吾抱鼠肝禪河開冷
冷何處起惝悅

李白人中鳳文才喜飽看吟斟一斗酒坐對
千尋巒馬瘦難成步猿啼欲裂肝遲明如得

別宗

霞大堰可凌瀾再和贈金谷館中此日阻
疊和以慰泛雙詞作感舊之情

別宗

何恨語言異新詩日日看文情深若海偉顡

屹如巒懷舊頻揮淚輸誠耐刻肝筆端成鼓

舞倒瀉鴨江瀾

天晴風景妍正作畫圖看舟楫經滄海旌旗

繞碧巒雲深迷客夢水淨洗吾肝路上松千

樹聲聲似鼓瀾

四疊前韻奉別宗長老道案

泛叟

海陸無時盡風烟不厭看妖花冬著樹凍雪

夏炎巒壯矚窮鰲背裹毛衣馬肝星槎期早

返歸路夏揚瀾

澱川舟中偶作二首錄呈李學士及洪
嚴南三君博粲　　　　別宗
百丈率舟遡碧流山兀水色滿吟鞾客行妥
喜家園近明日應須入帝州　其一
河上共乘般若舟頗離火宅伧天遊正觀轆
轆水車轉門外何須羊鹿牛　其二　見水車有感
敬死別宗大師厚眎韻　　東郭
禪流餘事擅詩流錦繡新篇洗客鞾自媿行
程吟與盡風兀虛負幾名州
君是禪門第一流同來猶未對青鞾丈夫所

膽何曾隔咫尺雞林接馬州

小桶累累似漏舟奇觀最覽冠茲遊機开夏

轉淸流瀉城裡家家飲若牛　次水車韻

一車功用勝千舟執靮非徒合遠遊自有癡

波能轉豈駕行雙轂豈須牛

追次炎浦水車韻謹呈別宗長老禪案

鏡湖

水車之下繫征舟漢上還如子貢遊底事高

輪旋幹急爲因灘勢轉黃牛

异夾長河滾滾流風允麗處屬關畦黃昏停

層層城下道是京西第一州

謹次別宗大師寄惠韻　龍湖

正宗慈海湖源流欲借金篦括我眸聞說仙
郷桑梓近洛城從古是王州此伯和尚已示久
而行役逐日卒已
未能以錄呈之令始テ書ニ
上ル恨爲後ノ時之欠ト耳

蘋洲容與木蘭舟龍覽奇觀辨壮遊湖上水
車貪灌漑田家絶勝服箱牛在京都之時所企及之
故第一一絶

謹次別宗長老路中惠示韻　泛叟

彩鴛聯翩溯玉流風烟收取入雙眸若論大

灰繁華勝應冠東南六十州

擊水車傍繫苽飛看他異制亦奇遊初彘地

軸轆江海眾似天樞轉斗牛

賡韻酬李洪嚴南四先生

別宗

水尤激瀲玉汇流雲盡秋天翰兩䮪文鶴到

邊山色美韓人當識是皇州會河

學海深窮沫泗流餘波浸潤洗禪眸豪才何

讓崔金輩爛爛文章照日州會閭金富軾崔

致遠貴圈大手

爭也故句中及之

百聞同ク澤官渡ニ舟輪扁タリ妙ニ劉並ニ奇遊滿城不

患相如病却勝祈山馳水牛

空裡飛泉瀉客舟玉川川上耐優遊團圓奇　水車

樣難倫比永作輪廻磨牛

疊矣錄呈別宗次師求教

泛叟

休言儒釋不同流異地相逢青兩聯報我瓊

珺盈一篋何時歸太荒吾州

河口逢迎彩舟陸行千里委同遊元來兩

域連蜻鰈莫道人如風馬牛

用新韻謹呈別宗大師旅榻

東郭

關河十月並鑣遠怊悵清儀尚未攀水驛有
時聯彩舫苟輿無處不青山義予言語交辭
外禮在詩篇迭和間公館蕭條孤燭夜也應
長嘯上方開

僑釋非同道開必各異門只緣王事重遠屆
法師尊曉月重關路香星古驛村何時拼勝
集一下笑醉清檜

漫次東郭先生辱眎韻 別宗

東遊何日向西還九折羊腸幾度攀呼牧竪

登清見寺凭欄堪望富慈山半年征役公程

裡萬里歸郷醉夢間賴有驪人憐懶衲豈思

野水白鷗關　冨士一　作冨慈

天然胸宇潤儒釋未分門恆好程朱學發知

孔孟尊箕邦真聖域蓬嶋是仙村方外幸容

我社盟頎二檣

官命設筵於本國舘慰勞三使大人因

賦野律一篇奉呈僉公閣下

別宗

處處設筵作勝遊應須取醉解羈愁林間楓

染映斜日籬下菊殘餘素秋雲宿堂前千尺

塔路通門外一條流巳凌渤海鯨波險從此

驛程摭武州

　　　謹謝別宗大師詞案、

　　　　　　　　　　平泉

覆君著處辨奇遊仙舘開樽慰客愁菱嶋烟

霞元勝境菊花風雨又殘秋半年行役窮源

杰千里歸心逐水流富岳參天箱澤濶不知

何月到江州

敬贈別宗大師道案

　　　　　　　　靖菴

海外仙槎汗漫遊且從公議散鄉愁天涯去路餘

千里客裡深杯餞九秋聊把詞章通異俗休言緝

素本殊流今來不負觀風志文教方興六十州

　　謝別宗長老道峯

專對翻成萬里遊異鄉何限望雲愁海中形勝窮

三嶋客裡光陰度一秋太守牽延仍酒食山人絣

語自風流鄉生寓說曾非誕到此方知更九州

　　　　　　　南岡

江州驛路再次前韻謝平泉趙公詞峯

行丹盡處更東遊探勝尋幽竟遣旅愁湖水總涵天

　　　　別宗

與地客裡已過炱兼秋萬重孳岳暗蒼樹千丈長
橋橫碧流多謝佳人珠玉贈喜看文彩照桑州
再次前韻敬酬靖巷任公詞案　　別宗
徐福昔時作遠遊曾來蓬嶋竟無愁仍孫紹續幾
多世遺跡芬芳千萬秋自古鴻艫迎異客至今雞
貴似同流此行詩思在何處滉瀁琶湖繞一州
再次謹誂南岡李公詞案　　　別宗
遠泛仙槎海外遊旅程萬里積羈愁開基箕
子八條訓祝壽檀君千載秋屢侍公筵瞻霽
月同居賓館愧凡流湖山相對感情倂我祖

遺蹟在此州　山僧生佐々木氏家佐々木元
宇多天皇之苗裔世々相繼在于淡海州
觀音救令已廢矣因有感故句中及
之

奉謝別宗長老疊示之韻

平泉

前夜同成秉燭遊一樽聊復緩鄒愁風篁遠
雜蕭疎雨香橋猶含爛熳秋王事半年窮海
路客行明日湖天流殊方幸托空門契慧眼
如今得趙州故第六及之　閒天流河在前

復和別宗屬示之韻

靖巷

星軺遠涉海東遊歲暮那堪久客愁縱有淸

檜空對月頓驚華髮不禁秋驛程烟樹迷寒

兩官渡舟梁截碧流天際連山青欲晦譯人

傳是尾張州

　奉和別宗長老疊示之韻

　　　　　　　南岡

好伴禪翁辦壯遊每逢佳境輒寬愁雲嵐漠

漠山多兩禾稼穰穰歲有秋一路直穿平野

遠三川料抱大村流東關此公猶千里形勝

前途復幾州

呈製述官李君詩并引

別宗

壬戌之秋、余與成翠虛及李鵬溟洪滄
浪三鴻生邂逅于浪下本國舘一別之
後無暇問候不審僉公珍勝否欲二逢
君問之不果因循至今因賦一絕以抒
其情

邂逅詞林三學生篇篇聯璧李洪成邇天鴻
盡育書絕歸日爲吾寄此情
散次別宗大師辱踪韻東郭

三人共是會諸生二子登仙道已成只有洪

屋猶在世日東雲物每關情鵬溟及翠虛已千古人洪會

浪獨在世無對余輒讀之日東之勝雁雁不知卷故及之

只爲跨詩太爽生長途取去幾篇成寶茶珍

菓供仙味盛餒誰如韻釋情

再次酢東郭先生　　　別宗

坐年洛下遇三生禮樂文章共老成一子猶

存餘子化半憂半喜若爲情茲承翠虛鵬溟已逝滄浪猶在

世娓娓就我國之事悲喜交加因再用前韻

兩打旅窓寒氣生孤灯影淡夢難成玉廚豈

敢テ深滋味ヲ一種野芹愧薄情

辛卯初冬ソ十日大井川水漲
金谷驛四賦テ一絶奉呈三使大人旅榻

別宗

洪河水漲浪峰嶸無筏無橋滯客行幸有馮
夷識人意蕐齒玉節慰羈情

奉謝顧神長老道安

平泉

朝來嶮岐度峰嶸寒漲如何ツ又阻行歲晏歸
期難可トス一灯遙夜故園情
經秋痕骨瘦嶙峋千里東關幾日行多荷上

人勤問訊一詩珍重見深情

謹謝願神長老見惠之韻

　　　　　　　　南岡

肩與金谷歷嶄嶸河水無梁又濫行古驛寒

宵愁不寐上人詩句最多情

敬次別宗大師辱贈韻　東郭

撐雲富岳秀嶄嶸仙賞心催指日行欲渡

流嗟未得波神何事太無情

奉次別宗長老辱示韻　鏡湖

愛君詞賦老嶄嶸時寄佳篇慰客行金谷

宵同澄雨旅忩孤負話新情

敬次別宗大師惠寄韻　龍湖

天涯歲月巳崢嶸未返星槎萬里行河水無

梁難巳越一宵孤舘若爲情

走筆戲次別宗長老惠示韻

次叟

傾瞻富岳雪崢嶸野渡無舩不可行道土有

杯難夏試吟詩護慰旅人情

又以二絕謝茶餅之惠　鏡湖

糖餹粉葛兩相空一沃乾喉且療飢眖出中

傾當作顧

心情味厚拙詩珍重謝吾師

次謝鏡湖詞伯惠韻

別宗

聞說雞林風土夏天涯相憶似諷貧如今幸

有鄭生在詩法欲求一字師

咏冨士山三首錄呈三使大人吟楡下

求教

別宗

海國山王是士峰天開一朵玉芙蓉四時積

雪爛銀色假若岱衡應讓崇

東遊歷過冨山陲朝霽夕曛景來奇定識神

靈多喜色三韓嘉客競題詩

我國神仙宅名巒處處饒冨士稱第一山湧

孝靈朝根蟠三州裡頂聳捧層霄形仝蓮八

葉崍寶起襄颷寶炎常發現時聞奏仙簫炎

天飄白雪四序積瓊珠羲昔秦徐福逾海來

玆嶠謂是蓬萊嶋怱歸樂意超楚怖記靈勝

唐人識高標梵瑰亦入咏傳誦望彌喬海麓

半邊影煙橫一帶絹巘岩映晨旭奇景不易

描今古驗雅客登眺有歌謠聞説鷄貴域金

剛最岩堯不知能配否想像萬里遙

　奉次顧神長老望冨士韻

海上雄蟠第一峰亭亭清水擢芙蓉何如萬

二金剛勝筒筒瓊巒拔地崇

半年退囑遍東陲最愛名山景更奇何幸上

人知客與旅窓題寄數篇詩

清見關望富士二絶呈三大人

渇世塵空萬仭巒千秋積雪玉先寒何期今

伴異邦客清見關頭停駕觀

奉次顧神長老惠示韻

南岡

別宗

南岡

雲端峯屼露奇巒萬古長含雪色寒明日復

臨飛錫去共登危頂極冥觀

　　途中望富士作呈東郭詞伯及鏡湖龍

湖泛叟三見　　　　　　別宗

迢遞修程日伴遊今朝偏覺與悠悠指出搏

桑第一峯萬里海上曾望不螺頸雪堆衝廣

漢遠送翠翹十五州高寒六月氣冬色引瑜

消盡炎煙憂記得宋濂遙聞勝會題歌曲此

寄授傳誦目鵬素毛句目前全露古今作群

賓幸來自隣城藻思麗才足唱酬山靈也須

開笑臉玉痕金聲載道優毛錐頻滴鷄林翠
研海且傾鴨絲流等開揮寫都無恪不盡景
允寫不休此公武陵駐節日齊登君玉碧玉
樓櫻頭試又回頭看富士依然眉睫浮秀氣
到處堪賞愛再撚吟髭可夷猶多少騷人庭
几席有聲畫裡共開眸一峰分化萬峰含錦
橐收拾載歸卅漢城殿上呈明主無窮風韻
復爲慶

槎客通筒集卷二終

槎客通筒集卷二

敬次別宗長老富士山韻

東郭

我恨不得早向中州遊鶴野連天阻且悠又

恨不能一出九州外不知憂有神山得如五

嶽不今歲仙遊天借便遠邇使節來靖州蜻

州流峙自古恆奇勝一岬一潛無不與目謀

與耳謀而使我失覊憂就中富士之山崒巍

男崩磅礴嶄崎而蔚爲衆山祖臨瞰然燦爛

然悅如萬斛明珠捲向海上投大包之內攪

天巖雲之撥巒叢嶂雖巧歷不可盡數騰距
之勢或可與侔而靈異瓌奇不可侔肩與三十
日繞山行仙賞初心此可酬涉重溟之險歷
穹壤之僻而乃能辨此天外之奇觀所得比
之子長吾實優吾所以愛此山者非爲蟠根
之大走勢之雄最愛夫天地淸淑之氣結而
不散凝而不流吾將折扶桑而爲尖毫頃東
海而仗硯池運奇思騁雄藻描寫此山千萬
森羅之景然後休又欲採得眞宰所種冨爐
所秘山中之美玉瓊伴峨峨屹屹空中樓要

令日月席上出變鎭乾坤海中浮左携安期

右挾羨門相與偃息而夷猶可摘星辰綴我

臂可把沆瀣洗我眸御尻輪駕風馬上朝三

十六五皇莫道銀河不可舟跛受長年不夙

之神術玉笈眞詮寧我廋

奉次顧神長老富士山韻

　　　　　　鏡湖

鳳昔常懷汗漫遊令我東浮海路悠昔聞富

獄今見之此外復有三山不秀色峯巍摩九

霄厚根磅礴蟠三州眞仙定同此中屋欲住

無路心煩憂何當慾界脫凡障萬丈峰頭足
一技峰頭積雪貫四時灝氣寒兮難比儔師
能詠出眞面目一篇寄我要相酬金天玉芖
蜀曰塩軟來未知何山優茲茲靈嶠六鼇凸
霜骨堆嶺山此流吾曰師麗藻夏秀出千古詩
壇有慧休安得邐師入杳冥共上蓬山幾重
樓不然我將携師去一棹西指鷄林浮踏盡
金剛與妙香仙都日月同夷猶今來共作千
里遊兩情依然慰青眸人生且可從吾好萬
事元來等羶舟禪心慧眼我所服師信高人

焉可覆ス

奉レ次韻神大師富士山韻錄奉ス

龍洲

昔シ我久シク聞ク富嶽之勝思フ一遊每ニ恨ム重溟隔限
道途悠々今我東來始テ見ル眞面目不レ知海中靈
鼇龜祇今頭ニ戴クテ不レ屹峻峰鸞億萬丈蟠據ㇲ
敷十州初ヘ尸其エ怒觸不レ周峰上隤乾寶恐
賠媧皇憂又炎夸娥戲拆須彌山遂將二一角
遠向フ天東役絶頂長瓺鴻濛萬古之積雪雲
與ニ霞蔚朝夕變態氣像難ㇾ比倬我欲足遍天

下五嶽諸名山坐出偏邦尚未仙債酬天台

之靈異鷹宗之鉅麗武當之陝絶盧嶽之嶙

峻將比茲山孰爲劣孰爲優曾聞延曆之年

雲霧晦冥十日而蓮花八葉生上有窪穴並

泉流灭聞闕旒之歲此夾晉暗三日而螺鬟

一朶出長得兒孫效頑休始知眞仙在此間

日月照耀瓊瑤樓我東亦有金剛之奇勝一

萬二千白玉奇峰削出天中浮應知兩山隔

海相望企昆侖相與揮遼母相猗王程有限

可望不可親回瞻馳神勞兩眸歸時隽擬登

臨一快觀然後方可理歸所賴有道人形容描寫示我一篇作我知岡巒體勢一經慧眼爲可度

奉次別宗長老望富士山韻

泛叟

世外有山仙人遊碧海茫茫路悠悠開道金鰲骨已霜背上蓬瀛今在不遂令天下火食人但見浮烟點九州燕齊迂怪寂無語群仙上許眞宰憂帝命夸娥役二山爲向東南海上投桑溟一峰是富士漢摹楓苗名相侔嵬

然則崎各善雄隔海相望如相酬和得其一

韓得二兩國較勝誰為優但性弦山初聳時

長湖忽坼琵琶流又聞飛灰百里天深作奇

峰呈祥休頭上不消四時雪玉柱如捧天上

樓昔我先君畫一本卑見螺鬘出雲浮遍來

五十有七年不識屨顏今古猶自驅征車向

江戸幾多回首驅遠眺遙岑始瞻遠州路一

回怵覩今河舟寄語陰雲莫夏蔽我識山容

爾為復

日者別宗大師辱惠富士山諸篇披復

吟繹頓令行旅忘苦顧道途優儴未暇且

遂篇步和略攄長句聊聲以謝盛意且

希雲鑁長老霑炤

　　　　　　　平泉

君不見富士之山何穹崇乃在九州之外東
海東海浩浩不見際扶桑月月生其中此
地建國幾千年厥初遐矣開鴻濛鄰生騁說
果不虛豎健步會無窮國無名山徂積水
富媼上訴愁天公二十朝地坼波翻神嶽湧屹
然萬丈撐奇穹此事云在孝靈時非如誕詭
敱愢蒙蟠根廻壓大塊平遠勢橫帶滄波洪

一桑亭亭玉芙蓉常時雪霞長蒙籠藥氣晨

礙沈溢精寒炎夜徹鮫龍官每年朱夏苦熟

𡵂赤雲赫赫恆燒空炎方艸木焦欲盡猶見

山頭雪未融上有泓淵號天池傍開邃穴生

寒風餘波氾濫散幾派川澤縈紆瀉奔湍復

道年前有異事山中十日天火烘煙沙薇天

晝瞳冥忽有二峰騰穹窿仙區儘多靈幀述

幻弄登非眞宰工我昔聞之願一見今日星

橙㷡焰逼新驕駐軍看山色晚風一掃雲瞳

朧悅然身遊群玉岑瓊瑤觸目炎玲瓏願神

老師作我行為言甚是真瀛蓬徃徃日日間

笙簫御侶翩翩駕輕鴻遊戲雲中人不識骨

青髓綠仍紳瞳桂旗芝蓋俟來徃琪樹瑯

何舊葱惜乎儕在重滇外古來見者惟秦童

千秋詞客少品題賁飾獨有金華翁

若令置之中國土何遠不若岱與嵩我道此

山圖璟偉吾邦亦有金剛雄金剛一萬二千

峰箇箇削玉多青楓安得與君一陟毗盧頂

細論二山形勝同不同又多楓樹故亦名楓

爰毗盧即其最高峰各

冨士山行　　　　　　　靖菴

太虛運無閩淑氣海外鍾磅礴地根突兀

莊天峰天遺鎭日東搹出玉芙容體然太始

雪萬古頂上封眡尺俯暘谷暘金可鏤胡

然固其節凝迤無夏冬半腹靈霧淺一帶白

雲濃中間滙爲澤黭然藏蛟龍源泉斗滋觴

分流怒撞舂我來泛星槎遠蹻博望蹤海陸

五千里名山曾未逢昨度金嶺峻始瞻富岳

容亭亭似植珪璨璨如曼宗高標壯䢒䟆藥

氣溫塵腸傳聞三島近鶴馭來喬松琳琅月

垠響藏蕤蓋禮咸池灌朝髮沉鋈爲晨襄

荒外足靈怪仙籍無凡庸此事終悅惚異術

聖所攻惜哉茲山僻遠隔層滇洞如令參玉

嶽祀興冝所宗幸叨使牽榮天敎勝賞供眞

源杳莫問羽客邈難從欲窮靈嶽美難既柔

翰鋒

愛吟長句一篇奉酬願神長老五言古

詩之惠贈以博二十粲兼賞靈雲怪徑長老留

囑

南岡

富山鎮日域氣勢一何光礚礴復豈崒其形

似覆盖下蟠　積水上王天特立萬古誰敢抗

大抵東南地軸頭上帝憂之勞意匠乃命真

宰運元氣屹然海上峙高崎巨鰲頭不放

載大鵬顱飄何能颺風生巖穴作調丁水浅

靈池任奔放俯視群山盡兒孫逶迤出没如

波浪每見雲霞退半壁常時不許露真状如

墟之地近賜谷赫日虎空多炎蒸峰頭獨雷

太古雪璀璨瓊瑶色相盪六月烘審亦不消

四時員顱冒寒氣旺天下山唯五嶽拏慈山神

秀何遠讓惜戟遠在夏服外祀典不會舉柴

望我有平生濟勝具尋眞自擬追會尚西遊

香嶽理蠟屐東陟金剛攫玉杖此外名山不

可數冥搜著處窮跋宅地偏猶嫌眼孔小海

外仙區思遠訪丈夫持節亦云榮萬里星槎

泛淼瀁十洲三島歷遍多見此倍覺煩襟暢

氛翳捲盡山骨露削出芙蓉半天上也是微

誠有感遍衢缶開空事堪况條然藥氣逼肌

骨浩蕩奇遊實天覘聞說仙人此窩宅銀臺

金闕紛相向颸輪芝蓋俟去來種持金允幾

許長欲往從之歟未羽使我徒然起惆悵狀

桑麥凝驍我髮明日征車路脩曠

正使大人見惠詠富士山佳篇依韻奉

謝詞篆下幸勿吡鄰　別宗

君不見富士歸巍正與天乎比崇萬古長鎭

野馬臺之東商舶往來緣海國遙望杳靄有

無中萬丈秀出層霄上膚寸雲起自冥濛須

史變化不可測朝暉夕陰興無窮巨鰲背上

戴得否天然奇容造化公頂撐六葉如玉胴

成就中釋迦高薄層穹形如蓮花新出水緣

見山色解丟蒙天開一幅活畫圖方識由來

宇宙洪爲破塵劫無明睹龍閣水晶一燈籠

徐市避秦來此土傳是海上蓬萊宮紫煙寵

風氣裊裊颭縈繞連延橫碧空萬岳千峰爭鐘

秀暖氣回時泜水融此峰六月飛白雪大地

無端生冷風玉筍瑤簟森列無除半腹吐泉

遂漲驚深狀桑朝旭離海時日雪翻紅色欲

烘箱嶙嶬攀半日程湖回創影要憑饕萬壑

望處不改容繡約芙蓉出天工名播四海九

州外隔鄉枕上夢魂通方今得仙人九節杖

快睛決皆日正矓朧吟成瓊篇孫絕賦試㨩

地求響瓏瓏洛陽傳寫紙價貴客中玩弄慰

飄蓬傳聞金剛人世仙境知是探奇已炙翔

鴻咸陛一萬二千峰峋岫輞嶺嶬雙塵神闕

騰空捫星斗異花靈艸正青苍英靈所鍾風

物奇澤不洞今山不童願随星樓踰渤海觀

允遠攜木百翁比巍周回二千里泰嶽超出

嶮巇世上六峰高嵩雞林處處多名山天馬鳳

頭昜爭雄虛空織伦紅錦繡應産琭珀千歲

楓是法平等無高下這裡何爲論異同岳嘗

士最高頂名

奉次靖菴任公富士行高韻

別宗

瞻彼富士山巍然秀氣鍾根蟠豆相駿勢歷
九嶷峰行行吟望足亭亭玉芙蓉二伏炎蒸
盡千秋積雪封雲散銀色耀太陽炙不鎔驛
程歷秋夏茫屆仲冬永柱掛儋上曉樹霜
更濃西東來徃路宛如雲從龍到處開盛宴
萬里粮何春城外幸持節應須訪仙蹤邶耶
蓬萊嶋人間也難逢白山及立山争若此奇
容萬歲太平基裡祀奠黃琮古來風騒客誰

不容吟胸谷有千種藥峰無二株松橫空素

羅笠四時翠色穠雲表降清露足以充饑饕

公是任金董雄才卓不庸讀書道早成術業

獨自攻文如黃河注波瀾已洶洶禮樂學三

代顯仕與尤宗山靈爲護衛送青詩料償軍

儀肅無譁如水徒從愧我裹朽質安能當

機鋒〔與富士爲三大山〕

　奉次南岡居士見惠長篇

〔自山立山皆在北州〕

別宗

字字挾風霜饗膏沆恰如雞登木牛鳴盞文

夫豈能総桑弧豪氣高志不可抗重溟遠泛

客槎君是騷壇宗匠朝簒百賦暮千詩錦裳

收拾幾萬嶂玉六瓊岑波回危帆腹飽風舟

輕颺長汀逞浦動轡愁憩渚鷗洲得關放儒

釋雖異道交同膠漆玩元非匕兩輩却愧漫浪

疏荀莫笑通郵筒對境冝詠風雲狀半年行

役異鄉人旅程幸免黃茅瘴門前車馬憂喧

舋士卒奔走天地盈王使臨舘頫相迎禮容

濟濟又旺旺皆謂淡水君子交恭敬樽節共

退讓自古鰈鶺兩域往來久絡繹至今海西

海東立死擬博望所經多是仙佛之居幾山

剩水足以嘉尚登宛涉險不蹉跌隻手斜引

郭休杖杖頭冨士峰巍屹沖天萬由旬心開

目遊若飄浮騰上而放宕仙簫徹霄響琳琅

妖停軺車苦尋訪絕頂深窪似炊飯饒底有

池水決瀁聞答白衣二天人歌舞幽懷錦以

暢絆竹叢生恆凌寒丹鳳白鶴遊其上攀崖

開路役居士從此幽人繼來況中華樂浪文

章士遠投盛藻是珍貺五嶽七金各嶢嶤杳

滋隔海似相向南圃先生伴瘦筇階盡風泉

無冗長想像毘盧頂顎紅絹楓野袮無術縋

地空怊悵安得一登最高嶺目小天下心夷

職々

　役居士六役小角也為

　人上有興術能窮深山

志感一絶錄呈別宗長老道案　并小序

　　　　　　　　泛叟

粵我先君壼谷先生拭玉是邪也接伴達

長老九巖栢東堂茂源兩大師辛勤護行

於海陸四千之程伊時相厚之情豈以緇

素有別而區域相間哉其所與酬唱之偈

不啻數十篇合爲一帖電伯寶玩之資依

附 次韻原韻於詩集中今已刊行于世夫
我先君之愛其人不遺其所倫必欲珍藏
而壽傳者如此則兩長老之寶我先君之
什而欲壽其傳者其情豈有異哉兩長老
雖已視寂兩家閣梨中必有傳得其二永鉢
者矣若使僕得與相見則可以覓覽遺軸
其敍曠笈少緒僕悲苦抑鬱之情豈不幸
哉今僕忝名記室樂趣窮滇萬里之外者
從以踵先君之遺躅也雖一路所經山川
景物苟有彷彿於當時吟詠之篇者則未

掌不拔塗而興感焉而況遺唾餘墨之於

身親見者哉茲搆二絕仰申此意幸乞大

師矜憐而指教之俾遂至懇則其於慈悲

之惠亦豈淺淺也哉

先君持節記當年萬里相從有兩禪寶館唱

酬多少什不知零落在誰邊

酬泛叟南公舩韻　并引　　別宗

曾聞壺谷先生恭承王命遠使于我　國

騎大岩茂源兩翁接伴賓館海陸萬里唱

酬之作積似一卷締句繪章膾炙人口焉

呼先生文章之士而愛人之情亦深矣是

以不遺其所佗編集而刋行于世是即所

謂逢人説項斯者也我 國素尚禮義厚

修隣好而景仰貴國之人恰如泰山北斗

苟得片言隻字則巾襲十重以爲家珍先

生遺什家家繕寫以傳于今 余亦收入矣

襲而爲行李一具況於兩翁相好之梁哉

公也先生令嗣而欲訪其遺蹤相覿從

事使君遠來此地其孝忱無愧閔曹之輩

矣夫舜之於尭也有夔龍之慕如公所經

鶯囀重水無處非其遺跡追攀之懷不待
言可知矣且告有傳兩翁之衣鉢者則欲
相見其鄰疇昔壹巒之情茂源翁之的子
現住洛之建仁禪寺松堂和尚是也近臥
毘耶室定知未由晤語九翁之兒孫亦繩
繩不絕而與雲經東堂有同門好應須委
問茲寄佳篇一章以眹其情二展開則無
不盡然而爲之歎息也孝百行之本而釋
門尚所尊重也豈有緇素之異乎因廣示
韻聊慰客中之孝懷云

先考執圭乙未年兩翁相伴說詩禪遺篇讀

罷一揮淚遙訪舊蹤日域邊

一片秊心懷徃年懃懃追訪兩枯禪迢迢海

外欲尋跡月落殘山剩水邊

殿上辱陪朝鮮王使觀樂舞謹賦一絕

　奉謝

恩遇兼呈僉公旅榻下　　別宗

鳳翔鸞舞武昌城金石鏗鏘奏尤成兩國太

平歡笑語一齊和入管絃聲

　奉酬別宗長老殿上觀樂詩韻

氤氳喜氣護宮城萬舞公庭奏樂成爭說國

南閭

王勤禮遇一時簫管總和聲

奉呈別宗長老道案曰㫪幸蒙　國王

殿下張樂以饗之伏切感戢不任區區

仍構短篇求正慧眼　　靖菴

齊儒弇談天海外寰九州日東際休運武偃

文敎修善隣爲國寶舊好陸靑丘冠盖世一

聘星槎貫斗牛金殿恭祇王彤庭列鳴球育

樂聲嘽嘽式燕禮優優徵伶節奏齊被綵文

章彪周旋曳花裙盤躃舞金弓矛遼古蒙功德

永世著洪猷獻鴻濛誰傳道曲度可推求華音

多遠取麗譜亦勞搜蘭陵谷非烈仙李舊風

流梨園聲雜夷金墉勇破周豈知寰瀛表樂

府至今留泉曲紛錯陳八音鏗未休行人淹

鼻域飲永常懷憂叨蒙鐘鼓饗鹿鳴賦呦呦

側耳聆古樂觀風愧前脩且終以永夕歡難禁

懷古愁多謝空門友儐接情絪縹何時渡苦

海從師借法舟

謹賡副使任公奉謝張樂賜饗之韻

別宗

山河形勝地壯哉曰東州瀚海萬里西善隣

交久修歸法崇釋氏尊儒仰聖丘文德會來

鳳豪氣欲食牛設宴爲詩賦奏樂鳴琳球羨

見朝鮮國道行政化優使如三虎偉節獨

種彪禮容正冠蓋至治銷戈弭任氏出豐川

世世壯祖獻一身福慧足利名又爲求與中

關眺望題句繡腸搜筆得二王妙詞倒三峽

流海陞旅遊久一歲將云周慇懃通國信武

陵尚淹留立館擬鴻臚令君作燕休蹈舞齊

合節聲聲解百憂　辰稀鸞翔集彷彿食飧嚶呦

逼神八音響坐作似好脩從順天地體蕩除

人物愁預嘆離別近他日叙綢繆浪萃一分

手只恨不同舟

　　奉賀朝鮮三使獻國書　別宗

祈木扶桑久善隣兩邦通好幾千春曠眼舜

日耀寰界廳廠堯風遍海垠卿命已離勤政

殿奉書遙到武陵津旌旗映日龍蛇動冠蓋

滿城蜂蟻屯翰墨場中推博士蓬萊宮裡接

嘉賓珊珊鳴玉飄霞服箇箇堆盤獻國珍燦

爛人中文鸞鸞依稀天上石麒麟舟忠各具

奚論志文彩却超致遠倫巧賦新詩追李白

能裁尺廣倒陳邊江東馳譽非無數方外修

交亦有因仰視德容端肅整忽令汙俗再清

淳一時罷遇浴恩澤萬里旅程怱苦辛蒙頒

賜茶塊破悶青州擧盞不辭類江山呈瑞乾

坤別州樹放光日月新永計往來猶窓邁要

祈福祿悉騈臻明晨相共回歸猟怡是錦榮

朱買臣

到東武聘禮既訖又別宗大師賀詩十

六韻

平泉

舟車萬里事遠隣　盛夏東征過小春　上事豈
貪愁遠役邢心元欲騁　遲垠山河表裡開都
會城關逶迤控海津　累世太平承富樂百年
熙運掃荒屯　已修邦典敦三禮　爲牙行人設
九賓客館駕崇依淨界　甕官絡繹送兼珍金
宮盛饗歌唱鹿綺席仙羞飲擘麟　列國觀風
忻季札　廣庭陳樂命伶倫　多儀總是中心既
異春初非故事遭　況有高僧勤遠償相隨半
歲卽泉因沿途迭唱文詞湧擁席清談氣味

凉天外壯遊同跌宕客間孤抱奈酸辛音出

故國經時潤節物殊方政候頻雪色蕭蕭侵

鬢變梅花的的返魂新遲瞻北斗中宵立此

去東韓幾日臻願借浮杯催渡海聖君應念

飲永臣

東武歸路小詩一絕奉呈三使大人旅

愧下聊慰羈情

　　　　別宗

為國忘身葵藿誠明君何不感忠情東萃萬

里榮旋日定識盛名齊蘭生

　　　　　　平泉

奉謝別宗長老詞案

炳炳男兒報國誠異方誰與訴衷情終年遠
役君休問王事關心白髮生

奉謝別宗大師道案　　靖巷

異邦誰與討心誠唯有高僧不世情西去淚
萍看漸近雲波爭奈別愁生

謝謝顧神長老道案　　南岡

驅馳原隰聲微誠歲暮天涯遠客情王事至
今猶未了此行深愧鄭先生

小田原旅舘卒賦一絕以寄製述官李
君兼簡洪嚴南三詞伯　　別宗

來往追隨萬里程 逢場共說海雲情 而寒夜
喜吟身健借問新詩幾省成

　　奉次別宗長老惠韻

來騎行色去時程 萬里追隨共此情 客枕才
歌天欲曉 法筵團會幾時成

　　再次前韻以呈東郭詞伯

　　　　　　　　　　　　東郭

木道經過又驛程 東來西去豈無情 孤猿叫
斷筥根頂半夜 月寒夢未成

　　　　　　　　　　　別宗

藤枝客夜奉次別宗長老韻却寄

東郭

出關行盡數千程海樹山雲總別情晨敬夜
鐘吟與倦一篇聊爲老師成

三疊前韻

別宗

昨夜雨師淸去程千山晴雪慰風情陳王旅
捉何堪羡對客好詩七步成

奉次願神大師疊示之韻

東郭

白雲滄海是歸程一片孤帆故國情怊悵沙
門從此隔上方淸晤更難成

四疊前韻

西洛東都數百程幾回雙鯉耐遍情浪華津

別宗

上一廻棹不識何年再會成

疊和

瞹雪寒雲古驛程萬箄燈影竹間情風流正

東郭

屬重水客聊與群仙小會成

謝別宗長老惠紙

東郭

百郡溪藤最絶奇感君特贈別離時西歸定

別宗

有相思字一幅堪題一首詩

次東郭祠伯惠韻

別宗

志氣雄豪書亦奇龍蛇競走醉吟時且欲自

紙忽增價換得一篇錦繡詩

奉次別宗大師际韻　　　東郭

清篇政比杜陵奇徉徉吟成對酒時雪色雲

絲携滿篋不求桐葉可題詩

杜詩曰桐葉坐題詩

再謝東郭先生惠韻此日值雪

海山風物一回奇整整斜斜雪灑時不用爲

君求好句瓊林銀樹月然詩

別宗

走次別宗長老韻

東郭

六花添得一分竒政是千林薄暮時天意定
嫌吟料少也供詩老寫新詩

途中咏雪短篇奉呈三使大人旅榻

別宗

昨夜彤雲合俄看六出華滿天飄素毳大地
布銀沙山削千尋玉樹開項刻花王献鴈槹
艇陶谷耐湘茶征馬臨關瀧歸樵失路嗟艱
瞻齊凸凹澀渺絕谿領存老曾成道妙師獨

結跏園籬疑蝶舞瓦屋没鱗差月皓松無影

風收竹却斜寒巖頻襲衲景勝好停車如入

普賢界似遊孫氏家天憨詩料乏吟興為君

加龍鬚雪中生故云

高峰原妙禪師在

謹次別宗大師詠雪十二韻

平泉

南天逢積雪朝日萬滂華地上鋪瓊屑空中

撒玉沙如風初起絮何樹不開花色映仙人

鷔寒凝學士茶心神清可喜徒旅凍蹉嘆眼

眩冰山矗身穿玉洞衿惜惜愁似病兀兀坐

如呵使事何當了歸期恐又差吟怜梅薹動

行逐酒窮斜瓶缽遙隨客珠璣爛照車那知

耶人曲今出梵翁家欲稱才全退離愁裹自

加之神仙中人謂　王恭披氅涉雪人謂

奉次顧神大師詠雪韻錄呈道案

南岡

積雪催凝瓦竆冬錯物華賭臚明伴月鋪砌

淨如沙萬壑成銀海千林著玉花因風看起

絮臨地聽鳴茶酒憶紅爐燧寒斃白屋嵯川

原連浩淼崖谷失容衒祖褒寒無汗愁吟坐

学覷容行猶不息歸計恐成羞貌弊嬾風冷

鵝翮惜日斜夢猶淳刻槧詩或詠對車韻釋

投佳什高才擅道家深情欲相報清興十分

加

奉次頤神大師賦雪韻

龍湖

凍雪駈陰沴頑雲罨日華漫天飄似屑落尤

揿刻沙巧削峰峰玉工裁樹樹花硯沼輕潑

墨爐冷絪凝茶山邐樵奚㑋氷梭纖婦嗟積

埋墻繞繞填滿谷爺豁灝岸吟肩孿靈山坐

膝跼ズ竹低キ枝蝶蝶溪覆テ石差差樣ニ燭ヲ光還ヲ閃キ

窓簾影復斜客行愁畏道賓館駐征車正妍

尋梅迢空思訪酒家禪翁饒雅趣吟料想應レ

加

　　途中值雪戲作二絕呈東郭李公詞案二

博粲

　　　　　　　　　別宗

雪花片片滿林丘項刻築成白玉樓東郭昔

年穿履去定知此老有風流

追次別宗大師咏雪韻ヲ

　　　　　　　東郭

瓊作千林玉作丘冷光先襲海邊樓飛花作

捲朝暾出宛轉乾坤彩永流

向呈二荒山一作先 八景圖一軸於三使

大人謹案往篇各賦新詩見惠因裁二十

絕奉酬僉公詞案　　　　別宗

二荒嘴嶪壯洪基二十幅丹青描得奇神德永

瞻添瑞氣雞林官使為題詩

澱川舊名玉江又名二嶋江往昔有梓

本人尢沙門西行味歌至今膾炙人口

此日與貴國諸公櫻軸連艫因賦二絕

以呈東郭李君船窓下兼簡洪嚴南三

詞伯要和

別宗

蘭舟共繋玉江邊水白山青月色鮮這裡何

求三島去勝遊恰是似神仙

激浦舟中奉次顧神長老寄眎韻

東郭

桂棹沿回玉浦邊落霞飛盡霧容纔何人指

黠爭相語東客今朝作海仙

槎客通筒集卷二 終

槎客通筒集卷三

## 中興光雲英中和尚畫像讚

平泉

南禪嫡傳北院眞詮弘此法門庸彼羣悟可
化者形不滅者靈鬱彼芝上雲月千秋孰寫

其眞弟子頤神誰讚其圖東韓使乎

同
靖菴

竺教西來自中夏而流東極莞哉賢師卓乎

善識回慧日於暘谷注法雨於海域形獨寓

於繪素道就壽於空色

同　　　　　南岡

水流而月長印薪盡而火猶傳緊師之慧性
不泯爰獨遺像之儼然

一日攜我英中老師頂相一幅就三官
大人謹請繫一辭于其上各公欣然而
書讚見惠其心聲墨妙不勝欽服嗚呼
發揮我師之遺德者三大人也因賦野
偈聊抒謝愊三首

別宗

其一　酬正使

山河大地我師真無相々中面目新定裡正
知開笑眼微言讚尽樂浪人

其二　謝副使

宏才巒嵩逞雄毫親為老爺加稱褒身後憑
第二彰德色岌覺芝嶽更增高

其三　酬從事

雄才揮筆動清風變玉鏽金賛我翁眠夜塔
頭揚瑞氣晴虹万丈映寒空

送三使大人并引

別宗

今茲辛卯之夏趙公任公李公三使相恭
承朝鮮國王殿下大命遠使于幣邦聘禮
克姫克絢曰使哉使哉不意奉我
　王命護衛行路於戲三使相君子之人
而愛人以德不棄卑陋萬里相親恰如骨
肉其交也不讓支許陶遠之革今已臨別
心苦肝酸不忍離去只恨迢遞木道不得
相伴矣因綴長篇一首以克陽關幸勿叱
攔

大哉君子國萬里隔天涯地廣民無彩穀豐
土所宜西垠漫鳴緣東際接天池巍巍檀君
廟儼然箕子祀治和嚴法今紹襲介繁禧兒
崎爲三國瓜分鎭四陸徐隆開百濟王建號
高麗徐伐幷而立朝鮮茇旦夷曾成蠻觸闘
恰似魏吳驪范秀戰其死利孫力整師霜來
還露往物換又星移八道皆歸羣黎永祝
鼇奉朝存舊號勤政正官儀布澤恩霖有
威風草靡流頭爲禊飲歲拜賀期頤冠服從
華制文章論楚辭崇儒師孔孟積德邁軒義

木覓高鍾秀漢陽夏關基宮樓輝宇宙庭沼

貯連灘三角浮禪氣五冠掛赫羲喬松橫絕

鰲脩竹引凉颭豪傑選文士者英衆幸司太

平新製頌塊率好歌詩清潔蒿精紙輕堅麻

浦瓷飼烏香藥飯賜藥舉瓊尼文廟聖明學

成宗灝灆詞植櫻彰孝忱詠橘吐新竒兔嶺

青參崒蚊川翠渺瀰覺佳生好種人傑挺英

蔆紅蛤充嘉膳紫參蔬病羸神功冠衆藥靈

驗越仙芝五葉中華少三椏萬國知昔聞徧

龍術今見貴麟醫別有長生訣頓除累劫麼

獅巖欽老本鳳嶺想禪不法水流東漸慈雲
覆四垂轉經齊奏樂創寺幾影碑空裡湧金
塔林中響鐵鎚納涼臨漢水禱雨仰峨嵋圓
曉花開早峰回月出遲誰樓復寸起畫檻倚
天矯鸞鶴巢蒼柏虎虎嘯碧崖姓宗任趙李
地絡弘柔支麟妤久無爽舊盟固益杂我
王令巳立使者特遙來縱纜金洋上繫橈藍
鳴湄層瀾涵旅袖宿雨濕愁眉和霎檣聲發
駕風帆影欹陽侯能守護海若為扶持蒲際
羣鷗鴻蘆邊雙鷺鴛珠璣胸次富錦繡筆端

樹才德革坤重聲名退邇馳赤間關家寶明
石浦參差安帝波中恨人九霧裡思飄搖廻
揖棹楊曳列旌旗虛虛嚴開館村村盡掃岐
朱甍併畫棟鏤檻又文槐到岸齊投石向秋
忽脫稀商颺悲蕭殺爽氣嘆寒其楓涷錦千
樹菊芳玉一雛彀筵觴絳帳羅門薦香炊瑞
日簾曈曨祥風陣陣吹何事當北向取路正
東之鏡嶠磨明月琶湖瀁碧瑠莫金還振玉
結驪復方斬座上安關帖吟中岸薤羅思鄉
情怒感爲客淚漣洏士岳籠煙靄箱峰拳險

嶬岸高猿亦畏路杳馬應渡八十里長坂億
由旬素彌潭澄開碧鏡瀑掛亂銀絲來奉相
如璧行乘大禺欄寒螲追電改草木飽霜萎
玉篩綠槍列芒鞋竹杖隨打談揮麈尾通語
用毛錐彷彿從形影依稀吸鐵磁慚羞楞櫟
質瞻覩棟梁姿　王命難蟬蛻官塗無冀驥
雖看招隱賦元文買山資未辦放象麥登答
駟與驪驛程蒙顧眄宴席作牽毘卓犖逗難
裕徜徉素不羈名文應去鷡犍筆耐窘蠆傳
倚書高棒登城車載脂門中陳寶馬庭上走

珠基作舞臺翔鳳調音樂吼夔終朝蒙寵遇

滿座共娛嬉帶礩雙邦穗鏊耕萬井熙恭承

珍產賜節得玉階舜進退咸全禮周旋正中

規歸程寒徹骨通夜粟生肌京洛再留駕撗

津緤解維雖修膠添契奈有別離期心緒亂

千緯愁襟逢百罹何年重得會他日復歸難

添識仁人慈善言餘我貽

和

別賦一絶奉呈三官大人以賀錦旋宗

別宗

清曉雪晴禪日輝喜看星旆向西歸重淇遶
遞五千里一片錦帆自在飛

次別宗大師曰咋寄示之韻

平泉

長河瀰瀰月流輝杖錫沙頭相送歸極目雲
波五千里可憐悬鴈北南飛

和寄別宗長老道弃

靖菴

刀頭明月正洊輝沉海星槎萬里歸恨與西
僧三笑別天涯雲雨各分飛

奉謝別宗大師贈別之韻

南岡

暮天寒日淡無輝行子孤帆悵獨歸想得遠

公三唉罷翠微源處短笻飛
送覃郭李公歸朝雜

別宗

終年相佯驛程中竹北花西駐雨久東川後倦

山千萬疊橫頭後庚埋還去
奉次別宗大師贈別韻

東郭

鶴骨依依在眼中夜深晴月小樓東歸心不

逐窮陰盡帆帶寒雲映碧空

能通
和語

餞同知崔公以攄憤別之請　崔氏名尚

別宗

譯舌相通兩國情言辭清朗事分明修程於

別宗

我交尤厚可惜明朝萬里行

餞洪巖南三記室歸朝鮮

別宗

萬里追隨經幾時山川佳處然吟鬢莫嫌紋

別ヲ到ル農鼓明日象商天一涯

小絶一首送長叟南君歸朝鮮以代簡

別宗

相逢之處又相離浪速津邊折柳枝賴有先
人舊知識感君孝志客新詩贈送詩賴達松室和尚故云然

有恩滄浪洪君作詩試東郭詞伯以寄
渴望之懷

別宗

往歳壺醬洛水東幾看梯莖咏笑風楠程悬

路梦雖到兩地隔天信不通毎把舊題知句

相思詩一筒

妙過環高誼義才崇如今正値星槎返爲寄

追感一首呈三使大人 并引

我　殿下所贈屏風有佐々木三郎源讚

盛編　渡海圖三郎我遠祖兵部諱秀義之

第三子也往昔戰爭之日直渡藤戸海而

爲先登武名偉功赫赫今古我齷齪出家未

忘其本在東都之日幸得覽此圖不勝雄

感因賦千絕以述卑懷聊供三使大人之

一粲伏乞哂政

別宗

駿馬直超藤戸洋二郞功蹟甲茯桑分明畫
出屛風上更喜遺名播異方

別宗大師新得御賜屛風有源三郞騎
馬渡海圖師卽源氏之裔追感有詩余
輒和之

平泉

英姿畫裡颯餘威躍馬超溟古所稀始識君
家前烈茌九重恩賜倍光輝知誤作御鄙時正使沫病當
正使大人見慰余追感依韻奉謝

別宗

昔歲三郎遷武威日東今古競稱稀使星幸
賜瓊瑤句千載鄒宗生瑞輝

　河口奉別陀巖長老不勝悵黯略橫兩
　律用替留衣

　　　　平泉

吳城新知得老師東行千里鎮相隨秋深淀
別此生寧有再逢期雅應三片頭陀月長照
浦齊搖櫓雪霽琶湖細和詩今日便成三咲
藍溪縅憬時欲歸臥溪上故結句及之
西歸何日可忘師飛錫征軺憶共隨坐右煙

霞移活畫十二峰嘯雪入新詩浮生聚散渾如

夢來世寅緣豈有期一曲離歌嶽林酒浪華

津上月明時　師向贈八景畫軸故第三句云　然
〔鉢石山名日光山八景共一也〕

河口舟中走筆謹次正使大人留別韻

別宗

使相甚稱百世師此生何幸共追隨歲弗新

得金蘭友行路幾吟錦繡詩羈旅半年欣莫

逅別離再會苦無期故園萬里歸休後月照

藍溪高卧時

一朝相送返京師別後雲林誰與隨明月清
風二十盞酒青山綠水幾篇詩幸欣慧遠逢陶
令還恨伯牙負子期他日回頭白雲外遙思

海口接所時

謹構二律留別順神長老

南岡

休言儒釋本殊途意氣猶將心膽輪每喜征
軺隨錫杖眞如濁水照尼珠留衣遠別還堪
惜把酒同歡豈更圖唯有浪華津上月滄波
萬里逐橋烏

河口舟中走筆奉次從事大人留別韻

別宗

往還萬里共同途夏喜蕭君誠意輸徤筆走

龍追晉帖新詩照坐似隋珠風開滄海回舟

楫天霽雪山展畫圖莫道此生難再會燕丹

曾見白頭烏

舟到河口停橈相別懷緒益覺作戀復

題二絕仰呈顧神道案

南岡

此地逢君又別君悠悠聚散等浮雲臨分未

忍催征櫓ヲ一曲離歌怨夕曛ヲ

從事南岡大人河口臨別之時復見投

瑶篇一章恩忙無由操觚黯然消魂而

已別後不勝依依夜泊淀浦挑燈嗣響

託便奉謝詞案

別宗

河邊縮柳送諸君歸艇遙浮鶴背雲停棹中

流頻斂別潛然滴涙到斜曛

留別別宗長老

泛叟

憐君道骨自超倫水鏡胸中無點塵何幸追

隨東武路若爲留別浪華津孤舟獨去雲千

里兩地相思月一輪分手海門三笑罷古人

心事即今人

次泥叟詞伯留別韻ヲ

別宗

斑衣孝志邁羣倫況復英標清絕塵曉雪瀧

峙齊陟險暮雲深處欲探津腰間佩得文章

印心上轉來風雅輪今夜別離尤耐情明朝

各作異邦人ト

野律一篇奉餞以酬和尚護送韓使赴

對馬州

別宗

白踏雲兼雪西東路八千驪驪江府上分袂

浪華邊吾返一條杖師行萬里天星槎勤護

送和暖作榮旋

別宗

淀河船上思二使大人不寐所恨臨別

草草不能盡言因題二絕遙寄寓詞聊

據微忱云　時值雨雪

別宗

停橈離別二八洲邊慘感無言淚似泉雪夜相
思明月下幾回欲棹刻溪船

海口一別後不勝膽戀因構鄙律一篇
遙寄朝鮮國製述官東郭李君詞案

別宗

屏嵩把手惜分離身在迢迢天一涯自雪屏
瓊淸去路黃花墨玉記來時情如巨海深無
極淚似飛流下瀉崖手折寒梅逢驛使相思

遠寄兩三枝

室津館奉次別宗長老淀河寄示韻

河口分路至今依黯荒江冷南只令人消

魂而已邇中忽承瓊瑶之惠可想大師猶

有眷係於舊也謹次惠韻以奉足替他日

萬里外面見也臨發忙欠別幅愧悚愧悚

惟願益加精進以示區區

　　　　　　　平泉

萬年山在白雲邊聞有高僧早錫泉聲為行

人煩一出秋風同上洞湖船

千里相隨絕海邊愛君詩思湧妙泉當時陸

子千金豪事似驪珠照客船

聞君已過淀湖邊歸卧雲林嗽石泉行李祗
今猶阻滯室津風雨繫樓船
歲色將窮久客邊故鄉歸夢遶林泉芒芒海
路何時盡欲倩禪家大願船

頤神堂道案

靖菴

河口敍別卒卒如夢境餘懷恨然久而未
巳吟成一絶無便可將茲承遠問復惠瓊
琚奉翫以還慰感交至謹呈寓構復此効
鼃少拚鄙誠了

長河落日暫停舟草草傳杯叙別愁通憶阿

山寒夜雪佛燈孤照翠龕幽

佳人遥隔碧雲邊每想 尼珠照濁泉多謝禪

心猶佳著慇懃麗藻問歸船

奉次別宗長老惠寄韻

南岡

別懷至今作戀眷意忽撥瓊作如獲變接

清儀何等慰釋草草一詩謹此和呈而此

後嗣音亦将未易把亳只增悒悒而已

涙洒長河夕照邊別愁無賴酒如泉禪家縦

有浮林術邢得相隨萬里邸

追次正使大人室津惠示韻四首并引

河口之別怱忽屢更月籠景慕雄威何能

假翼茲承瓊報差慰瞻渴因再賽前韻聊

抒幽情只恨海山負隔嗣音無階

別宗

其一

寒風繫纜室津邊妍遣驪愁汲澗泉別恨未

鎖長傻受獨嗟萬里不同雅

其二

棲鸞藍溪花竹邊遠追德裕躡平泉大明知
有山八歲在他日爲吾付返船 大明興名在朝鮮漢城府

其三

日凝眺望海西邊暮雨朝雲瀉眼泉幾把惠
篇吟不罷追懷河口共友船

其四

經過赤間白石邊客中徙倚飛雲泉鐘聲驚
破北歸夢月落寒山夜半船

追謝副使大人三首 并引

別宗

以余心之恩閤下ヲ知閤下ノ懸懸於余也果

得嘉藻及和篇之惠喜懼參并因繼其聲

且慮前韻用寄區區之煩想

其一

層波假使泛千舟難載分離萬斛愁海路迢

迢歸去後梅窓探句月明幽

其二

聞君已在靹津邊忽迎三元酌酒泉從此東

皇猶布澤春風吹送越滇船

其三

十幅歸帆向遠邊堪愁此別及黃泉殊邦誰

不慕才德文思敏豪下水船

再酬從事大人三首並引

　　　　　　別宗

西泉之殊相去萬里寒鴈江魚徒增感歎

寄示之報章珍翫不忍釋手再追次而少

寬憂懸云

　　其一

雙淚通宵滴枕邊夢中自訝瀉溪泉覺來恍

若對標格吟斷寒江雪裡船

其二

豪氣雄飛牛斗邊詞鋒凜凜似龍泉慈恩難
次樂天何頑戇依然只刻船

槎客通筒集卷三終

正德二年壬辰五月穀旦

文臺屋次郎兵衛　開版

同　　儀兵衛

撫州河口船上臨別筆語

慈照小徒 祖沖 祖會 錄

填腔別恨口不能通悠悠此意但在黙會只

祝慧日法海百劫無窮 正使

惜別恩恩一船離恨何由展乎此地怜是灞

陵不任消魂不慧 亦恨語異不能通情惘然

如有所失 別宗

願以三杯相別幸勿辭却 正使

雖空門元戒酒向有

公命追陪盛宴方今何敢辭哉 別宗

別意無窮而行不可駐他時相憶惟望天東

之月色切冀道體永祕 正使

切恨　公程有期鵜路萬里不得追隨別後

渭樹江雲空馳翹望而已 別宗

萬安萬安萬安 正使

萬萬所祈錦帆無恙速作榮旋更冀若序珍

攝珍攝 別宗

與大師同往還幾多日月云尚未得做從容

一穩止豈千古騷家不當期者哉 僕亦有情

別詩及此少說話即小童無狀持圖書去已

遠未可此待之耶　東郭

雖未獲一連床開粲花論西東萬里相伴唱
酬多篇已滿筐裡不是一月之雅也今臨別

此情何能趑然乎　別宗

大師自是千古傑人　東郭

杜撰長老褒讚過實愧怩愧怩君是絕世英才
向所索詩文等別後幸勿負約　別宗

八景詩曾已寫之所送畫幅而小童覆水浸
淹字畫漫漶不甚見故求它紙書呈罪嘆罪

嘆兩詩稿序文草呈望領納焉　東郭

不意今得諸于茲法門先輝何加旃乎感謝

萬萬 別宗

圖書去已遠無心作日後顔面敬具 東郭

一分袂後難爲再會行色忽忽未由歌南浦

詞切希海路順時珍悉 別宗

東郭握師手不忍離去以手插耳作語言

不通之勢左右頻勸行不得已而分袂乃

當迴棹嗷然袂瘴師亦涕泣覆面

辛卯臘月十八日

# 조선후기 통신사 필담창화집
# 번역총서를 간행하면서

 20세기 초까지 한자(漢字)는 동아시아 사회의 공동문자였다. 국경의 벽이 높아서 사신 외에는 국제적인 교류가 불가능했지만, 문자를 통한 교류는 활발했다. 중국에서 간행된 한문 전적이 이천년 동안 계속 한국과 일본을 비롯한 주변 나라에 전파되었으며, 사신의 수행원들은 상대방 나라의 말을 못해도 상대방 문인들에게 한시(漢詩)를 창화(唱和)하여 감정을 전달하거나 필담(筆談)을 하며 의사를 소통했다.

 동아시아 삼국이 얽혀 싸웠던 임진왜란이 7년 만에 끝난 뒤, 조선에 군대를 파견하였던 중국과 일본은 각기 왕조와 정권이 바뀌었다. 중국에는 이민족인 청나라가 건국되고 일본에는 도쿠가와 막부가 세워졌다. 조선과 일본은 강화회담이 결실을 맺어 포로도 쇄환하고 장군이 계승할 때마다 통신사를 파견하여 외교를 회복했지만, 청나라와에도 막부는 끝내 외교를 회복하지 못하고 단절상태가 계속되었다. 일본은 조선을 통해서 대륙문화를 받아들일 수밖에 없었고, 그 방법 중 하나가 바로 통신사를 초청 때에 시인, 화가, 의원 등의 각 분야 전문가를 초청하는 것이었다.

## 오백 명 규모의 문화사절단 통신사

연암 박지원은 천재시인 이언진(李彦瑱, 1740~1766)이 11차 통신사 수행원으로 일본에 다녀온 지 2년 만에 세상을 뜨자, 이를 애석히 여겨 「우상전」을 지었다. 그 첫머리에 일본이 조선에 다양한 전문가들로 구성된 문화사절단을 파견해 달라고 요청한 사연이 실려 있다.

일본의 관백(關白)이 새로 정권을 잡자, 그는 저축을 늘리고 건물을 수리했으며, 선박을 손질하고 속국의 여러 섬들을 깎아서 자기 소유로 만들었다. 그 밖에도 기재(奇才)·검객(劍客)·궤기(詭技)·음교(淫巧)·서화(書畵)·문학 같은 여러 분야의 인물들을 서울로 모아들여 훈련시키고 계획을 갖추었다. 그런 지 몇 달 뒤에야 우리나라에 사신을 파견해 달라고 요청하였는데, 마치 상국(上國)의 조명(詔命)을 기다리는 것처럼 공손하였다.

그러자 우리 조정에서는 문신 가운데 3품 이하를 골라 뽑아서 삼사(三使)를 갖추어 보냈다. 이들을 수행하는 사람들도 모두 말 잘하고 많이 아는 자들이었다. 천문·지리·산수·점술·의술·관상·무력으로부터 통소 잘 부는 사람, 술 잘 마시는 사람, 장기나 바둑 잘 두는 사람, 말을 잘 타거나 활을 잘 쏘는 사람에 이르기까지, 한 가지 기술로 나라 안에서 이름난 사람들은 모두 함께 따라가게 되었다. 그런데 이들 가운데서도 문장과 서화를 가장 중요하게 여기지 않을 수가 없었다. 왜냐하면 그들은 조선 사람의 작품 가운데 한 글자만 얻어도 양식을 싸지 않고 천리 길을 갈 수 있기 때문이었다.

도쿠가와 이에하루(德川家治)가 쇼군을 계승하자 일본 각 분야의 대표적인 인물들을 에도로 불러들여 조선 사절단 맞을 준비를 시킨 뒤,

"마치 상국의 조서를 기다리는 것처럼 공손하게" 조선에 통신사를 요청하였다. 중국과 공식적인 외교가 단절되었으므로, 대륙문화를 받아들이기 위해 조선을 상국같이 모신 것이다. 사무라이 국가 일본에는 과거제도가 없기 때문에 한문학을 직업삼아 평생 파고든 지식인들이 적어서, 일본인들은 조선 문인의 문장과 서화를 보물같이 여겼다.

조선에서도 국위를 선양하기 위해 여러 분야의 문화 전문가들을 선발하여 파견했는데, 『계림창화집(鷄林唱和集)』이 출판된 8차 통신사 (1711년) 때에는 500명을 파견했다. 당시 쓰시마에서 에도까지 왕복하는 동안 일본인들이 숙소마다 찾아와 필담을 나누거나 한시를 주고받았는데, 필담집이나 창화집은 곧바로 출판되어 널리 읽혔다. 필담창화에 참여한 일본 지식인은 대륙의 새로운 지식을 얻었을 뿐만 아니라, 일본 사회에서 전문가로서의 위상도 획득하였다.

8차 통신사 때에 출판된 필담 창화집은 현재 9종이 확인되었으며, 필담 창화에 참여한 일본 문인은 250여 명이나 된다. 이는 7차까지 출판된 필담 창화집을 모두 합한 것보다 훨씬 많은 수인데, 통신사 파견이 100년 가까이 되자 일본에서도 한문학 지식인 계층이 두터워졌음을 알 수 있다. 8차 통신사에 참여한 일행 가운데 2명은 기행문을 남겼는데, 부사 임수간(任守幹)이 기록한 『동사록(東槎錄)』이나 역관 김현문(金顯門)이 기록한 또 하나의 『동사록』이 조선에 돌아와 남에게 보여주기 위해 일방적으로 쓴 글이라면, 필담 창화집은 일본에서 조선과 일본의 지식인들이 마주앉아 함께 기록한 글이다. 그러기에 타인의 눈을 통해 자신의 모습을 객관적으로 볼 수 있다.

## 16권 16책의 방대한 분량으로 다양한 주제를 정리한 『계림창화집』

에도막부 초기의 일본 지식인은 주로 승려였기에, 당연히 승려들이 통신사를 접대하고, 필담에 참여하였다. 그 다음으로 유자(儒者)들이 있었는데, 로널드 토비는 이들을 조선의 유학자와 비교해 "일본의 유학자는 국가에 이용가치를 인정받은 일종의 전문 지식인에 지나지 않았다"고 규정하였다. 그 가운데 상당수는 의원이었으므로 흔히 유의(儒醫)라고 하는데, 한문으로 된 의서를 읽다보니 유학에도 관심을 가지게 된 것이다. 이노 작스이(稲生若水)가 물고기 한 마리를 가지고 제술관 이현과 서기 홍순연 일행을 찾아가서 필담을 나눈 기록이 『계림창화집』 권5에 실려 있다.

> 이　현 : 이 물고기는 우리나라의 송어입니다. 조령의 동남 지방에 많이 있어, 아주 귀하지는 않습니다.
> 홍순연 : 이 물고기는 우리나라의 농어와 매우 닮았습니다. 귀국에도 농어가 있는지 모르겠지만, 이것과 같지 않습니까? 농어가 아니라면 내가 아는 물고기가 아닙니다.
> 남성중 : 이 물고기는 우리나라 송어입니다. 연어와 성질이 같으나 몸집이 작으며, 우리나라 동해에서 납니다. 7-8월 사이에 바다에서 떼를 지어 강으로 올라가는데, 몸이 바위에 갈려 비늘이 다 떨어져 나가 죽기까지 하니 그 성질을 모르겠습니다.

그는 일본산 물고기의 습성을 자세히 설명하고 조선에도 있는지 물었지만, 조선 문인들은 이 방면의 전문가들이 아니어서 이름 정도나

추정했을 뿐이다. 홍순연은 농어라고 엉뚱하게 대답하기까지 하였다. 조선 문인이라면 모든 것을 알 수 있을 것이라고 기대했기에 생긴 결과인데, 아직 의학필담으로 분화되기 이전의 형태다. 이 필담 말미에 이노 작스이는 이런 기록을 덧붙여 마무리했다.

『동의보감』을 살펴보니 "송어는 성질이 태평하고 맛이 달며 독이 없다. 맛이 진기하고 살지다. 색은 붉으면서 선명하다. 소나무 마디 같아서 이름이 송어이다. 동북쪽 바다에서 난다"고 하였다. 지금 남성중의 대답에『동의보감』의 설명을 참고하니, '鮏'은 송어와 같은 것이다. 그러나 '송어'라는 이름은 조선의 방언이지, 중화에서 부르는 이름이 아니다. 『팔민통지(八閩通志)』(줄임)『해징현지(海澄縣志)』등의 책에 모두 송어가 실려 있으나, 모습이 이것과 매우 다르다. 다른 종류인데, 이름이 같을 뿐이다.

기록에서 보듯, 이노 작스이는 다수의 의견에 따라 이 물고기를 '송어'라고 추정한 후, 비교적 자세한 남성중의 대답과『동의보감』의 기록을 비교하여 '송어'로 결론 내렸다. 그런 뒤에 조선의 '송어'가 중국의 송어와 같은 것인지 확인하기 위해 중국의 여러 지방지를 조사한후, '송어'는 정확한 명칭이 아니라 그저 조선의 방언인 것으로 결론지었다. 양의(良醫) 기두문(奇斗文)에게는 약초를 가지고 가서 필담을 시도하였다.

稻生若水 : 이 나뭇잎은 세 개의 뾰족한 끝이 있고 겨울에 시들지 않으며, 봄에 가느다란 꽃이 핍니다. 열매의 크기는 대두만하고, 모여서 둥글게 공처럼 되며, 생길 때는 파랗고, 익으면 자흑색이 됩니다. 나무

에 진액이 있어 엉기면 향이 나고, 색이 붉습니다. 이름은 선인장 나무입니다. (줄임)

　기두문 : 이것이 진짜 백부자(白附子)입니다.

　제술관이나 서기들이 경험에 의존해 대답한 것과 달리, 기두문은 의원이었으므로 자신의 지식을 바탕으로 확실하게 대답하였다. 구지현박사의 연구에 의하면 이노 작스이는 『서물류찬(庶物類纂)』이라는 박물지를 편찬하기 위해 방대한 자료를 수집·고증하고 있었는데, 문화 선진국 조선의 문인에게 서문을 부탁하여, 제술관 이현이 써 주었다. 1,054권이나 되는 일본 최대의 백과사전에 조선 문인이 서문을 써 주어 권위를 얻게 된 것이다.

## 출판사 주인이 상업적인 출판을 위해 직접 필담에 참여하다

　초기의 필담 창화집은 일본의 시인, 유학자, 의원 등 전문 지식인이 번주(藩主)의 명령이나 자신의 정보용, 명예욕에 따라 필담에 나선 결과물이지만, 『계림창화집』 16권 16책은 출판사 주인이 직접 전국 각 지역에서 발생한 필담 창화 원고들을 수집하여 출판한 것이다. 따라서 필담 창화 인원도 수십 명에 이르며, 많은 자본을 들여서 출판하였다. 막부(幕府)의 어용 서적을 공급하던 게이분칸(奎文館) 주인 세오겐베이(瀨尾源兵衛, 1691~1728)가 21세 청년의 몸으로 교토지역 필담에 참여해 『계림창화집』 권6을 편집하고, 다른 지역의 필담 창화 원고까지 모두 수집해 16권 16책을 출판했을 뿐 아니라, 여기에 빠진 원고들까지 수집해『칠가창화집(七家唱和集)』10권 10책을 출판하였다.

『칠가창화집』은『계림창화속집』이라고도 불렸는데, 7차 사행 때의 최대 필담 창화집인『화한창수집(和韓唱酬集)』4권 7책의 갑절 규모에 해당한다. 규모가 이러하니 자본 또한 막대하게 소요되어, 고쇼모노도 코로(御書物所)인 이즈모지 이즈미노죠(出雲寺 和泉掾) 쇼하쿠도(松栢堂) 와 공동 투자하여 출판하였다. 게이분칸(奎文館)에서는 9차 사행 때에 도『상한창화훈지집(桑韓唱和塤篪集)』11권 11책을 출판하여, 세오겐베이(瀬尾源兵衛)는 29세에 이미 대표적인 출판업자로 자리매김하게 되었다. 그러나 안타깝게도 38세에 세상을 떠나, 더 이상의 거질 필담 창화집은 간행되지 못했다.

## 필담창화집 178책을 수집하여 원문을 입력하고 번역한 결과물

나는 조선시대 한문학 연구가 조선 국경 안의 한문학만이 아니라 국경 너머 오가며 외국인들과 주고받은 한자 기록물까지 연구해야 한다는 생각으로, 첫 번째 박사논문을 지도하면서 '통신사 필담창화집'을 과제로 주었다. 구지현 선생은 1763년에 파견된 11차 통신사 구성원들이 기록한 사행록 9종과 필담창화집 30종을 수집하여 분석했는데, 박사학위를 받은 뒤에도 필담창화집을 계속 수집하여 2008년 한국학술진흥재단의 토대연구에『조선후기 통신사 필담창수집의 수집, 번역 및 데이터베이스 구축』이라는 과제를 신청하였다. 이 과제를 진행하면서 우리 팀에서 수집한 필담창화집 178책의 목록과, 우리가 예상

한 작업진도 및 번역 분량은 다음과 같다.

## 1) 1차년도(2008. 7.~2009. 6.) : 1607년(1차 사행)에서 1711년(8차 사행)까지

| 연번 | 필담창화집 책 제목 | 면 수 | 1면 당 행수 | 1행 당 글자 수 | 예상되는 원문 글자 수 |
|---|---|---|---|---|---|
| 001 | 朝鮮筆談集 | 44 | 8 | 15 | 5,280 |
| 002 | 朝鮮三官使酬和 | 24 | 23 | 9 | 4,968 |
| 003 | 和韓唱酬集首 | 74 | 10 | 14 | 10,360 |
| 004 | 和韓唱酬集一 | 152 | 10 | 14 | 21,280 |
| 005 | 和韓唱酬集二 | 130 | 10 | 14 | 18,200 |
| 006 | 和韓唱酬集三 | 90 | 10 | 14 | 12,600 |
| 007 | 和韓唱酬集四 | 53 | 10 | 14 | 7,420 |
| 008 | 和韓唱酬集(결본) | | | | |
| 009 | 韓使手口錄 | 94 | 10 | 21 | 19,740 |
| 010 | 朝鮮人筆談并贈答詩(國圖本) | 24 | 10 | 19 | 4,560 |
| 011 | 朝鮮人筆談并贈答詩(東京都立本) | 78 | 10 | 18 | 14,040 |
| 012 | 任處士筆語 | 55 | 10 | 19 | 10,450 |
| 013 | 水戶公朝鮮人贈答集 | 65 | 9 | 20 | 11,700 |
| 014 | 西山遺事附朝鮮使書簡 | 48 | 9 | 16 | 6,912 |
| 015 | 木下順菴稿 | 59 | 7 | 10 | 4,130 |
| 016 | 鷄林唱和集1 | 96 | 9 | 18 | 15,552 |
| 017 | 鷄林唱和集2 | 102 | 9 | 18 | 16,524 |
| 018 | 鷄林唱和集3 | 128 | 9 | 18 | 20,736 |
| 019 | 鷄林唱和集4 | 122 | 9 | 18 | 19,764 |
| 020 | 鷄林唱和集5 | 110 | 9 | 18 | 17,820 |
| 021 | 鷄林唱和集6 | 115 | 9 | 18 | 18,630 |
| 022 | 鷄林唱和集7 | 104 | 9 | 18 | 16,848 |
| 023 | 鷄林唱和集8 | 129 | 9 | 18 | 20,898 |
| 024 | 觀樂筆談 | 49 | 9 | 16 | 7,056 |
| 025 | 廣陵問槎錄上 | 72 | 7 | 20 | 10,080 |
| 026 | 廣陵問槎錄下 | 64 | 7 | 19 | 8,512 |
| 027 | 問槎二種上 | 84 | 7 | 19 | 11,172 |

| 028 | 問槎二種中 | 50 | 7 | 19 | 6,650 |
|---|---|---|---|---|---|
| 029 | 問槎二種下 | 73 | 7 | 19 | 9,709 |
| 030 | 尾陽倡和錄 | 50 | 8 | 14 | 5,600 |
| 031 | 槎客通筒集 | 140 | 10 | 17 | 23,800 |
| 032 | 桑韓醫談 | 88 | 9 | 18 | 14,256 |
| 033 | 辛卯唱酬詩 | 26 | 7 | 11 | 2,002 |
| 034 | 辛卯韓客贈答 | 118 | 8 | 16 | 15,104 |
| 035 | 辛卯和韓唱酬 | 70 | 10 | 20 | 14,000 |
| 036 | 兩東唱和錄上 | 56 | 10 | 20 | 11,200 |
| 037 | 兩東唱和錄下 | 60 | 10 | 20 | 12,000 |
| 038 | 兩東唱和後錄 | 42 | 10 | 20 | 8,400 |
| 039 | 正德韓槎諭禮 | 16 | 10 | 18 | 2,880 |
| 040 | 朝鮮客館詩文稿(내용 중복) | 0 | 0 | 0 | 0 |
| 041 | 坐間筆語附江關筆談 | 44 | 10 | 20 | 8,800 |
| 042 | 七家唱和集-班荊集 | 74 | 9 | 18 | 11,988 |
| 043 | 七家唱和集-正德和韓集 | 89 | 9 | 18 | 14,418 |
| 044 | 七家唱和集-支機閒談 | 74 | 9 | 18 | 11,988 |
| 045 | 七家唱和集-朝鮮客館詩文稿 | 48 | 9 | 18 | 7,776 |
| 046 | 七家唱和集-桑韓唱酬集 | 20 | 9 | 18 | 3,240 |
| 047 | 七家唱和集-桑韓唱和集 | 54 | 9 | 18 | 8,748 |
| 048 | 七家唱和集-客館縞綻集 | 83 | 9 | 18 | 13,446 |
| 049 | 韓客贈答別集 | 222 | 9 | 19 | 37,962 |
| 예상 총 글자수 | | | | | 589,839 |
| 1차년도 예상 번역 매수 (200자원고지) | | | | | 약 8,900매 |

## 2) 2차년도(2009. 7.~2010. 6.) : 1719년(9차 사행)에서 1748년(10차 사행)까지

| 연번 | 필담창화집 책 제목 | 면수 | 1면 당 행수 | 1행 당 글자 수 | 예상되는 원문 글자 수 |
|---|---|---|---|---|---|
| 050 | 客館璀璨集 | 50 | 9 | 18 | 8,100 |
| 051 | 蓬島遺珠 | 54 | 9 | 18 | 8,748 |
| 052 | 三林韓客唱和集 | 140 | 9 | 19 | 23,940 |
| 053 | 桑韓星槎餘響 | 47 | 9 | 18 | 7,614 |

| 054 | 桑韓星槎答響 | 106 | 9 | 18 | 17,172 |
| 055 | 桑韓唱酬集1권 | 43 | 9 | 20 | 7,740 |
| 056 | 桑韓唱酬集2권 | 38 | 9 | 20 | 6,840 |
| 057 | 桑韓唱酬集3권 | 46 | 9 | 20 | 8,280 |
| 058 | 桑韓唱和塤篪集1권 | 42 | 10 | 20 | 8,400 |
| 059 | 桑韓唱和塤篪集2권 | 62 | 10 | 20 | 12,400 |
| 060 | 桑韓唱和塤篪集3권 | 49 | 10 | 20 | 9,800 |
| 061 | 桑韓唱和塤篪集4권 | 42 | 10 | 20 | 8,400 |
| 062 | 桑韓唱和塤篪集5권 | 52 | 10 | 20 | 10,400 |
| 063 | 桑韓唱和塤篪集6권 | 83 | 10 | 20 | 16,600 |
| 064 | 桑韓唱和塤篪集7권 | 66 | 10 | 20 | 13,200 |
| 065 | 桑韓唱和塤篪集8권 | 52 | 10 | 20 | 10,400 |
| 066 | 桑韓唱和塤篪集9권 | 63 | 10 | 20 | 12,600 |
| 067 | 桑韓唱和塤篪集10권 | 56 | 10 | 20 | 11,200 |
| 068 | 桑韓唱和塤篪集11권 | 35 | 10 | 20 | 7,000 |
| 069 | 信陽山人韓館倡和稿 | 40 | 9 | 19 | 6,840 |
| 070 | 兩關唱和集1권 | 44 | 9 | 20 | 7,920 |
| 071 | 兩關唱和集2권 | 56 | 9 | 20 | 10,080 |
| 072 | 朝鮮人對詩集1권 | 160 | 8 | 19 | 24,320 |
| 073 | 朝鮮人對詩集2권 | 186 | 8 | 19 | 28,272 |
| 074 | 韓客唱和/浪華唱和合章 | 86 | 6 | 12 | 6,192 |
| 075 | 和韓唱和 | 100 | 9 | 20 | 18,000 |
| 076 | 來庭集 | 77 | 10 | 20 | 15,400 |
| 077 | 對麗筆語 | 34 | 10 | 20 | 6,800 |
| 078 | 鳴海驛唱和 | 96 | 7 | 18 | 12,096 |
| 079 | 蓬左賓館集 | 14 | 10 | 18 | 2,520 |
| 080 | 蓬左賓館唱和 | 10 | 10 | 18 | 1,800 |
| 081 | 桑韓醫問答 | 84 | 9 | 17 | 12,852 |
| 082 | 桑韓鏘鏗錄1권 | 40 | 10 | 20 | 8,000 |
| 083 | 桑韓鏘鏗錄2권 | 43 | 10 | 20 | 8,600 |
| 084 | 桑韓鏘鏗錄3권 | 36 | 10 | 20 | 7,200 |
| 085 | 桑韓萍梗錄 | 30 | 8 | 17 | 4,080 |
| 086 | 善隣風雅1권 | 80 | 10 | 20 | 16,000 |
| 087 | 善隣風雅2권 | 74 | 10 | 20 | 14,800 |
| 088 | 善隣風雅後篇1권 | 80 | 9 | 20 | 14,400 |

| 089 | 善隣風雅後篇2권 | 74 | 9 | 20 | 13,320 |
| 090 | 星軺餘轟 | 42 | 9 | 16 | 6,048 |
| 091 | 兩東筆語1권 | 70 | 9 | 20 | 12,600 |
| 092 | 兩東筆語2권 | 51 | 9 | 20 | 9,180 |
| 093 | 兩東筆語3권 | 49 | 9 | 20 | 8,820 |
| 094 | 延享五年韓人唱和集1권 | 10 | 10 | 18 | 1,800 |
| 095 | 延享五年韓人唱和集2권 | 10 | 10 | 18 | 1,800 |
| 096 | 延享五年韓人唱和集3권 | 22 | 10 | 18 | 3,960 |
| 097 | 延享韓使唱和 | 46 | 8 | 14 | 5,152 |
| 098 | 牛窓錄 | 22 | 10 | 21 | 4,620 |
| 099 | 林家韓館贈答1권 | 38 | 10 | 20 | 7,600 |
| 100 | 林家韓館贈答2권 | 32 | 10 | 20 | 6,400 |
| 101 | 長門戊辰問槎상권 | 50 | 10 | 20 | 10,000 |
| 102 | 長門戊辰問槎중권 | 51 | 10 | 20 | 10,200 |
| 103 | 長門戊辰問槎하권 | 20 | 10 | 20 | 4,000 |
| 104 | 丁卯酬和集 | 50 | 20 | 30 | 30,000 |
| 105 | 朝鮮筆談(元丈) | 127 | 10 | 18 | 22,860 |
| 106 | 朝鮮筆談1권(河村春恒) | 44 | 12 | 20 | 10,560 |
| 107 | 朝鮮筆談1권(河村春恒) | 49 | 12 | 20 | 11,760 |
| 108 | 韓客對話贈答 | 44 | 10 | 16 | 7,040 |
| 109 | 韓客筆譚 | 91 | 8 | 18 | 13,104 |
| 110 | 韓人唱和詩 | 16 | 14 | 21 | 4,704 |
| 111 | 韓人唱和詩集1권 | 14 | 7 | 18 | 1,764 |
| 112 | 韓人唱和詩集1권 | 12 | 7 | 18 | 1,512 |
| 113 | 和韓文會 | 86 | 9 | 20 | 15,480 |
| 114 | 和韓唱和錄1권 | 68 | 9 | 20 | 12,240 |
| 115 | 和韓唱和錄2권 | 52 | 9 | 20 | 9,360 |
| 116 | 和韓唱和附錄 | 80 | 9 | 20 | 14,400 |
| 117 | 和韓筆談薰風編1권 | 78 | 9 | 20 | 14,040 |
| 118 | 和韓筆談薰風編2권 | 52 | 9 | 20 | 9,360 |
| 119 | 鴻臚傾蓋集 | 28 | 9 | 20 | 5,040 |
| 예상 총 글자수 | | | | | 723,730 |
| 2차년도 예상 번역 매수 (200자원고지) | | | | | 약 10,850매 |

## 3) 3차년도(2010. 7.~ 2011. 6.) : 1763년(11차 사행)에서 1811년(12차 사행)까지

| 연번 | 필담창화집 책 제목 | 면수 | 1면당 행수 | 1행당 글자수 | 예상되는 원문 글자수 |
|---|---|---|---|---|---|
| 120 | 歌芝照乘 | 26 | 10 | 20 | 5,200 |
| 121 | 甲申槎客萍水集 | 210 | 9 | 18 | 34,020 |
| 122 | 甲申接槎錄 | 56 | 9 | 14 | 7,056 |
| 123 | 甲申韓人唱和歸國1권 | 72 | 8 | 20 | 11,520 |
| 124 | 甲申韓人唱和歸國2권 | 47 | 8 | 20 | 7,520 |
| 125 | 客館唱和 | 58 | 10 | 18 | 10,440 |
| 126 | 鷄壇嚶鳴 간본 부분 | 62 | 10 | 20 | 12,400 |
| 127 | 鷄壇嚶鳴 필사부분 | 82 | 8 | 16 | 10,496 |
| 128 | 奇事風聞 | 12 | 10 | 18 | 2,160 |
| 129 | 南宮先生講餘獨覽 | 50 | 9 | 20 | 9,000 |
| 130 | 東渡筆談 | 80 | 10 | 20 | 16,000 |
| 131 | 東槎餘談 | 104 | 10 | 21 | 21,840 |
| 132 | 東游篇 | 102 | 10 | 20 | 20,400 |
| 133 | 問槎餘響1권 | 60 | 9 | 20 | 10,800 |
| 134 | 問槎餘響2권 | 46 | 9 | 20 | 8,280 |
| 135 | 問佩集 | 54 | 9 | 20 | 9,720 |
| 136 | 賓館唱和集 | 42 | 7 | 13 | 3,822 |
| 137 | 三世唱和 | 23 | 15 | 17 | 5,865 |
| 138 | 桑韓筆語 | 78 | 11 | 22 | 18,876 |
| 139 | 松菴筆語 | 50 | 11 | 24 | 13,200 |
| 140 | 殊服同調集 | 62 | 10 | 20 | 12,400 |
| 141 | 快快餘響 | 136 | 8 | 22 | 23,936 |
| 142 | 兩東鬪語乾 | 59 | 10 | 20 | 11,800 |
| 143 | 兩東鬪語坤 | 121 | 10 | 20 | 24,200 |
| 144 | 兩好餘話상권 | 62 | 9 | 22 | 12,276 |
| 145 | 兩好餘話하권 | 50 | 9 | 22 | 9,900 |
| 146 | 倭韓醫談(刊本) | 96 | 9 | 16 | 13,824 |
| 147 | 倭韓醫談(寫本) | 63 | 12 | 20 | 15,120 |
| 148 | 栗齋探勝草1권 | 48 | 9 | 17 | 7,344 |
| 149 | 栗齋探勝草2권 | 50 | 9 | 17 | 7,650 |
| 150 | 長門癸甲問槎1권 | 66 | 11 | 22 | 15,972 |

| 151 | 長門癸甲問槎2권 | 62 | 11 | 22 | 15,004 |
| 152 | 長門癸甲問槎3권 | 80 | 11 | 22 | 19,360 |
| 153 | 長門癸甲問槎4권 | 54 | 11 | 22 | 13,068 |
| 154 | 萍遇錄 | 68 | 12 | 17 | 13,872 |
| 155 | 品川一燈 | 41 | 10 | 20 | 8,200 |
| 156 | 表海英華 | 54 | 10 | 20 | 10,800 |
| 157 | 河梁雅契 | 38 | 10 | 20 | 7,600 |
| 158 | 和韓醫談 | 60 | 10 | 20 | 12,000 |
| 159 | 韓客人相筆話 | 80 | 10 | 20 | 16,000 |
| 160 | 韓館應酬錄 | 45 | 10 | 20 | 9,000 |
| 161 | 韓館唱和1권 | 92 | 8 | 14 | 10,304 |
| 162 | 韓館唱和2권 | 78 | 8 | 14 | 8,736 |
| 163 | 韓館唱和3권 | 67 | 8 | 14 | 7,504 |
| 164 | 韓館唱和續集1권 | 180 | 8 | 14 | 20,160 |
| 165 | 韓館唱和續集2권 | 182 | 8 | 14 | 20,384 |
| 166 | 韓館唱和續集3권 | 110 | 8 | 14 | 12,320 |
| 167 | 韓館唱和別集 | 56 | 8 | 14 | 6,272 |
| 168 | 鴻臚摭華 | 112 | 10 | 12 | 13,440 |
| 169 | 鷄林情盟 | 63 | 10 | 20 | 12,600 |
| 170 | 對禮餘藻 | 90 | 10 | 20 | 18,000 |
| 171 | 對禮餘藻(明遠館叢書 57) | 123 | 10 | 20 | 24,600 |
| 172 | 對禮餘藻(明遠館叢書 58) | 132 | 10 | 20 | 26,400 |
| 173 | 三劉先生詩文 | 58 | 10 | 20 | 11,600 |
| 174 | 辛未和韓唱酬錄 | 80 | 13 | 19 | 19,760 |
| 175 | 接鮮瘖語(寫本)1 | 102 | 10 | 20 | 20,400 |
| 176 | 接鮮瘖語(寫本)2 | 110 | 11 | 21 | 25,410 |
| 177 | 精里筆談 | 17 | 10 | 20 | 3,400 |
| 178 | 中興五侯詠 | 42 | 9 | 20 | 7,560 |
| 예상 총 글자수 | | | | | 786,791 |
| 3차년도 예상 번역 매수 (200자원고지) | | | | | 약 11,800매 |

1차년도에는 하우봉(전북대) 교수와 유경미(일본 나가사키국립대학) 교수를 공동연구원으로 하여 고운기, 구지현, 김형태, 허은주, 김용흠 박

사가 전임연구원으로 번역에 참여하였다. 3년 동안 기태완, 이지양, 진영미, 김유경, 김정신, 강지희 박사가 연구원으로 교체되어, 결국 35,000매나 되는 번역원고를 마무리하였다.

일본식 한문이 중국식 한문과 달라서 특히 인명이나 지명 번역이 힘들었는데, 번역문에서는 독자들이 읽기 쉽도록 한국식 한자음으로 표기하고, 첫 번째 각주에서만 일본식 한자음을 표기하였다. 원문을 표점 입력하는 방법은 고전번역원에서 채택한 방법을 권장했지만, 번역자마다 한문을 교육받고 번역해온 과정이 다르기 때문에 재량을 인정하였다. 원본 상태를 확인하려는 연구자를 위해 영인본을 뒤에 편집하였는데, 모두 국내외 소장처의 사용 승인을 받았다.

원문과 번역문을 합하여 200자원고지 5만 매 분량의 『조선후기 통신사 필담창화집 번역총서』를 12,000면의 이미지와 함께 편집하고 4차에 나누어 10책씩 출판하는 과정이 복잡하고 힘들었기에, 연세대학교 정갑영 총장에게 편집비 지원을 신청하였다. 『조선후기 통신사 필담창수집 번역본 30권 편집』 정책연구비(2012-1-0332)를 지원해주신 정갑영 총장에게 감사드린다.

『조선후기 통신사 필담창화집 번역총서』를 편집하는 과정에 문화재청으로부터 『통신사기록 조사 및 번역, 데이터베이스 구축』 연구용역을 발주받게 되어, 필담창화집을 비롯한 통신사 관련 기록을 세계기록유산으로 등재하는 작업에 참여하게 된 것도 기쁜 일이다. 통신사 관련 기록들이 모두 데이터베이스로 구축되어 국내외 학자들이 한일문화교류, 나아가서는 동아시아문화교류 연구에 손쉽게 참여하게 된다면 『통신사 필담창화집 번역총서』의 사명을 다하는 것이라고 생각한다.

조선후기 통신사가 동아시아 문화교류 연구에 중요한 이유는 임진왜란 이후에 중국(청나라)과 일본의 단절된 외교를 통신사가 간접적으로 이어주었기 때문이다. 통신사 필담창화집 번역총서 60권 출판이 마무리되면 조선후기에 한국(조선)과 중국(청나라) 지식인들이 주고받은 척독집 40여 권도 데이터베이스로 구축하여, 일본에서 조선을 거쳐 청나라로 이어지는 '동아시아 문화교류의 길' 데이터베이스를 국내외 학자들에게 제공하고자 한다.

▌고운기(高雲基)

한양대 국문학과와 연세대대학원 국문학과 졸업. 문학박사.
일본 게이오대 방문연구원, 메이지대 객원교수 역임.
연세대 국학연구원 연구교수를 거쳐
현재 한양대 문화콘텐츠학과 교수.

조선후기 통신사 필담창화집 번역총서 10
# 槎客通筒集

2013년 7월 26일 초판 1쇄 펴냄

**역  자** 고운기
**발행인** 김흥국
**발행처** 도서출판 보고사

**등록** 1990년 12월 13일 제6-0429호
**주소** 서울특별시 성북구 보문동7가 11번지 2층
**전화** 922-5120~1(편집), 922-2246(영업)
**팩스** 922-6990
**메일** kanapub3@naver.com
http://www.bogosabooks.co.kr

ISBN 979-11-5516-065-7  94810
       979-11-5516-055-8 (세트)
ⓒ 고운기, 2013

정가 23,000원

이 도서의 국립중앙도서관 출판시도서목록(CIP)은 서지정보유통지원시스템 홈페이지
(http://seoji.nl.go.kr)와 국가자료공동목록시스템(http://www.nl.go.kr/kolisnet)에
서 이용하실 수 있습니다. (CIP제어번호: CIP2013012715)